U0532716

作 者 简 介

　　李舫，学者、作家、评论家，《人民日报海外版》副总编辑，中国人民大学文艺学博士，中国国家版本馆专家委员会委员，国家文化名家暨"四个一批"人才，中国作家协会全委会委员。作品有《中国十二时辰》《大春秋》《纸上乾坤》《不安的缪斯》《魔鬼的契约》等。

制高点文库·散文

李 舫 ◎ 著

李舫自选集

黑夜走廊

百花洲文艺出版社
BAIHUAZHOU LITERATURE AND ART PRESS

图书在版编目(CIP)数据

李舫自选集 / 李舫著. — 南昌：百花洲文艺出版社，2024.2
ISBN 978-7-5500-5257-4

Ⅰ.①李… Ⅱ.①李… Ⅲ.①散文集–中国–当代 Ⅳ.①I267

中国国家版本馆CIP数据核字（2023）第160717号

李舫自选集
Li Fang Zixuanji

李舫 著

出 版 人	陈 波
责任编辑	郝玮刚 蔡央扬
书籍设计	方 方
制 作	何 丹
出版发行	百花洲文艺出版社
社 址	南昌市红谷滩区世贸路898号博能中心一期A座20楼
邮 编	330038
经 销	全国新华书店
印 刷	湖北金港彩印有限公司
开 本	720mm×1000mm 1/32 印张 11.5
版 次	2024年2月第1版
印 次	2024年2月第1次印刷
字 数	253千字
书 号	ISBN 978-7-5500-5257-4
定 价	58.00元

赣版权登字 05-2023-298
版权所有，盗版必究
邮购联系 0791-86895108
网 址 http：//www.bhzwy.com
图书若有印装错误，影响阅读，可向承印厂联系调换。

前言

抓住当代中国散文的"纲"

王久辛

在中国当代文学中,散文似乎没有小说的地位显赫,写散文的作家似乎比写小说的作家分量要轻?而且写散文的作家若再从艺术上考量,似乎较之写诗歌的又显得弱了则个?我不以为然。

我们可以把散文放到中华五千年文明史,特别是有文字之后的三千年历史上来看,我以为孔子的儒家思想与老子的道家思想,这两个中华思想渊源上的学说,运用的阐释、表达与传扬的体式,恰恰都是散文。我们看看《论语》,再读读《道德经》吧?那哪一篇哪一章不是散文呢?散文这个体式,承载着传继中华文明的历史重责,包括先秦诸子百家与唐宋八大家,以及之后明清民国的康梁"直滤血性""炙热飞扬"直击人心的澎湃文章。严格考究一下,毫无疑问,一以贯之,都在文脉上,那结论自然肯定是非散文莫属的啊。

且那风骨、那风华、那坚韧饱满、那犀利厚实的文风,辞彩熠熠,贯通古今,令我至今思过往,不肯认今朝啊!

所以说,散文在传承文明、教化民风民俗上,一直都是扛大鼎的。虽然说"《诗》三百,一言以蔽之,曰:'思无邪'",确也在淳化民风世风与文风上,发挥过不小的作用,然而若与散文较起真来,就显得"阳春白雪"了。那么小说呢?鲁迅先生在《中国小说史略》中,的确是追溯到了小说的历史可以直达秦汉,然而事实上,小说却一直都是引车卖浆者流的街谈巷议,属于"上不得庭堂,入不了庙堂"的市井嬉戏。对人当然会有些影响,亦无大碍,几乎没有哪朝哪代把小说当作教化民风民俗的工具,它倒是常被当作伤风败俗的玩意儿加以防范,甚至遭遇查封禁止。而散文就大不相同了,不仅士大夫上奏文书要用,后来的科举考试,纵论策论之类治国安邦的道德文章,也都是要考的,而所用文体,也统统都是散文。可见经国之大事,须臾不曾离开,散文乃我国之重器也。

确是。如果往小往下说说呢?相对于小说,散文似一位平和严谨的雅士;相对于诗歌而言,散文则又显得和蔼诚挚,像一位厚道的兄长。虽然诗歌更古老,可以说是散文小说的老祖宗。但从对文字的苛求上看,诗歌还真是比小说散文要规矩得多,也严格得多。尽管诗歌骨子里的自我与自由放肆,也是顶级的。好在语言上,诗歌还是抠得紧,水分也拧得干净。不过呢?在作家的笔下,小说描写人物命运的跌宕起伏,性格冲突,情节铺陈,较之诗歌来,那又是碾压式的覆盖,几无可比性；倒是散文敢于负隅顽抗，因为与小说比较起来，我们看到的《边城》《城南旧事》等等散文化的小说，似乎就在嘟嘟囔囔：我有我的表现方式，而且我还可以更诗意更优雅地表达，既可以有小说惯常的叙述，又可以有诗意的深情挥洒，岂不更妙吗？是的是的，散文甚至还可以有哲学的玄思冥想、史学的深耕渊博。若再比较一下，小说岂敢在叙述中大段大段地讲述哲学原理、大肆兜售历史知识？即便偶尔冒个险，那也常常会招来各种非议，挡都挡不住。包括诗歌，那更不敢乱来了，两三行下来，出离了意境，读者立刻就会撂挑子翻篇儿不看了。这样说来，散文最是恰到好处，有人文历史、哲理思想、山水田园、现场纪实，还有五花八门的各样散文，自由得一塌糊涂啊。然而呢？也许正因为有这样的"一塌糊涂"，读者反而不知如何选择了。尤其改革开放45年来，出版界出现了空前的大繁荣，古今中外图书应有尽有，如果没有一个主心骨，进了书市还真是目不暇接、眼花缭乱，究竟该如何选择，果然是个大问题呢！因为他们不知道该读哪一种散文，且不知道哪一位作家的散文能开启他们的心智灵性，哪一位作家的散文又能够别有洞天地引领他们进入一个新天地，总之，他们明确地知道要读散文，然而却又失去了选择什么样的散文才算正确的标准。这可怎么办呢？

莫急莫急，这其实不难。只要我们把最优秀卓越的作家作品出出来，问题不就迎刃而解了吗？然而说得轻巧，优秀卓越的作家作品在哪儿呢？这才是问题的关键。莫急。古人早在《尚书·盘庚》中，就提供了一个好办法，即"若网在纲，有条而不紊"，说的是抓住了关键环节，一切都不在话下。这与"壹引其纲，万目皆张"和后来演化出的"纲举目张"，都是一个道理，就是说：在处置各种复杂问题时，只要紧紧抓住关键的、主要的矛盾——"纲"，之后的"目"，也就自然而然地张开了。我这样征引比方的意思，是想拿这次由我主编的百花洲文艺出版社的"制高点文库"来拆解这个难题。我们说，环顾当下东西南北中，优秀作家层出不穷，且林立如山，到处都是拔地而起的三山五岳，而他们的佳作又卷帙浩繁，哪位作家是优秀卓越的呢？总得有个标准吧？所以啊，还是要按"纲举目张"法，首先要抓住那些至少在我们国家获得了举世公认的文学大奖的作家，他们都是经过真正的专家反复遴选出来的，无论思想的成熟与新锐度，还是艺术的丰富与先锋性，都较之一般优秀的作家更卓越。是的，我指的是茅盾文学奖、鲁迅文学奖的得主。这两个全国最高的文学大奖——茅盾文学奖1981年设立，至今42年；鲁迅文学奖1997年设立，至今26年，若加上1986年创立的前身全国优秀中短篇小说奖、全国报告文学奖和全国优秀散文杂文奖，至今亦已37年啦。几十年一晃而过，虽然偶有异议，但口碑仍在。无论在作家中，还是在出版界与广大读者中，这两个奖项至今仍然具有崇高的信誉与荣誉。所以，与其去漫无边际地找，不如抓住这些大奖的得主之纲，以"纲举目张"的方法，实现以一当百，表率天下，坚持不懈，打出品牌，来满足广大读者阅读的渴望与需求。在我与百花洲文艺出版社看来，如果抓住这个关键，立刻下手，凭借这些获奖作家所具有的卓越品质与才华，推出一批崭新的经典佳作，应该没有什么问题。我们共同计划，以"制高点文库"来集结获奖的诸位大作家，试图将最优秀卓越的作家作品，奉献给广大的读者，奉献给我们这个伟大的时代。

作为这套书的主编，我内心欣喜无比。此刻，我已夜以继日伏案通读了各位大家的佳作，得到了高境悠远、闳言崇议、挚爱深情、才气纵横的强烈感受，一个个真不愧为文坛翘楚啊！老子曰："道生一，一生二，二生三，三生万物。"今得此之一，让我信心满满。咱这一库新著锦绣尚未央，隔年再看，依然是花团锦簇才子梦笔写华章。且慢，且慢。在这里，我先代表出版社谢谢大家，再代表诸位大家，谢谢出版社啦。一帆悬，都在风波里，努力前行，叹息在路上，收获也在路上，加油。

2023 年 8 月 5 日凌晨于北京

自序

黑夜走廊

漫长的夜，无边的夜。

夜，是暂停，是遣情，是格物，是放纵，是悬置；是蹒跚中的困顿，是困顿中的慰藉，是慰藉中的伤怀，是伤怀中的冥思，是冥思中的眼泪。没有眼泪的冥思是忸怩的，没有冥思的伤怀是浅薄的，没有伤怀的慰藉是虚伪的，没有慰藉的困顿是惆怅的，没有困顿的蹒跚是麻木的，没有黑夜的白昼是拥挤的，没有明天的黑夜是漫漶的。

一

当白昼的浮华和喧嚣一幕幕退去，如水的夜色一幕幕浸润；当紧张的心情一点点松弛，部分的情绪归诸沉潜；当我们对镜一壁地洗去残妆，让午夜的清风轻轻拂过脸颊，让真实的自我从疲倦的面容中显露出来，我们往往得以反观那些白日里我们所沉湎和执着的东西。

街灯穿窗而过,灯光映照如帘,窗外是行进着的夜。

人声消逝了,蝉鸣隐退了,忧伤淡漠了,思维搁置了,白昼的最具有典型意义的象征物已经凋落。夜寒如水,夜来香在乍暖还寒的空气中抖抖索索地展开花瓣,远处不眠的鸟音踏水而来。夜已经成熟,饱满到无,浓厚得让人心里踏实。往事是一艘沉船,静静地躺在记忆的海底;不知藏在何处的东西,此时是最好的收藏。

夜,浓缩了距离,荡涤了尘埃,消释了差池,封存了空间,分不清哪里是枝头的残叶,哪里是枝间抖动的秋风。夜,包藏了一切,收容了一切——空灵有力的清风,透侵重衣的寒气;不可告人的阴谋,无法痊愈的伤口;超尘拔俗的情怀,宠辱不惊的气度;某个黄昏的憔悴,患得患失的停滞;对生命本真的颖悟,不落言筌的心事。夜,在咄咄逼人中有一种冷静中的容忍和容忍中的冷静,在不动声色中散发着君临一切的气势。

夜,是行旅者的客栈,是欢乐者的梦魇,是重创者的浓睡,是死亡者的天堂;夜,是我们收藏岁月的旧皮箱,夜幕四垂,隔年的嶙峋往事、惊天动地的欢喜与悲伤,便都显得遥远而阑珊。

二

夜,是豪饮者的——卜夜容衰鬓,开筵属异方;烛分歌扇泪，雨送酒船香。是苦吟者的——为了一个句子的凄美，多少次寒夜梦回，惊悸地拥被而起，月光正映照夜的无眠。是思乡者的——床前明月光，疑是地上霜。是失眠者的——疏疏落落的星星是无数失眠者睁大的眼睛。是夜游者的——采得荷花带叶归，这是行动的高度写意所达到的随心所欲的大手笔。是相思者的——在一个不知名的夜晚里，伴着山下传来的尖锐的火车汽笛声，天空中忽然有一颗流星燃着细碎的点点白光悲伤地滑过，相思便穿透了心房；夜是一个个被相思噬坏了的空壳，用笔永远也填不满，夜夜重复一个孤寂的梦，梦中总不见思念的人。是满怀心事者的——良心只有在夜深人静的时候，才悄悄出来敲打灵魂；有人得到轻轻的拍打而怡然入睡，有人得到狠狠的敲打而辗转反侧。

夜，如同明月，终古常见而光景常新。

法国著名作家马尔罗曾说："死亡的可怕之处，就在于它把生命变成了命运。"在这一点上，黑夜与死亡的确异曲同工。生命融化在死亡中，就像白昼被黑夜吞没，在一个没有坐标的系统中，夜，得到了无限的自由、无限的张扬、无限的延伸。夜，统一了一切，又阻隔了一切，简约而铺排，逼仄而辽阔，斑斓的色彩在这里销声匿迹，沸腾的喧嚣在这里复归沉默。世界的错迕变迁、人情的沧桑冷暖，都不可排遣地荡漾在柔软寂寥的夜色中。在这一瞬间，人道也就是天道。它给了我们一个刻骨铭心的警示：当生命化为一缕轻烟时，无论我们如何多情，都将无法回忆生前身后那些最为着意的事情。

三

医生说，绝大部分婴儿都出生在夜间。现代发达的医疗技术始终搞不清楚，为什么人类把所有的缤纷忙碌都放进白天，却唯一将自己生命的起点选择在这些万籁俱寂的夜晚。母亲们在经历了一个又一个充满期冀、充满企盼的白天之后，孩子们却毫不经意地在她们意念松弛的夜晚将她们从熟睡中唤醒。为了这一刻，她们已经等得很久了，期待的心情饱满得像成熟的秋天。可是，某个酣睡中的阵痛让一切都变得猝不及防。生命的骚动便从这种猝不及防开始，夜在沉睡中保持着它的不可退让的清醒。

太多神奇的传说了，关于这些神奇的夜晚。星星推开耳边的嘈杂，深情地相互凝视，以便世界在某一个早晨向孩子们敞开玲珑的心。夜，是生命密集的走廊，是孩子们飞翔和降落的翅膀。从孩子们身上夜教给人们如何小心翼翼地躲开万丈红尘中的浮闹和喧嚣，静静地谛听生命的声音；如何去感受，去理解那不充分的理解，去言说那不可言说的渊默，充满了感悟和深情。孩子们的力量，就是生长的力量，就像黎明破晓的前刻，像即将消退的忧伤，像命运轻轻的叩击，像英雄怒剑出鞘的悲壮。不是孩子们选择在夜晚悄然降临，而是因为有了他们，才有了白天和黑夜的划分——他们走开，世界便开始沉睡；他们走来，一切便从头开始。

时间使时间得以生存，生活将服务于生活。

许多年前，我是无数个怕黑的孩子中的一个。黑夜，特别是没有星星没有灯光的夜晚，给了我无穷的想象，也给了我无限的恐惧。风悄悄过树，月苍苍照台，从窗棂斜飞过的小虫，穷苦人家欸乃不绝的橹声，童年的琐碎心事的无从着落……都让我惊栗不安。黑夜给了夜以黑的禀赋，这常常让我想起童话中那些图谋不轨的事件的无名开端和心怀鬼胎的妖术的粉墨登场。黑夜，是每一个令人心悸的故事的背景和帷幔，因了它的掩护，才有许多不该发生的悲剧得以发生，有许多不该牺牲的生命被牺牲。

然而，许多年后，我才矍然地发现，这个对黑夜的刻薄印象并不缘于黑夜的本质，而是源于人性的整体阴谋。人类将自己的感受、想象加诸自然界中，于是，自然界便有了所谓的自然法则。这个法则代代相传，遮蔽了越来越多人的视野和思维，懒惰和保守便因此而生。

历史学家们说：历史如果以两次同样的面目出现，第一次是悲剧，第二次便是闹剧。人类对黑夜的态度正是如此。对黑暗的第一次恐惧，是在人类的童年，因为蒙昧和无知；而第二次，则是在壮年，因为懒惰和保守，黑暗便成了放逐一切苦难和罪恶的现场，世界被异化为密闭无隙的陌生物，人从对世界的义务和责任中逃离出来，人和一切对立物之间的较量就撤退到仅仅成为天性的较量。

四

夜，是暂停，是遣情，是格物，是放纵，是悬置。

夜，是蹒跚中的困顿，是困顿中的慰藉，是慰藉中的伤怀，是伤怀中的冥思，是冥思中的眼泪。没有眼泪的冥思是忸怩的，没有冥思的伤怀是浅薄的，没有伤怀的慰藉是虚伪的，没有慰藉的困顿是惆怅的，没有困顿的蹒跚是麻木的，没有黑夜的白昼是拥挤的，没有明天的黑夜是漫漶的。

过去是我们无限熟悉和留恋但又必须放弃的东西。在今夜万籁俱寂的清静与孤独中，启明星在微微闪烁，一切未来的契机都蕴藏在这黎明破晓的前刻。

一个划一条小船的人，必须背对着他要费力划到的目的地。我们对明天也持同样的态度。当我们为此时此刻的黑夜所笼罩的时候，我们便得毅然决然地背对明天，因为我们完全看不到它。有信心的人背对永生，其目的正是今天就与它同在。

黑夜，是一道长长的走廊，寂静、安详而又隐微曲折，充满了对生命自身的俯视与醒悟，以及在这种俯视与醒悟中油然而生的气韵风神。在这无数的夜晚中，启明星那如水波跳跃的异常欢快的音符，将吸引着我们固执地走下去，走下去，不回头。

1997 年 5 月

目录

金

春秋时代的春与秋 / 3

长相思,忆长安 / 16

那一场突如其来的漫天大雪 / 31

何以春节,何以中国 / 43

木

漂泊中的永恒 / 49

成都的七张面孔 / 58

追寻夜郎 / 82

也无风雨也无晴 / 87

水

江春入旧年 / 95

在火中生莲 / 112

一蓑烟雨任平生 / 124

念天地之悠悠 / 168

火

叩敲的痕迹 / 197

今宵别梦寒 / 200

风雨泽随 / 205

此情可待成追忆 / 211

土

长　缨 / 219

霓　虹 / 239

苟利国家生死以 / 281

山山记水程 / 291

金

春秋时代的春与秋

> 孔子问礼于老子，是一段生趣盎然的历史悬案。这不仅是中国文化史上两个巨人的对话、中国思想史上两位智者的相遇，更是两个流派、两种思想的碰撞和激发。战乱频仍、诸侯割据的春秋年代，老子和孔子的会面别有深意；在两千五百年后的今天来看，亦颇具启示。
>
> ——题记

公元前五百余年的某一天，两位衣袂飘飘的智者翩然相遇。时间，不详；地点，不详；观众，不详。但是，他们短暂的对话，却留下一段妙趣横生的传世佳话。

其中的一位，温而厉，恭而安，儒雅敦厚，威而不猛。另一位，年略长，耳垂肩，深藏若虚，含而不露。这也许是他们的第二次会面，但并不重要，重要的是，此后两千五百余年的岁月中，我们将渐渐知晓这场对话对于世界历史、对于人类文明的伟大意义。

一

他们，一个是孔子，一个是老子。

"孔子适周，将问礼于老子。"司马迁在《史记》中写道。孔子是两千五百年来儒家的始祖，老子是两千五百年来道学的滥觞。司马迁对两人有过明确考证，"孔子生鲁昌平乡陬邑"（《史记·孔世家》），"老子者，楚苦县厉乡曲仁里人也"（《史记·老子韩非列传》）。这一天，年幼些的孔子将去向年长的老子求教。

贵族世家的孔子生于鲁襄公二十二年（前551），尽管他被后世尊奉为"天纵之圣""天之木铎"，但身世并不光彩，"其先宋人也，曰孔防叔。防叔生伯夏，伯夏生叔梁纥。纥与颜氏女野合而生孔子，祷于尼丘得孔子"。孔子生而七露，首上圩顶，所以他的母亲为他取名曰丘。与孔子相比，平民出身的老子身世颇为含混，除弥漫坊间的奇闻逸趣外，只知道他"姓李氏，名耳，字聃，周守藏室之史也"，某一日，骑青牛西出函谷关，从此一去不复返。

两千五百年来，人们对他们的会面颇多好奇，也颇多猜测和演绎。《礼记·曾子问》考据孔子17岁时问礼于老子，即鲁昭公七年（前535），地点在鲁国的巷党，这是他们的第一次会面，"孔子曰：'昔者吾从老聃助葬于巷党，及堩，日有食之。'老聃曰：'丘！止柩就道右，止哭以听变。'既明反，而后行，曰'礼也'。"《史记》载，他们的第二次相见是在十七年之后的鲁昭公二十四年（前518），地点在周都洛邑（今洛阳），孔子适周，这一年他已经34岁。第三次，孔子年过半百，即周敬王二十二年（前498），地点在一个叫沛的地方。《庄子·天运》曰："孔子行年五十有一而不闻道，乃南之沛见老聃。"第四次在鹿邑，具体时间不详，只有《吕氏春秋·当染》简单的记载："孔子学于老聃、孟苏、夔靖叔。"历史不可妄测，但有时间有地点有人物，这样的记载虽然未必逼近真实，却足见后人的善意与期待。

孔子对老子一向有着极大的好奇。我们不妨想象这样的场景——两位孤独的智者踽踽独行，他们的神情疲倦而诡谲，赫然卓立，没人理解他们的激奋，更没人理解他们的孤独和愁苦。

孔子的弟子曾点有"暮春者，春服既成，冠者五六人，童子六七人，浴乎沂，风乎舞雩，咏而归"的志向，颇得孔子的赞许。这是一幅春秋末期世态人情的风俗画，生命的充实和欢乐盎然风中。阳光明媚，春意欢愉，人们沐浴、歌唱、远眺，无忧无虑，身心自由。我们似乎从中感受到了春的和煦，歌的嘹亮，诗的馥郁。

老子也徘徊在这春末的暖阳中，他看到的却是不同的景象："唯之与阿，相去几何？美之与恶，相去若何？"在他的耳边，是呼喊声、应诺声、斥责声，世事喧嚣纷扰，世人兴高采烈，就像要参加盛大宴席，又如春日登台览胜，嫫妍良善邪恶美丽狰狞，又有什么分别，谁又能够分辨？

　　人之所畏，不可不畏。荒兮，其未央哉！众人熙熙，如享太牢，如春登台。我独泊兮，其未兆；沌沌兮，如婴儿之未孩；儽儽兮，若无所归。众人皆有余，而我独若遗。我愚人之心也哉！俗人昭昭，我独昏昏。俗人察察，我独闷闷。澹兮，其若海；飂兮，若无止。众人皆有以，而我独顽且鄙。我独异于人，而贵食母。

如此忧伤而又抒情的语气，在老子散文般的叙事中，并不少见。在茫茫人海中，老子反复抒写自己"独异于人"的孤独与惆怅，在"小我"与"大众"之间种种难以融合的差异中，老子在反思、在犹豫、在踟蹰、在审视众生、在拷问自己。这孤独和惆怅曾吸引过年幼的孔子，而这一次，他想问的是，孤独和惆怅背后的机杼。

历史的天空，就在这一刻定格。

一个温良敦厚，其文光明朗照，和煦如春；一个智慧狡黠，其文潇洒峻峭，秋般飘逸。他们是春秋时代的春与秋。两千五百年前的这一刻，他们终于相遇。司马迁以如椽巨笔记录了这历史的 刻——

孔子适周，将问礼于老子。老子曰："子所言者，其人与骨皆已朽矣，独其言在耳。且君子得其时则驾，不得其时则蓬累而行。吾闻之，良贾深藏若虚，君子盛德，容貌若愚。去子之骄气与多欲，态色与淫志，是皆无益于子之身。吾所以告子，若是而已。"

妙趣横生的描画，读来令人浮想联翩。

老子直言不讳。他认为孔子所说的礼，倡导它的人和骨头都已经腐烂了，只有其言论还在。况且君子时运来了就驾着车出去做官，生不逢时，就像蓬草一样随风飘转。老子听说，善于经商的人把货物隐藏起来，好像什么东西也没有，君子具有高尚的品德，他的容貌谦虚得像愚钝的人。他建议孔子，抛弃他的骄气和过多的欲望，抛弃做作的情态神色和过大的志向，这些对于孔子、对于世人，都是没有好处的。

寥寥数语，意味隽永。这不仅是中国文化史上两个巨人的对话、中国思想史上两位智者的相遇，更是两个流派、两种思想的碰撞和激发。战乱频仍、诸侯割据的春秋年代，老子和孔子的会面别有深意。

孔子问礼于老子，是一段生趣盎然的历史悬案。时光远去，短暂的四次会面，诸多细节已不可考，其对话却涉及道家和儒家思想的所有核心内容。毋庸置疑，孔子的思想就是在数次向老子讨教中逐步形成和成熟的，与此同时，孔子的提问也敦促老子的反思。司马迁评价老子之学和孔子之学的异同，历数后世道学与儒学对于他者眼界、胸怀的退缩，怅然若失："世之学老子者则绌儒学，儒学亦绌老子。'道不同不相为谋'，岂谓是邪？"

二

这次问礼对于孔子，是晴天霹雳，更是醍醐灌顶。

孔子辞别老子，沉吟良久，对弟子们感慨："鸟，吾知其能飞；鱼，吾知其能游；兽，吾知其能走。走者可以为网，游者可以为纶，飞者可以为矰。至于龙，吾不能知，其乘风云而上天。吾今日见老子，其犹龙邪！"

鸟能飞，鱼能游，兽能跑。会跑的可以织网捕获，会游的可制成丝线去钓，会飞的可以用箭去射。而龙，御风飞天，何其迅疾。回味着与老子的对话，孔子说："我今天见到的老子，大概就是龙吧！"

一千六百年后，宋代理学大家朱熹引用诗人唐子西的记录来表达他对这位坦荡求真、不惧坎坷的君子的崇敬之情："天不生仲尼，万古如长夜。"

老子与孔子性格迥异。老子致虚守静、知雄守雌，孔子信而好古、直道而行。然而，老子作为周守藏室之史，孔子作为摄相事的鲁国大司寇，两者自然都有辅教天子行政的职责，救亡图存的使命将他们联系在一起。

《春秋左氏传》评价，春秋时代是一个"礼崩乐坏"的时代。翻开春秋时期的社会历史，不难看到其中充斥的血污和战乱。诸侯国君的私欲膨胀引发了各国间的兼并战争，诸侯国内那些权臣之间的争斗攻杀更是异常激烈，"君不君、臣不臣、父不父、子不子"成了那个时代的最大特点，"《春秋》之中，弑君三十六，亡国五十二，诸侯奔走不得保其社稷者不可胜数"（《史记·太史公自序》），以致"世衰道微，邪说暴行有作。臣弑其君者有之，子弑其父者有之，孔子惧，作《春秋》"（《孟子·滕文公》）。诸侯割据，礼教崩殂，周天子的权威逐渐坠落，世袭、世卿、世禄的礼乐制度渐次瓦解，各国诸侯假"仁义"之名竞相争霸，卿大夫之间互相倾轧。值此之时，老子的避世、孔子的救世，不可谓不哀不恸也。

老子之高标自持、之高蹈轻扬，确是世俗之人、尘俗之世难以想象，更难以理解的。老子研究道德学问，只求隐匿声迹，不求闻达于世。他傲然地对孔子说，周礼是像朽骨一样过时而无用的东西。老子在否定周礼的同时，其实更是在阐释自己的思想，这种观念与孔子的理念大不相同，所以孔子才会以能"乘风云而上天"的"龙"来比喻老子，他对老子内心的敬仰和钦佩，溢于言表。

当然，同样作为一代宗师，孔子也不会因为一次谈话而轻易改变自己的立场和志向。与其相呴以湿，相濡以沫，不如相忘于江湖吧。孔子依然故我，宵衣旰食，席不暇暖，赶起牛车，带领他的弟子出发了。他们周游列国，宣传自己的主张，纵使困难重重，也要"知其不可为而为之"。

> 及去周，老子送之，曰："吾闻富贵者送人以财，仁者送人以言。吾虽不能富贵，而窃仁者之号，请送子以言乎：凡当今之士——聪明深察而近于死者，好讥议人者也；博辩闳达而危其身者，好发人之恶者也。无以有己为人子者，无以恶己为人臣者。"孔子曰："敬奉教。"自周返鲁，道弥尊矣，远方弟子之进，盖三千焉。

这是春秋时代怎样的一幅画卷？黑格尔说过："一个民族有一群仰望星空的人，他们才有希望。"两千五百年前漆黑的长夜里，两位仰望星空的智者，刚刚结束一场人类历史上的伟大对话，旋即坚定地奔向各自的未来——一个怀抱"至智"的讥诮，"绝圣弃智""绝仁弃义""绝巧弃利"；一个满腹"至善"的温良，惶惶不可终日，"累累若丧家之狗"。在那个风起云涌、命如草芥的时代，他们孜孜矻矻，奔突以求，终于用冷峻包藏了宽柔，从渺小拓展着宏阔，由卑微抵达至伟岸，正是因为有他们的秉烛探幽，才有了中国文化的纵横捭阖、博大精深。

在中国两千多年的思想潮流中，道家思想有效地成为儒家思想的最大反动，儒家思想有效地成为道家思想的重要补充。

中国历史文化在秦汉以前，尽管百家诸陈，但儒、墨、道三家基本涵盖了当时的文化精神。唐、宋之后，释家繁荣，儒、释、道三家相互交锋、相互融合，笼罩了中国历史文化一千余年。南怀瑾说："纵观中国历史每一个朝代，在其鼎盛之时，都有一个共同的秘密，即'内用黄老，外示儒术'，不论汉、唐，还是宋、元、明、清。中国传统文化的核心思想，其实是黄（黄帝）老（老子）之学。"老子哲学和孔子哲学的存世价值可见一斑。

老子与孔子的这一次会面，尽管短暂，却完满地完成了中国文化内部的第一次碰撞、升华。

老子与孔子所处之时代，西周衰微久已，东周亦如强弩之末。有周一朝，由文、武奠基，成、康繁盛，史称刑措不用者四十年，是周朝的黄金时期。昭、穆以后，国势渐衰。后来，厉王被逐，幽王被杀，平王东迁，进入春秋时代。春秋时代王室衰微，诸侯兼并，夷狄交侵，社会处于动荡不安之中。不难理解，老子的哀民之恸，孔子的仁者爱人，都是对这个时代的悼挽与反拨。

举凡春秋诸子，大凡言人道之时，必亦言天道。其实，老子和孔子学说最重要的一点，是他们处在中国历史最分崩离析的年代，对中国社会现实和未来发展所进行的积极、认真、深刻的思考。他们的努力，让中国社会行至低谷之时，中国文化没有随之衰微。

事实表明，在中国两千多年来的发展中，对中国社会起到最直接推动作用的还是儒家、道家两家学派，他们试图在总结历史经验教训的基础上，找到一条适合国家发展、具有现实意义的治国之道，尽管他们的理论体系、社会影响大不相同，但是两者的相互交流、相互交融、相互交锋，最终推动了中国的进步。

三

假设时间是一条线性轴，我们从今天这个端点回溯，不难发现一个奇怪的现象——公元前800年至公元前200年这个时间段内，还处于童年时期的人类文明，已经完成了思想的第一次重大突破。

古代希腊、古代中国、古代印度、古代以色列等地域，不约而同地产生了伟大的思想家——在古希腊，有苏格拉底、柏拉图、亚里士多德；在以色列，有犹太教的先知；在古印度，有释迦牟尼；在中国，有老子与孔子。尽管他们处于不同的文明之中，他们提出的思想原则塑造了不同的文化传统，推动着智慧、思想和哲学精神完成了从低谷到高峰的飞跃，这些智慧、思想和哲学精神一直影响着今天的人类生活。

一百余年前，德国海德堡有一位年轻的医生，他对当时流行的研究方法很不满意。终于有一天，这位医生抛弃了厌倦已久、陈旧刻板的日常工作，由心理学转向哲学，并且扩展到精神病学，从此成为大名鼎鼎的哲学家——他就是雅斯贝斯。

在1949年出版的《历史的起源和目标》中，雅斯贝斯提出了一个重大的命题："轴心时代"。他将影响了人类文明走向的公元前800年至公元前200年定义为"轴心时代"，甚至断言，"轴心时代"发生的地区是在北纬30度上下，亦即北纬25度至35度区间。

值得重视的是，同在此时段，同在此区间，虽然中国、印度、中东和希腊之间千山万水，重重阻隔，但它们在轴心时代的文化却有很多相通的地方。雅斯贝斯称这几个古代文明之间的相通为"终极关怀的觉醒"。

这是一件有趣的事。尽管地域分散、信息隔绝，在四个文明的起源地，人们不约而同地选择了用理智和道德的方式来面对世界。理智和道德的心灵需求催生了宗教，从而实现了对原始文化的超越和突破,最后形成今天东方与西方的不同文化形态,它们像春笋一样,鲜活,蓬勃,拔节向上,生生不息。

然而,与此同时,那些没有实现突破的古代文明,如巴比伦文化、埃及文化,虽然规模宏大,但最终难以摆脱灭绝的命运,成为文化的化石。

在雅斯贝斯提到的古代文明中,有两个中国文化巨人,一个是孔子,一个是老子。孔子专注文化典籍的整理与传承,老子侧重文化体系的创新和发展。一部《论语》,11705字,一部《道德经》,5284字,两部经典,统共16989字,按今天的报纸排版,不过两个版面容量。然而,两者所代表的相互交锋又相互融合的价值取向,激荡着中国文化延绵不绝、无限繁茂的多元和多样。

孔子与老子,不仅是春秋时代的春与秋,更是文明形态的生与长、守与藏。

他们的哲学思想对中国文化的巨大影响,与春秋末年自由、开放、包容、丰富的思想氛围不可分割,也与他们之间平等包容的切磋、砥砺不可分割。孔子带领弟子周游列国十四年,晚年修订六经,孔子之后的孟子、荀子、董仲舒、程颐、朱熹、陆九渊、王守仁……继承他的职帜,将儒学思想发扬光大。老子一生独往独来,在老子之后的韩非子、《淮南子》进一步阐释了他的思想体系,庄子更是将他的思想推向一个高峰。老子的无为、不言、不始、不有、不恃、弗居,不仅是春秋战国纷乱局面的一种暂时的应对,其对后世更有着无穷的影响。在这里，大道是精神，也是生活。

孔子、老子相继卒于春秋之末、战国之初。几乎就在这个时刻，在遥远的恒河岸边，乔答摩·悉达多刚刚涅槃成佛，即将开启佛教的众妙之门；在更加遥远的雅典城邦，苏格拉底将要诞生，即将开启希腊哲学的崭新纪元。几乎就在这个时刻，承续春秋的战国大幕即将拉开，为求生存，各诸侯国继续变法和改革，吴起、商鞅变革图强，张仪、苏秦纵横捭阖，廉颇、李牧沙场争锋，信陵君、平原君各方斡旋、招贤天下……大秦帝国即将訇然而至，中央集权的统一中国萌芽即将形成。

老子哲学和孔子哲学的一个奇特之处在于，他将哲学问题扩大到人类思考和生存的宏大范畴，甚至由人生扩展为整个宇宙。他们开创了一种辩证思维方式，一种哲学研究范式，一种身处喧嚣而凝神静听的能力，一种身处繁杂而自在悠远的智慧，这不仅是个人与自我相处的一种能力，更是人类与社会相处的一种能力。

有意思的是，与东方文化秉持的守礼、中庸、拘谨的儒教情怀不同，老子在西方的传播要盛于孔子。林语堂在《老子的智慧》中写道："西方读者咸认为，孔子属于'仁'的典型人物，道家圣者——老子则是'聪慧、渊博、才智'的代表。"老子曾云："上士闻道，勤而行之。中士闻道，若存若亡。下士闻道，大笑之。不笑不足以为道。"林语堂在做这句话的注释时写道："相信多数读者第一次研读老子的书时，第一个反应便是大笑吧！我敢这么说，并非对诸位有何不敬之意，因为我本身就是如此。"

大笑，恰是进入老子哲学迷宫的一把密钥，也是进入中国文化的一条暗道。

就在孔子带领弟子们兀兀穷年，在城邦之间奔走宣讲、比武论招之时，老子却茕茕孑立，踽踽独行，以心中的胆气与剑气，打通了江湖武林的所有通关秘道。

恰如林语堂所言："那些上智的学者，便由讥笑老子、研究老子，而成今日的哲学先驱，以致老子成了他们终身的朋友。"事实上，"在孔子的名声远播西方之前，西方少数的批评家和学者，早已研究过老子，并对他推崇备至。"在恭谦良善、持节守中的儒教之外，老子以其凝敛、含藏、内收的智慧，完成了高傲的西方对于神秘中国的全部兴趣和完整想象。

近现代西方哲学家、思想家在老子哲学和孔子哲学中受到启发，找到灵感。英国科学家李约瑟一生研究中国，对中国文化情有独钟。在他看来，中国文化就像一棵参天大树，而这棵参天大树的根在道家。20世纪80年代联合国教科文组织做过统计，在世界文化名著中，译成外国文字出版发行量最大的是《圣经》，其次是《老子》。之所以有这样令人惊愕的翻译量、印刷量、阅读量，根本原因在于，它包含着对人类精神世界恒常的思辨和警醒。

孔子是国际的，老子是世界的。

夫唯弗居，是以不去。信哉！

2016年1月

长相思，忆长安

——写在唐长安建都1400年之际

距今1400年的公元618年，唐朝建都长安。随着"丝绸之路"的日益繁荣，中外经济文化交流空前频繁，长安城繁华一时，堪称世界第一大都会。这时的长安，是世界的中心，是中国精神的文化符号。

千百年来，长安一直为人们津津乐道，魂牵梦萦。长相思，忆长安，忆唐诗故里，忆盛唐气象。

——题记

绛帻鸡人报晓筹，
尚衣方进翠云裘。
九天阊阖开宫殿，
万国衣冠拜冕旒。
日色才临仙掌动，
香烟欲傍衮龙浮。
朝罢须裁五色诏，
佩声归到凤池头。

——王维《和贾舍人早朝大明宫之作》

壹

数不清的诗词歌赋、数不清的记事本末，从数不清的侧面记载了开元十七年的那场盛宴。

这是公元729年，八月初五，唐玄宗李隆基为自己40岁大寿举行了盛大的庆贺活动，并诏令四方，以每年八月初五为千秋节。

夏末秋初的长安，刚刚从淋漓溽暑中走来，像丰韵的少妇，更像成熟的智者，美得雍容华贵，美得不可方物。红尘紫陌，斜阳暮草，朝元阁峻临秦岭，羯鼓楼高俯渭河，难得的天高云淡、满城的普天同庆。在沟壑纵横的黄土高原上，这座城堪称是一个奇迹——它有红墙、碧瓦、金吾卫；也有霓裳、胭脂、堕马髻。它有宫阙九重，廊腰缦回；也有渊渟岳峙，马咽车阗。它有宫苑依傍着山明，也有夜弦追逐着朝歌。

这是大唐的长安，也是长安的大唐。一个充满自信的大唐王朝，一个万种风流的大唐皇都。

一千余年后，20世纪70年代的某一天，日本作家池田大作见到英国历史学家汤因比，两位风云人物抵膝畅谈。池田大作问道："假如给你一次机会，你愿意生活在中国这五千年漫长历史中的哪个朝代？"汤因比毫不犹豫地回答："要是出现这种可能性的话，我会选择唐代。"池田大作哈哈大笑："那么，你首选的居住之地，必定是长安了！"

"九天阊阖开宫殿，万国衣冠拜冕旒。"被后世誉为"诗佛"的王维在一首奉和中书舍人贾至的诗中，无比自豪地写道。凭借着过人的音乐天赋和一手好书画，王维15岁时已名动长安。《唐国史补》记载了这样一段故事：一次，一个人弄到一幅奏乐图，但不知题名为何。王维见后答曰："这是《霓裳羽衣曲》的第三叠第一拍。"此人请来乐师演奏，果然分毫不差。开元十七年，王维28岁，他还不知道，2年之后，他将要状元及第（一说为开元九年状元）。此时，他自豪于自己置身的伟大恢宏的时代，唱出无比真挚热忱的歌吟。

这一年，"诗仙"李白同样28岁了。5年前，23岁的青年才子满怀抱负，离开故乡江油，踏上远游的征途。他由德阳至成都、眉州，然后舟楫东行，下至渝州。次年，李白出蜀，"仗剑去国，辞亲远游"。再次年，李白春往会稽，秋病卧扬州，冬游汝州，抵达安陆。途经陈州时与李邕相遇，结识孟浩然。越明年，全国63州水灾，17州霜旱，吐蕃屡次入侵，唐玄宗诏令"民间有文武之高才者，可到朝廷自荐"，天下慨然应者云集。

开元十六年（728）早春，李白走到了江夏，在这里，他与孟浩然欣然相逢，开怀畅饮。此时的李白，摩拳擦掌，踌躇满志，他将要发出"天生我材必有用，千金散尽还复来"的长啸。开元十七年，李白终于来到了江汉平原北部的安陆。这里离他向往的长安还很远、很远，然而，西北望长安，不夜城的音讯比鸿雁飞得还快——暗闻歌吹声，知是长安路。对于李白来说，暗夜之旅不啻一条光明大路。（李白的路线按现地名说明，大约是从四川至重庆，去往江浙一带，回头西进至湖北、河南，最后到达陕西西安。）

又一年过去了，李白终于从安陆长途跋涉来到心中的圣地——长安。他欢呼雀跃，欣喜若狂，腹中已经酝酿着"幸陪鸾辇出鸿都，身骑飞龙天马驹。王公大人借颜色，金璋紫绶来相趋"这样的诗句。可惜，此时的长安，车水马龙，人才浩荡，政治、经济、文学、艺术、农桑、军事、人口、外交……世界各地的能人才子皆聚于此，与造化争锋。小小一个李白，还只是一个无名之辈。

这一年，京兆望族的纨绔子弟杜甫不满17岁，还在写着"庭前八月梨枣熟，一日上树能千回"的顽皮诗句。14岁的岑参刚刚经历父丧之痛，正准备举家从晋州移居嵩阳。

再过40余年，古文运动倡导者、被苏东坡评价"文起八代之衰，而道济天下之溺"的韩愈，共同倡导新乐府运动的白居易与元稹，被欧阳修赞为"投以空旷地，纵横放天才"的柳宗元……才会接踵而至。李贺、杜牧、温庭筠、李商隐、皮日休、陆龟蒙、刘禹锡……这些将要在中国文学长河中熠熠发光的名字，还都是漫天飘洒的尘埃。然而，在未来的两个多世纪里，他们将络绎不绝地聚集在同一个城市——长安。

贰

长安周边，八水环绕。泾水、渭水、灞水、浐水、沣水、滈水、潏水和涝水相互依傍，形成密布的水道。

时光，如黉夜的水波，诡谲又鬼魅。

开元十七年，这是大唐王朝近三百年中平凡而又不平凡的一年，是注定被时光湮没又注定被时光铭刻的一年。

——这一年，天才佛学家、思想家、翻译家、旅行家、外交家玄奘法师驾鹤西去已逾65载。这位出身于书香世家的行者历经17年，行程5万里，在印度学经交流，并带回来经论657部，开创了一条从中国经西域、波斯到印度全境的文化之路。玄奘回到长安，又潜心翻译经书近20年，留下1000多卷佛经译本和《大唐西域记》一书，使得源于印度的佛教，在大唐发扬光大。如今，中国佛教八大宗派中的六个祖庭都在长安。玄奘不安于现状，历经千辛万苦去寻求真理、追求卓越，从而不断超越自我的精神，是那个时代的写照，也是大唐王朝走向辉煌的动力之源。

——这一年，唐玄宗加封66岁的宋璟为尚书右丞相，授开府仪同三司，晋爵广平郡公。此时，天才政治家姚崇已驾鹤西去，文武双全的张说、忠耿尽职的张九龄即将登场。开元元年（713），姚崇密奏"十事要说"，此后力排众议灭蝗救荒，他将为政之道归结为简单的四个字"崇实充实"，襄助唐玄宗打开开元初期的艰难局面。姚崇、宋璟、张说、张九龄，作为有唐一代四位名相，他们各尽其才，忘身殉难，终于辅佐唐玄宗成就盛世伟业。

——这一年，大唐王朝的天才书法家张旭早就过了知天命之年。史料典籍无从显示这一年的张旭是否在唐玄宗的盛宴嘉宾名单里，然而，"草圣"的名号早已传遍长安的大街小巷——醉辄草书，点画之间，旁若无人，挥毫落纸如云烟，以头濡墨而书之,天下呼为"张颠"。这个姓张的天才加疯子,满街狂叫,狂走,狂书,醒后狂赞自己的作品。不在这个海纳百川的时代,焉得有这样的俊杰脱颖而出?不说今日,纵是当时,人们只要得到张旭的片纸只字,都视若珍品,奔走相告,世袭珍藏。张旭逝后,杜甫入蜀曾见其遗墨,万分伤感巨星之陨落,挥毫写下:"斯人已云亡,草圣秘难得。及兹烦见示,满目一凄恻。"

——这一年,大唐王朝的天才音乐家李龟年已过而立之年。在这场盛宴中,他是唐玄宗当之无愧的座上客。作为宫廷御用的乐工,李龟年常在贵族豪门歌唱。唐玄宗时,李龟年、李彭年、李鹤年兄弟三人都有文艺天分,李彭年善舞,李龟年、李鹤年则善歌,李龟年还擅吹觱篥,擅奏羯鼓,擅长作曲。他们创作的《渭川曲》是那个时代的绝唱,在数千年音乐史中也堪称绝响。

——这一年,大唐王朝的天才军事家王忠嗣还不满25岁。数年前,唐玄宗将在"武阶之战"中牺牲的烈士王海宾的幼子接入宫中抚养,收为义子,赐名忠嗣。此时,当年的孩童已成长为勇猛刚毅、富于谋略的猛将。寡言少语的王忠嗣一定不会知道,这场盛宴的翌年,唐玄宗便将重担交付他,派他出任兵马使,随河西节度使萧嵩出征。初出茅庐,王忠嗣便锋芒毕露,以三百轻骑偷袭吐蕃,斩敌数千。此后20余年,王忠嗣北出雁门关讨伐契丹,大败突厥叶护部落,大破吐蕃决战青海湖,一时间勇猛无双,威震边疆。正是缘于无数个忠心耿耿、征战边陲、不惜抛洒一腔热血的王忠嗣,才有了大唐王朝的和平崛起,有了中华民族的赓续绵延。

无数的天才会聚到唐都长安。他们往来穿梭,尽情讴歌这座伟大的城市,礼赞这个伟大的时代。岑参写道,"花迎剑佩星初落,柳拂旌旗露未干";刘禹锡说,"莫道两京非远别,春明门外即天涯";骆宾王则挥毫,"三条九陌丽城隈,万户千门平旦开。复道斜通鸂鶒观,交衢直指凤凰台"。

这时的长安,是世界的中心,是中国精神的文化符号。开放的胸怀、开明的风尚、包容的气度,纵使今天的美国纽约、日本东京、英国伦敦、法国巴黎,都无法与之比肩。全盛时期的长安,正如唐代诗人时常吟咏的"长安城中百万家",总人口超过了一百万,是无可争议的国际第一大都会,其中各国侨民、外国居民超过五万人,仅仅是流寓在长安的西域各国使者就达四千余人。哥伦比亚大学历史学教授卡林顿·古德里奇在《中国人民简史》中感慨:"长安是一座有世界性格的都城,内中叙利亚人、阿拉伯人、波斯人、鞑靼人、朝鲜人、日本人、安南人(古越南人)和其他种族与信仰不同的人都能在此和平共处,这与当时欧洲因人种及宗教而发生凶狠的争端相较,成为一个鲜明的对照。"

的确,长安是"一座有世界性格的都城",它不是一个人的长安,而是每一个人的长安;它是中国的长安,更是世界的长安——君王、美人、使者、名士、商贾、游侠、僧侣、王侯、将相。满城金甲的征战武士,夜夜笙歌的勾栏瓦肆,日暮云沙的边塞烽火,皎洁月色里的万户捣衣声……长安的记忆何尝不是中国的国家记忆?夜半不敢眠,忽然追忆起——秦川人家的炊烟,是怎样的遥袅?异域凛冽的酒香,是怎样的醉人?江湖侠客的芙蓉剑,应该何时出鞘?西市胡姬的紫罗裙,又是何等妖娆?

这是真正的盛世气象。

百花齐放,姹紫嫣红。在政治上,整顿武周以来的弊政,择贤臣为良相,整饬腐败吏治,建立完善的考察制度,精简官僚,裁减冗官;在经济上,推崇节俭,加强义仓制度,通过括户等手段缓解土地兼并导致的逃户弊端;在军事上,改府兵制为募兵制,兴复马政,对外收复了辽西营州、河西九曲之地,并再次降服契丹、奚、室韦、靺鞨等民族,吞并大小勃律并且攻灭突骑施,降服复国的后突厥。

在唐玄宗李隆基的带领下,大唐王朝休养生息,春种秋藏,正在沉稳地走向它的巅峰。毫无疑问,开元盛世——这是中国历史最傲岸挺拔的时刻,是中国社会最繁华鼎盛的时期,是中国文明最光辉璀璨的时代。

叁

让我们将时间的指针再向前拨动111年。公元618年6月18日,唐朝建都长安。

这一天,恰值端午,满眼所见,皆是情不自禁的歌舞与欢语。

时光宛若一条柔软的丝线,隔着1400年的风尘,隔着遥远的山河与旧梦,我们在这一端的遥望,便会牵动那一端的驻守，牵动那一刻的长安、那一端的大唐。沉淀在岁月深处的辉煌、荣耀、骄傲和尊严，清晰地浮出水面，又被曝晒在干涸的河床。

> 秦川雄帝宅，函谷壮皇居。
> 绮殿千寻起，离宫百雉余。
> 连甍遥接汉，飞观迥凌虚。
> 云日隐层阙，风烟出绮疏。

唐太宗李世民一首《帝京篇》，以其君临天下的豪迈气魄，写意挥洒的笔触，描摹了唐代都城长安的盛景。

长安是中国古代数个朝代的建都之地，而大唐长安更是作为中国历史最鼎盛时期的都城，曾经以东方最大最繁华都市的身份，尽享全世界的荣耀，美誉数千年。

实际上，大唐长安是在隋大兴城基础之上兴建而成的。

杨坚建立隋朝后，因沿袭下来的汉城城区狭小，无法适应新建的大隋王朝之需，而且"水皆咸卤，不甚宜人"，于是在582年6月18日这一天，隋文帝下令宇文恺在原汉城的东南侧修建新城。宇文恺参考了北魏洛阳和北齐邺都的建筑布局，只用了一年多时间，新的隋大兴城便竣工了。

谁料想，短暂隋王朝历30余年而亡。武德元年（618），唐国公李渊于晋阳起兵，逼迫隋恭帝禅位，建立唐朝。他对集隋唐两代建筑的都城进一步扩建，将大兴城改为长安城。

唐都长安基本保留了旧城的布局，但后来在郭城、街坊、道路，及东西两市进行了改造和扩建，以适应这个东方大帝国政治、经济、文化各方面的需要。整个长安城坐北向南，布局极为规整，正南正北，左右对称。正如白居易所写："千百家似围棋局，十二街如种菜畦。"

外郭城中包括皇城和宫城。唐代延续了汉代"左祖右社"的制度，即祖庙在宫殿左侧（东），社稷在宫殿的右侧（西）。城内分为110个坊，东西共14条大街，南北共11条大街。城中以朱雀大街为界，将长安城分为东西两半：街西辖55坊，归长安县管；街东辖55坊，归万年县管。朱雀大街宽达150米，南北走向，宽广平坦。这是大唐帝国都城的博大气势。

唐长安的主要宫殿是太极宫、大明宫和兴庆宫。前两宫在城内北侧。太极宫在长安正中偏北，皇城之内，沿用了隋代的大兴宫。太极宫是唐高宗、唐太宗当年理政之处，"贞观之治"的很多诏令都出自太极宫，这里也有不少唐太宗和魏徵君臣之间进谏和纳谏的故事，后来高宗时将理政移至大明宫。

大明宫建于贞观八年（634），在城北的龙首原上，地势较高，"北据高原，南望爽垲"。大明宫的正门是丹凤门，门前是宽达176米的丹凤门大街。丹凤门正北方向是大明宫的中轴线，由南向北依次建有含元殿、宣政殿、紫宸殿、蓬莱殿、含凉殿、玄武殿。丹凤门和含元殿、紫宸殿建在龙首原最高点，高大雄伟。遥望1400年前的长安，这些规制严谨的建筑、含义隽永的名字，展示了唐王朝的威严和强大。

大明宫中由龙首渠引水入内，修太液池。这样不但解决了宫内吃水问题，也大大改善了环境园林。后来高宗皇帝令增修麟德殿，在大明宫北部偏西，另建有殿和观、亭、楼诸如拾翠殿、跑马楼、斗鸡台等设施30余处，供自己和后宫享乐。

长安城共有12座城门，即东面的延兴门、春明门、通化门，南面的启夏门、明德门、安化门，西面的开远门、金光门、延平门，北面的玄武门、方林门、光化门。其中明德门为南面正门。

杜甫在诗中吟道："秦中自古帝王州。"唐朝是一个辉煌的时代，长安是一座伟大的城市。再没有一座城能像大唐的长安那般让人心驰神往。唐都长安不仅在当时创造了巨大的物质财富，而且积淀了自信自豪、开明开放、创新创优、卓越超越、求实务实的精神财富。

这是中国历史上真正文化自信的时代。

肆

公元717年，19岁的日本贵族士子阿倍仲麻吕以遣唐留学生的身份来到长安，进入当时的国立大学——国子监太学学习。

阿倍仲麻吕聪明勤奋，成绩优异，太学毕业后参加科举考试，一举就考中了进士。之后他一直在唐朝做官，73岁在长安去世，生前最高官职是光禄大夫兼御史中丞，是国家最高监察机构中权力仅次于御史大夫的高官。

像阿倍仲麻吕这样在唐朝做官的外国人数以百计。唐玄宗创造的大唐极盛之世，国力强盛，中外交往异常频繁，高丽、新罗、百济（前三者均在朝鲜半岛，因版图变化，本段括号中均为今日大致对应的国家、地区）、日本、林邑（今越南）、尼婆罗（今尼泊尔）、骠国（今缅甸）、赤土（今泰国）、真腊（今柬埔寨）、室利佛逝（今印尼苏门答腊）、诃陵（今印尼爪哇）、天竺（今印度、巴基斯坦、孟加拉国等）、狮子国（今斯里兰卡）、大食（唐代以此称阿拉伯帝国）、波斯（今伊朗）等国都与唐朝有广泛的经济文化交流。长安城内包括做官、求学、经商的外国人，曾超过10万人，留学生最多的时候达到8000多人。朝廷允许外国人及其他民族的人在唐朝居住、结婚，也极大地促进了民族融合、文化交流。

当时的唐都长安，有东市、西市两个繁荣的市场，东市主要从事国内贸易，西市主要从事国际贸易。西市占地1600多亩，有220多个行业、4万多家固定商铺，聚集了世界各地的客商，从酒店到药店，从食店到粮店，可谓名副其实的"自由贸易区"，不能不承认，早在1000多年前，长安人就已经过上了"买全球、卖全球"的生活。

西市不仅是商贸的平台，也是创业的舞台。唐代中期的窦乂，从西市起步，务实经营，不断创新，从种树、卖树的小生意，发展到"商业地产开发"，不仅成为长安首富，还把商铺"窦家店"开到了遥远的罗马城。

特别值得一提的是，随着"丝绸之路"的日益繁荣，中外经济文化交流空前频繁,长安城经济繁华一时。作为当之无愧的世界的政治中心、经济中心、时尚中心、商贸中心,长安的中国读本早已经成为世界读本了。

由长安出发的"丝绸之路"把世界的东方与西方联系了起来;航海事业蓬勃发展,三条水路可以直达日本,还有从广州、泉州等地越南海到东南亚、西亚,及埃及和东非的海上交通。通过绵延万里的"丝绸之路"而来的西域、西亚,乃至欧洲、非洲的客商或官员,来自日本、朝鲜半岛的客商,及留学生、留学僧们,在长安的大街上三五成群,悠闲漫步。当时像阿倍仲麻吕这样在朝廷做官的外国人比比皆是,正是大唐对外开放、包容的态度,引得万邦来朝。据记载,当时与唐朝交往的国家多达70个,外国贵族委派子弟到长安的太学学习中国文化,不少僧人在唐长安的寺院里学习佛学。

世界各地的游客以造访长安为荣耀。爱尔兰记者、摄影师、人类学家基恩在《北亚和东亚》中描述说,长安是维系鞑靼斯坦与中华帝国腹地贸易的要地,向甘肃运送陶器和瓷器、棉花、丝绸、茶叶,以及小麦,接受兰州的烟草、豆油、毛皮、药材与麝香,宝石也通过这里输送。

大唐长安,不仅是世界上第一个人口超过100万的国际化大都市,而且城市面积超过80平方公里。有唐一朝不仅经济发达,而且文化繁荣,影响遍及世界,直到今天余音依然绕梁不绝,海外华人聚集区仍被称为"唐人街",中国传统服饰仍被称为"唐装"。

伍

开元十七年那场盛宴,端的是绣衣朱履,觥筹交错,开琼筵以坐花,飞羽觞而醉月。然而,酒香未散,弦歌未尽,华灯依旧,岁月却已经走过了20余个春秋。

承平日久,国家无事,唐玄宗沉溺宫闱,渐生懈怠之心,公元742年,将年号由开元改为天宝。公元天宝十四载(755)11月,手握重兵的胡人安禄山趁朝廷政治腐败、军事空虚之机发动叛乱,次年12月,攻入洛阳,唐玄宗率众仓皇出奔。

历史上将这场长达8年的叛乱称为"安史之乱"。这次叛乱,让大唐王朝元气大伤,一蹶不振,为其衰落埋下了伏笔,尽管贞观之治、开元盛世之后还有过元和中兴、会昌中兴、大中之治等短暂的复苏,大唐却始终未能回到曾经的巅峰。

其兴也勃焉,其亡也忽焉。

繁华的长安,于晚年的唐玄宗而言,不仅是遥远的往昔,更是不可追悼的故乡。一代中兴之主,终生未归长安。此前,唐玄宗领养的义子王忠嗣,数次上书奏言安禄山将大乱天下,唐玄宗始终置之不理。对于大唐的危机,唐玄宗没有丝毫察觉,听闻王忠嗣之言,却暴跳如雷,对其严加审讯,意欲处以极刑。昏聩若此,怎不危机四伏;忠言逆耳,岂止忠嗣一人?

大唐建都长安,到今天,已经整整1400年。寂寥扬子居畔的桂花芬芳犹然在侧,金阶白玉堂前的青松仍是昔时模样,时光却似流水,一去不复返了。永远的荣耀,变成了深长的忧叹。

长安，依旧繁华如梦。但是，这里不再是唐玄宗的长安，也不再是李白的长安了。"抽刀断水水更流，举杯销愁愁更愁"，豪放不羁的诗仙终于厌倦了长安的生活，远走他乡，仗剑遍游天下。多年以后，李白一反其诗词的豪迈飘逸，用汉乐府歌辞的寄寓手法，写下了缱绻悱恻的《长相思》——

长相思，在长安。
络纬秋啼金井阑，微霜凄凄簟色寒。
孤灯不明思欲绝，卷帷望月空长叹。
美人如花隔云端！
上有青冥之长天，下有渌水之波澜。
天长路远魂飞苦，梦魂不到关山难。
长相思，摧心肝！

2018 年 10 月

那一场突如其来的漫天大雪

——百年仰韶与中国考古

东经 111 ~ 112°，北纬 34 ~ 35°。

河南省渑池县仰韶村。

黄土高原自西向东缓缓轻垂，高耸的崤山灵巧地托起了高原的余脉。崤山高山绝谷，峻坂迂回，形势险要，是陕西关中至河南中原的天然屏障。满是褶皱的断块山脉自西南向东北逐渐低缓，将蜿蜒在黄河、洛河之间的崤山整齐地切割为东崤、西崤。

东西二崤巍峨耸峙，中间一泓清澈，便是渑池。

渑池之名来源于古水池名，本名黾池，以池内注水生黾（一种水虫）而得名。黾池，上古属豫州，西周时为雒都（今洛阳）边邑，春秋有时属虢国、郑国。战国时，韩国灭郑，渑池归属于韩。

1921年4月18日，瑞典地质学家安特生从渑池县城徒步来到仰韶村，在村南约一公里的地方，他发现了一些被流水冲刷露出地面的陶片和石器，还有夹杂着灰烬和遗物的地层，其中就有引人注目的彩陶片。他想起了西方的安诺文化中的彩陶，产生了比较研究的兴趣。

这一年的 10 月 27 日，他和中国的地质学家袁复礼、奥地利的古生物学家师丹斯基等一道，再次来到仰韶遗址。他们在这里一待就是数月，深入发掘，发现了大量精美彩陶，而且还在一块陶片上发现了水稻粒的印痕。

正是安特生、袁复礼、师丹斯基这些无意之中的发现，结束了"中国无石器时代文化"的历史，揭开了中国田野考古第一页、中国新石器考古事业第一页、中国考古学研究第一页、中国原始社会研究第一页。

1921 年——由此成为中国考古学的原点。

安特生将他在渑池县仰韶村发现的华夏文明沧桑遗存——距今 5000 到 7000 年的中国新石器时代文明形态，命名为仰韶文化。

一

一场突如其来的大雪顷刻之间将渑池带进冬天。

穿越茫茫雪原，从渑池县城一路向北，不到十公里便是安特生发现彩陶遗址的仰韶村。

燕山雪花大如席，李白的诗句不是夸张。如席大的雪片从天而降，天地一片混沌，山河银装素裹，往事在风中一一重演——

公元前 279 年（周赧王三十六年），秦国与赵国会盟于西河外渑池。秦王饮酒酣，曰："寡人窃闻赵王好音，请奏瑟。"赵王鼓瑟。秦御史前书曰"某年月日，秦王与赵王会饮，令赵王鼓瑟"。蔺相如前曰："赵王窃闻秦王善为秦声，请奏盆缶秦王，以相娱乐。"秦王怒，不许。于是相如前进缶，因跪请秦王。秦王不肯击缶。相如曰："五步之内，相如请得以颈血溅大王矣！"

公元1061年（嘉祐六年），苏辙送苏轼至郑州，分手回京途中作诗寄苏轼，苏轼作诗以和。苏辙十九岁时，曾被任命为渑池县主簿，未到任即中进士。他与苏轼赴京应试路经渑池，同住县中僧舍，同于壁上题诗。而今，苏轼赴陕西凤翔做官，再次经过渑池，睹物思人，写出了《和子由渑池怀旧》："人生到处知何似，应似飞鸿踏雪泥。泥上偶然留指爪，鸿飞那复计东西。"

两千多年的时光倥偬而逝，赵国上大夫蔺相如正气凛然的呐喊仿佛还在此地回响；一千年的日子蹉跎至今，东坡居士那前尘往事的深情眷念、来去无定的人生怅惘，似乎还在这里飘荡。

雪花飘飘，落在沉睡的大地上，厚厚的黄土堆积着岁月的痕迹。黄河边凛冽的北风，愈加凛冽，未有一刻停歇。我们的祖先究竟怀着怎样的情感、怎样的心绪在这里生活和劳作？日出而作，日落而息。我们的祖先——那些身着褐衣的劳作者，他们用粗糙的双手搅拌着泥浆，将泥浆做成半干半湿的泥坯，再用半干半湿的泥坯做成各式各样的陶罐——这或许是人类最原始、最朴素的生产生活器具。他们在太阳下挥洒着汗水，叮叮当当石块与石块的声音、扑哧扑哧泥坯与泥坯的声音、哗哗啦啦泉水冲进溪流的声音——汇成了一曲恢宏的乐章。那些简陋、质朴，却曼妙、智慧的乐章终归平静，时间留给了未来，历史帷幕上镌刻我们的祖先自豪而自信的身影。

这是偶然，可也是必然吧？安特生一次偶然的漫步，成就了一场我们和祖先暌隔数千年的会晤，多么值得大书特书的一桩趣事！当年的挖掘现场，已经成为今天的仰韶遗址。仰韶村南部的缓坡台地上，被各种符号和数据整齐标记的遗址，更像是一个巨大舞台的巨大后台，纷纭复杂中，一场大戏刚刚结束，另一场大戏正要拉开帷幕。仰韶村北依韶山，东、西、南三面环水，所谓仰韶，当地人说，就是"仰望韶山"。仰韶村遗址由北而南，地势由高向低，呈缓坡状。半岛形状的遗址地面，已经被当地农民因势造形地整修成梯田。在梯田的地堰断面，留下了很多裸露在外的文化层断面。遗址长约900米，宽约300米，面积仅仅30万平方米的遗址区，文化层堆积竟然厚达五米。

由于被发源于韶山的两条自然冲沟不断下切，在遗址两边形成了东西两条深沟。这两条沟在遗址南部相交，汇成小寨沟向下直达南部的涧河，使遗址呈半岛状。两条沟从两侧到沟底，形成了乔、灌、草结合的自然立体形生态植被地貌。亲切的场景让人顿生好奇，7000至5000年前的祖先们，怎样用满是老茧的双手，建设了一个繁衍生息温暖如斯的家园？历尽沧桑的石块，从雪野里挺立起高昂的头，见证着我们的祖先对于韶山的仰望，诉说着今日的我们对祖先的仰望。阳光，从地平线上炸开一丝缝隙，将耀眼的光明送到雪后人间。对天堂的渴盼是从神道开始的，石阙、石碑、石柱、石人、石虎、石马、石牛、石羊、石椁、石棺、石祠……笨重的石雕，紧贴大地的煌煌匠心；对人间的诉说是从彩陶出发的，陶罐、陶瓶、陶碗、陶盘、陶盒、陶瓮、陶灯、陶枕、陶篮、陶俑、陶马、陶豆、陶鼎、陶鬲……笨拙的花纹，展示着中华民族先祖在平凡生活中的浪漫热烈与汪洋恣肆。

在20世纪初，西方学者认为中国没有石器时代。这也是安特生发现仰韶遗址时感慨万千的原因。他以欧洲著名的丹麦遗址为例，"长为100至300米，其广50至150米，厚1至3米"，而仰韶南北为960米，东西480米，灰土层厚1至5米不等。"则可知在石器古人时代其地当为一大村落无疑矣。"1923年安特生的《中国远古之文化》正式发表，把仰韶文化确立为中国史前文化，这不仅使中国无石器时代的论调不攻自破，而且让仰韶文化走向了世界。安特生先后在中国的甘肃、青海、陕西等地，系统发掘了约50个文化遗迹，并获得了一个赫赫有名的称号——"仰韶文化之父"。

此后，中国考古学家对仰韶村遗址先后进行三次发掘。遗址出土的大量的石器、骨器、陶器、蚌器，为中国社会发展史、世界考古史的研究，提供了丰富的实物资料。

二

仰韶村遗址——
这是将中国历史与文明的基础和源头追寻到文献与传说

边界之外的实证。

在仰韶村，安特生和他的团队挖掘了大量精美的彩陶。但是，一百年前考古发掘几乎为零的中国，安特生找不到进行对比研究的其他参照物，他由此得出结论，这些彩陶不可能原发于中国本土，而是受西方的安诺文化的彩陶影响而产生的。安特生依据仰韶彩陶与西亚、东欧彩陶的某些相似性，提出了"中国文化西来说"："余意以为仰韶纪土层属于石器及金属器时代之过渡期，与地中海左右之所谓石铜时代者相吻合。"（《中国远古之文化》）

安特生的"中国文化西来说"，在相当一段时间影响了世界考古学界，让中国考古学家很受打击。他们努力开展更多考古工作，寻找仰韶文化的来源与去向。1926年考古学家李济在山西夏县西阴村发现一处仰韶文化遗址。1931年，考古学家梁思永发现了著名的后岗三叠层，它的下层是以红陶和少量彩陶为代表的仰韶文化遗存，中层是以黑陶为代表的龙山文化，上层是以灰陶和绳纹陶为代表的商代晚期文化遗存。这个三叠层证明了文化的连续性，华夏文明终于从仰韶文化中得以实证。

中华人民共和国成立后，中国考古学家对多个仰韶文化遗址——陕西西安半坡、临潼姜寨、宝鸡北首岭、河南淅川下王岗、洛阳王湾、郑州大河村——进行了正规的考古发掘。考古结果证实这些遗址大多在距今7000—5000年间，前后延续了约两千年，从而进一步印证了中华文明史前重要的发展阶段——仰韶时代。

一条黄河，贯连着仰韶文化，黍与粟，则标记着黄土高原文化圈的典型特征。仰韶时代，华夏文明自我认知的时代。从散布黄河岸边的遗址群落中不难看出，中华民族的祖先们乐观自信、青春浪漫，他们沿着黄土高原，沿着黄河两岸，士气高昂、开疆拓土。

这是中华民族早期文明的旋律和回声。仰韶文化，为突破血缘、超越部落和部族的国家的诞生创造了前提性条件。从仰韶文化不同的遗址中，考古学家逐步了解到仰韶时期人们的生存环境、居住模式、村落形态、经济手段、日常生活，乃至社会组织、意识形态、婚姻关系、丧葬习俗等内容，将这些内容叠加，几乎可以完整再现母系氏族社会的生活方式。

仰韶文化早期工具以发达的磨制石器为主，常见有刀、斧、锛、凿、箭头、纺织用的石纺轮等，动物骨制作的骨器也相当精致。各种水器、甑、灶等日用陶器以泥红陶和夹砂红褐陶为主，主要呈现红色，红陶器上常彩绘有几何形图案或动物形花纹，或者浪漫恣肆、奇异诡谲，或者厚重质朴、憨态可掬，散发着中华民族"独与天地精神往来"的文化气质。

仰韶文化是一个以农业为主的文化，是刀耕火种的代表，那些带着泥土的石器——石斧、石铲、磨盘——标记着中华民族农耕文明的典型特征。可以想象，除农耕外，仰韶文化时期的先民们已经掌握了渔猎的技巧。在出土的文物中有骨制的鱼钩、鱼叉、箭头等，以及陶器上，大量的与鱼相关的图案，诉说着那个时代的秘密。从这些图案中，不难看出先民们过上了比较稳定的定居生活。中华文明在早期古拙天成、艰苦卓绝中，已经有着浑厚沉雄的精神特质，我们的祖先们一步一个脚印，踏实前行，历史的风霜雪雨，尽在这些回肠荡气的命题里。这些具有一定规模和布局的村落或大或小，村落外散布着墓地和制陶的窑场，房屋的墙壁是泥做成的，零零碎碎的草茎混在里面，有些已经开始用木头制作骨架，墙的外部多被裹草后燃烧过，来加强其坚固度和耐水性——古人的智慧远远超出了我们的想象。

仰韶文化极其丰富多彩，不同地区的仰韶文化，由于来源不同，去向也不一样，被学者命名为不同的文化——半坡文化、庙底沟文化、西王村文化、大河村文化、下王岗文化、后冈一期文化和大司空文化。一百年来，随着中国考古学界认识的深入，原来单一命名的仰韶文化，现在成了既有联系又有区别且名字各自不同的仰韶文化群。这些不同的仰韶文化大致可以分为早中晚三期，半坡是早期的代表。中期则以庙底沟文化为代表。晚期的仰韶文化以山西芮城县西王村遗址上层为代表，彩陶数量已经减少，带状网格纹成为基本图案。

中期的庙底沟文化是当时中国文化圈中最强势的文化。它不仅遍布整个黄河中游地区，在黄河下游的大汶口文化、长江中游地区的大溪文化和西辽河流域的红山文化中，都有发现；它的影响，向西远抵青海，西南则深入川西北，向北越过河套，东南则进入苏北，范围之大，差不多遍及半个中国，是任何中国史前文化所不及的。庙底沟的彩陶是其标志性器物，在传播的过程中，携带了文化传统，将广大区域居民的精神聚集到了一起，标志着华夏历史上的一次文化大融合,是一个伟大文明的酝酿与准备。

从1999年开始,中国社会科学院考古所和河南省文物局先后七次对河南灵宝西坡进行了考古发掘。在2004年至2006年的发掘中,更是发现了我国史前时期规模最大、建筑面积达516平方米的超大型房屋,说明聚落内部结构已由仰韶早期的向心式布局开始转变为开放式布局,大型公共建筑和公共场所的出现,也昭示着仰韶文化晚期社会复杂化程度的提高。

虽然有数以千计的仰韶文化遗址被发现,有数以百计的仰韶文化遗址被发掘,总体看,不同地区的仰韶文化,在距今5000年后,大致都演变成龙山文化,而龙山文化则是夏商文明或者说华夏文明形成的基础。有一段时期,也有部分学者将仰韶文化认定为夏文化,不过随着二里头等与夏文化更为贴近的遗址的出现,这一观点就被放弃了。

必须强调的是,中国文明起源的探索,一直伴随着对仰韶文化的不断认识。从20世纪20年代的仰韶文化来说,到后来的仰韶文化和龙山文化的东西二元对立说,再到20世纪六七十年代的仰韶龙山一元发展说,发展到现在的多地区多元起源说,应该说是一个不断进步的过程。

三

一百年过去了,对于仰韶文化,中国考古学界的新发现、新进步不断刷新世界对中国早期文明的认识。仰韶文化——

距今7000年—5000年、以黄河中游地区为中心、吸收广阔地域的早期文化因素融合形成、自身演变脉络相当复杂、辐射广泛甚至可以说是同时期东亚地区规模最大人口最众的一支史前农业文化体系——正在逐渐丰富，而关于仰韶文化的源头和中国文明的起源，也经过西方学者的西来说到举世公认的本土说，从安志敏、夏鼐的中原中心说，到苏秉琦的满天星斗说和严文明、张光直的多元一体说，认识日趋丰富，思考渐趋细密。

仰韶初、早期农业稳步发展，推动了仰韶文化厚积薄发从量变到质变的过程，它是黄河流域自然条件下文化和社会发展的结果。进入仰韶中晚期，仰韶文化开始丰富化、复杂化。中华民族在长期生产生活中积淀下来的憨厚淳朴、务实重农、兼收包容、尊重世俗等诸多中原文化的基本品质，在这个时期得以完成。

仰韶文化社会复杂化的特点、发展模式，符合中原地区的生存条件、文化传统、社会背景，其分布区域正是中原龙山文化和夏商周三代的地域舞台。因此，仰韶文化开启了中国早期文明化进程，其文化特质被继承和发展。

一条黄河，串联起仰韶文化——河南、陕西、山西、河北、甘肃、青海、湖北、宁夏。黄河发源于青海省巴颜喀拉山，全长5464公里。作为中华民族的母亲河，黄河时而温柔时而强悍，历史中黄河下游决口千次之多，上古时期大禹治水，将高山劈开疏通河道，形成人门、鬼门和神门，三门峡因此而得名，仰韶文化便位于三门峡的渑池县。

西看黄河卷沙而来，东送黄河水平稳入海。黄河沿岸，特别是黄河中游为中心的广大地区，遗址数量众多，仅河南就多达3000处，它充分吸收了黄河上下游及南北邻近地区的文化因素。湖北枣阳雕龙碑、河南邓州八里岗、淅川龙山岗、南阳黄山遗址，都发现有仰韶中晚期带先进木质推拉门的套间房址，这真的是一个奇迹。

陕西高陵杨官寨仰韶中晚期聚落面积80余万平方米，大型环壕、大片墓地、制陶作坊区规划显著，中部发现大型池苑遗迹，可带给附近的排水设施1000立方米的储水量。甘肃秦安大地湾仰韶晚期中心聚落有一座特大型复合体宏伟建筑，具有"前堂后室、东西厢房"独特结构，占地290多平方米，主室地面抗压强度相当于100号水泥，出土重要公共用器，显系殿堂。凡此表明，各地、各时期的仰韶文化，或正壮大，或已形成文化体系，共同构成仰韶文化的丰富内涵。

仰韶文化，作为具有强大生命力的文化，它向外更具有强大的辐射力、影响力。没有黄河文明的海纳百川，就不会有那些富有特色、线条柔美流畅、色泽艳丽的彩陶的大范围传播；没有仰韶文化的吞吐八荒，就不会有华夏文明史中的第一次艺术浪潮、第一次艺术高峰。

值得一提的是，中国史前文化有多个文化圈，而仰韶文化圈与其他文化圈的互动从未停止，中华文明就是在这样的互动中逐渐出现的。

与此同时，以仰韶文化为代表的黄河文明，与长江文明一样，与其他文明隔着在古代难以逾越的地理障碍——与距离相对最近的印度文明之间,也隔着帕米尔高原、青藏高原、戈壁荒漠,喜马拉雅山脉、横断山脉,印度洋和南海,无论是陆路还是海路都极其艰难。这样的地理环境,使中华文明在大航海和工业化之前,一直没有受到来自西方其他文明的武力入侵和经济、文化、宗教等方面的压力,波斯帝国只到达帕米尔高原,亚历山大止步于开伯尔山口,阿拉伯帝国与唐朝也仅仅是在中亚偶然遭遇一次交战,铁木尔海来不及入侵明朝便已经结束。基督教只在唐朝有过段时间小范围的传播,十字军东征从未以中国为目标……这使得中华文明没有被外来因素干扰或者中断,并能够独立地延续和发展。

这是乐章,更是史诗。这激越雄浑的仰韶文化,从远古走来,一刻不曾停息。中华民族,用血泪、用汗水、用陶土、用铁磨写出了不可磨灭的历史,血脉的偾张,心灵的绽放,天地间仿佛听得到我们先祖的呼喊,看得到我们先祖的奔跑。岁月,如同一道神秘幽深的隧道,它的深处,是中华民族雄健的肌肤、伟岸的骨骼。

黄河之水天上来,东流到海不复回——

坚忍,顽强,雄浑,苍劲,这就是仰韶文化中透射出的雄壮之风、凛冽之气,这是中华民族的丰碑。无数缤纷的陶片、无数灵动的碎石、无数无言的沙砾,占领了惊涛轰鸣的历史河岸,带来激越浩荡的时代气象,横亘在千山暮雪,绵延在万里长空。

伟哉,仰韶!

2020 年 12 月

何以春节，何以中国

北方从腊月廿三、南方从腊月廿四开始，大江南北的人们开始"忙年"，春节的华幕便正式拉开了——置办年货、扫尘、贴年红、团年饭、守岁、压岁钱、拜岁、拜年、舞龙舞狮、拜神祭祖、祈福攘灾、烧爆竹、烧烟花、游神、押舟、庙会、游锣鼓、游标旗、上灯酒、赏花灯……春节里的活动喜庆又琐碎，整个活动要持续到正月十五才算进入尾声。

丰富多彩的春节是中国人永恒的主题，不论在国内还是在海外，不论平日里有多忙多累，此时此刻，忙碌了整整一年的中国人都会停下手边的劳作，擦干额头的汗水，穿上喜庆的新衣，投入节日沸腾的海洋。

懂得了何以春节，便懂得了何以中国。

春节是一个文化丛，它是镌刻在中华民族基因里的家园，是存留在中华民族记忆里的明灯，更是澎湃在中华民族血脉里的未来。

"海日生残夜，江春入旧年"。春节的脚步越来越近，越来越急，回乡的潮流越来越汹涌，满街的红色越来越喜庆。这是一年中最大的中国节日，无论多么劳累的人，都可以在这个节日里喘息；无论多么疾驰的行程，都可以在这个节日里停留；无论多么辛苦的煎熬，都可以在这个节日里重启；无论多么沉甸甸的收获，都可以在这个节日里盘点、珍藏。

春节是地球上的一个奇迹，十几亿人在这个节日里，完成了世界上最大规模的迁徙，共同激活华夏子孙的历史传统、唤起中华民族的文化记忆。春节是一个文化丛，蕴藏着中华民族最宝贵、最丰富的记忆单元。

"爆竹声中一岁除，春风送暖入屠苏。千门万户曈曈日，总把新桃换旧符。"春节内涵无比丰富，从其各种烦冗的规则、礼节中便可见其一斑。岁时节点、人神祭祀、祈福纳祥、家庭人伦是构成春节文化的多重景深。"历添新岁月，春满旧山河"，这个家国一体、举国欢庆的传统日子，更让这个节日有了特殊的地位。

不过，就像很多传统节日一样，很长一段时间以来，同端午、清明一道，春节也曾在"古今""中西"之间，一度失落。

我们的环境越来越喧嚣，鳞次栉比的高楼大厦遮蔽了人们回首来路的渴望，越来越便捷让生活变得越来越复杂，远离了乡野、故土，现代文明让人和人之间的关系越来越疏离，春节似乎已经肤浅得只有放不放爆竹这样一个无比简单的问题。流动的人群为掌上的屏幕所困，现代科技成为人们无法返回心灵故乡的一道高墙。与此同时，圣诞节、感恩节等西方节日在年轻拥趸的裹挟下，日益削减着传统节日的影响力。学者们奋笔疾书，专家们振臂高呼，政府部门也在不停地冥思苦想、提振士气。值得庆幸的是，经过了一段时间的彷徨和犹疑，中华文化再次显示出它的博大精深和包容雅正，正是在"古今""中西"之间，春节获得了更大张力，也具有了更大的定力。

莫言说过一句饶有趣味的话："世间的书大多是写在纸上的，也有刻在竹简上的，但有一部关于高密东北乡的大书是渗透在石头里的，是写在桥上的。"这是从正值盛年的中国土壤里生长出来的文化情怀和文化自信，朝气蓬勃，淋漓酣畅。中国传统文化就如同那些镌刻在石头上的高密史诗，如同宏博阔大的钟鼎彝器，事无巨细地将一切"纳为己有"，沉积在内心。

中华文化不仅是个人的智慧和记忆，而且是整个中华民族的集体智慧和集体记忆，是我们在未来道路上寻找家园的识路地图。中华民族的子子孙孙像种子一样飘向世界各地，但是不论在哪里，不论是何时，只要我们的文化传统血脉不断，薪火相传，我们就能找到同心人、同路人——那些似曾相识的面容、久远熟悉的语言、频率相近的心跳、浸润至今的仪俗、茂密苴壮的传奇、心心相印的瞩望，这是我们中华民族识路地图上的印记和徽号。今天，我们有责任保存好这张识路地图，并将它交给我们的后代，交给我们的未来。

"文化自信是更基本、更深沉、更持久的力量。"习近平主席此前访问瑞士时，提出了人类命运共同体的概念。在人类现代化、全球化、信息化的转折点上，我们有理由、有必要深思我们作为一个整体的发展命运，而这些，都是以深厚的文化自信为基础的。在中外文化交流过程中，我们首先要保持对自身文化的自信、耐力、定力。传统节日，蕴藏着一个民族的集体意识，描绘着一种文化的共同底色，是以文化创新形塑文化自信的最好抓手，只有如此，才能塑造中国人的文化认同和身份认同，打造最持久、最深沉的文化自觉、文化自信、文化自强。

春节是一个文化丛，春节更是一棵生命树，它是镌刻在中华民族基因里的家园，是存留在中华民族记忆里的明灯，更是澎湃在中华民族血脉里的未来。

2019 年 1 月

木

漂泊中的永恒

西起奉节白帝城，东到宜昌南津关，三条大峡谷气势如虹，一路昂首东去。大自然用两百万年的耐心和伟力，打造出数不清的神秘与神奇，从而成就了长江三峡这幅迤逦诡谲的风情画卷。

——题记

放舟下巫峡，心在十二峰。

三百余年前的清康熙某年，穷困潦倒的诗人许儒龙越高唐、穿龙门、过巫峡，兴之所至，慨然写道。

许儒龙，字水南，号水南居士，郫都犀浦人。他是四川唯一被推荐参加博学鸿词科的考试者。曾撰《上扬抚年言夷书》，言防川边患大计，极有远见。但许儒龙性情淡泊，晚年隐居不仕，故世人知其名者不多——其率性真情、孤傲不群，由此诗句可见一斑。

我们不妨设想——这一天，清风徐来，水波不兴。许儒龙衣袂飘飘，荡舟而来，他或许孤身一人，或许结伴城南诗社诸朋，煮酒青梅，指点江山，兴之所至提笔赋诗，激扬文字，心逐巫峡。

一江碧水，两岸青山，三峡红叶，四季云雨，千年古镇，万年文明。

在中国的历史版图上，从没有哪道山湾水景，像巫山巫峡这般鼓荡旅人的情思、放纵行者的想象。

一

山高，壁陡，流急。

长江裹挟岁月风尘，浩浩汤汤，呼啸而至，像一把利刃，切开了巫山坚实的腹地，造就了巫峡的壮美。

美国前总统罗斯福曾说，每个美国人都一定要去看看科罗拉多大峡谷，因为峡谷是用时间缓慢雕刻出的惊心动魄。

巫峡何尝不是如此？时间缓慢地推动着历史，雕琢着历史，也记录着历史，缓慢中的尖锐锋利让人惊心动魄，缓慢中的一往情深令人荡气回肠。根据现有资料的地貌分析，三峡地区的峡谷主要是通过溯源深切与河流袭夺而成。地质学家推断，在长江三峡贯通以前，四川盆地的水流本是汇入藏南地带的古特提斯海，之后又汇入云贵地区一些沿断裂带分布的湖泊。由于自新第三纪以来青藏高原及云贵高原的强烈隆起，藏东形成向东倾斜的大斜坡，从而开始出现大面积汇水的向东流，它横截了一条条原向南流的水系，又经三峡地区向东入海，从而形成现在这条长约6400公里的长江。

西起奉节白帝城，东到宜昌南津关，三条大峡谷气势如虹，一路昂首东去。大自然用两百万年的耐心和伟力，打造出数不清的神秘与神奇,从而成就了这幅迤逦诡谲的风情画卷。

巫峡山高谷深,湿气蒸郁不散,易成云雾,故有"云雨巫山十二峰"之称,这也是许儒龙诗中"十二峰"的由来。今天,这句诗被当地人改成"放舟过巫峡,心在神女峰"。其实,延绵不息的巫峡群山,白壁苍岩无数重,还有零星百万峰,峰峰不同,各美其美,岂是神女峰和十二峰就能够尽展其美的?古事流传至今,附会之说杂糅了太多的世态炎凉。

连绵四十余公里,巫峡奇峰嵯峨,烟云氤氲缭绕,景色清幽迂回。巫峡阴晴雨雪各有其美。晴时,白雾悬浮于峰峦之巅,似烟非烟,似云非云,似雾非雾。雨时,宛若沧海巨流,云从天降,呼啸而至,铺天盖地。雨歇,云雾在峡谷间游弋,忽飘忽荡,忽升忽降,忽聚忽散。

三峡是风与水的杰作,是美与真的童话,曾经有山与山绵绵不绝的心手相拥,而今却任由风的蹂躏、水的侵蚀,铺陈出这傲岸的嶙峋、巨大的坚硬。旷世的宁静之中,是生命的飘逝和生命的接续。三峡风格迥异。瞿塘山势雄峻,斧削而成,可是多了些悬陡的稚嫩、初生的鲁莽。西陵怪石横陈,滩多水急,可是多了些草率的刚愎、青春的犹疑。也许巫峡的幽深奇秀、峰峦跌宕最适合疲惫的诗人搁置桀骜的灵魂,所以才有了许儒龙的放舟巫峡吧。考古学家论证,三个峡谷的各自特点,表明它们的形成时代与发展阶段大不一样。巫峡的支流,截断面多呈 V 字形,仅在小支流口有岩坎跌水、谷壁多呈垂立三角面状、峡谷切深大且多起伏——他们据此大胆揣测，如果说瞿塘峡处于青年期，西陵峡处于回春发育期，那么巫峡则处于生命中最宝贵、最稳定的壮年期。青春的暗潮已过，逆袭的可能已无，巫峡正沉浸在生命最美好的时光里，欢喜地等待与它迎面相逢的有缘人。

"即从巴峡穿巫峡，便下襄阳向洛阳。"杜甫在诗中写道，这是漫卷诗书的喜悦。

"曾经沧海难为水，除却巫山不是云。"元稹在诗中写道，这是悼念亡妻的哀伤。

而今，流光散去，岁月渐老，漫卷诗书的愉悦定格为砥砺风雨的雷霆万钧，悼念亡妻的凄凉幻化为阅尽沧桑的悲歌传响，这是巫峡的至大至美、至幻至真、至柔至刚、至性至情，这才是真正的巫峡。

万峰磅礴一江通，锁钥荆襄气势雄。田野纵横千嶂里，人烟错杂半山中——万峰磅礴、幽深曲折、田野纵横、人烟错杂，这是壮年巫峡的气势与气韵。雄踞长江中游，巫峡为川东门户，沿途滩多水急，南北两岸山峦耸峙，群峰如屏，壁立千仞，最狭窄处，两江之距不及百米。壮哉巫峡！一夫当关，万夫莫开。

二

巫峡，是中华文明的心灵故乡。

某一天，一位老人过河时无意间踩到一个奇怪的物件，他将这个物件辗转交给考古学家。考古学家发现，这竟然是一件罕见的殷商遗物——"鸟形铜尊"，此器物与中国国家博物馆"羊头方尊"器形极为相似，尊上精美的饕餮纹饰令考古学家啧啧称奇。为了复制一份相同的"鸟形铜尊"，考古学家和科学家做出了种种假设，也遭遇了重重难关。一次又一次的失败使他们对3000年前的能工巧匠充满敬畏和疑惑："他们究竟怎样完成这件杰作？"

茫茫莫辨的时间彼岸，在此成了一个永久的谜。

今天，这座铜尊与其他铜镜、铜剑、铜币，及汉砖、唐三彩、巴式兵器等许多不可多见的文物，静静地陈列在重庆中国三峡博物馆，述说着沉淀了3000年的迷思与荣耀。

巫峡及其周边地区，历来是中国历史上南北文化长期碰撞与融合的区域，也是长江流域东西部文化的交汇地带。在这片神奇的土地上，200万年前的"巫山猿人"和5000年的"大溪文化"留下了许许多多的千古之谜，悬棺、栈道、野人……正是这些难以拆解的千古之谜，激发了无数专家、学者和探险者前来探秘。

"世人都健忘，遗忘了世人。"面对岁月的消逝与世事的更迭，英国诗人蒲柏喟然长叹。众所周知，蒲柏有着惊人的想象力，他曾为牛顿写下著名的墓志铭："自然和自然的法则在黑暗中隐藏，上帝说，让牛顿去吧。于是一切都被照亮。"

铭文中的深意值得沉思。当自然的法则隐匿于自然的浩瀚，人类的智慧之光将照亮无边的暗夜。在历史上，黄河流域被誉为中华民族文化的摇篮。炎黄子孙从亘古绵延的黄土高原沿黄河两岸向东迁徙，一直将人类文明的火种播向中原大地。而位于长江中游的巫峡地区则是这类文明的主要成长地，在几百上千万年的沧桑变化中，日出而作、日落而息的巫峡人民创造了源远流长的历史文化。

然而，遗憾的是，至今还有许多秘密仍埋藏在泥土之下。

在所有的记载和传说中，巴人留给人们最深的印象，就是劲勇尚武。在出土的巴式器物上，考古学家发现了大量的象形图语和难以破解的异样铭文，因为缺乏相关考古学实物的证明，"巴人之谜"一直是中国考古学的一大悬案。正如许多古代文明一样，他们的文明早已失落，他们的形象只能在我们拼凑出的想象中还原。

无边的暗夜之中，时间发出断裂的声响。

历史的格局是，当时在巴国的东面有强大的楚国，北面是雄踞关中的秦国，秦楚都是当时最强大的国家。问题是，国力相对处于弱势的巴国靠什么与之抗衡？史书记载巴人相继与秦楚发生过大规模的战争，并几度进逼楚国的都城江陵。20世纪二三十年代，美国学者格尔阶·纳尔逊、传教士埃德加先后来到这里实地考察，获得大量的标本和资料，这些资料今天仍珍藏在美国纽约自然博物馆里。他们的考察拉开了巫峡考古的序幕。

20世纪末，世界上最大的水利枢纽工程在长江三峡地区破土动工，世界上最大的考古工地在这里出现，巨大的巴人聚落遗址、宽阔的遗址面积、丰富的文化堆积令考古界为之震撼。青铜剑、青铜钺、青铜矛、青铜戈……成群的战国士兵恍若一夜之间携兵器走入墓群，长眠地下。这里究竟发生过一场怎样血腥残暴的厮杀？沉积着一个怎样惊天动地的故事？史书上没有只言片语的记载。

我们不妨设想，当秦楚等大国庞大的战车在平原上冲突酣战时，在巫峡不远处的峡谷沟壑间，巴人的军队却靠他们强健的四肢翻峰越岭、跋山涉水，特殊的地形成为他们御敌的天然屏障。人们猜测，作为世界上最骁勇善战的部落，巴人也许是唯一用战争书写自己历史的部族。然而，每一件兵器都如同锁链，宛若谜语，锁住了岁月的云烟，参不透历史的谜题。

一切复归沉寂。

三

北魏郦道元在《水经注》中说道——

> 两岸连山，略无阙处，重岩叠嶂，隐天蔽日，自非亭午夜分，不见曦月。至于夏水襄陵，沿溯阻绝。或王命急宣，有时朝发白帝，暮到江陵，其间千二百里，虽乘奔御风，不以疾也。春冬之时，则素湍绿潭，回清倒影。绝巘多生怪柏，悬泉瀑布，飞漱其间，清荣峻茂，良多趣味。每至晴初霜旦，林寒涧肃，常有高猿长啸，属引凄异，空谷传响，哀转久绝。故渔者歌曰：“巴东三峡

巫峡长，猿鸣三声泪沾裳。"

极言三峡之壮景。

顽强的地壳运动堆砌了巫山的雄浑，柔弱的流水作用雕刻了巫峡的隽秀，蛰伏的光阴之须不时地缠绕过来，于是便有了两岸云雾缭绕的尖峭高峰，有了十二峰的变幻莫测、奇绝峥嵘。晨曦澄澈之时，随轻舟漂荡，云霞缥缈的群峰静静卧在云雾之间，连绵的山峦是一缕又一缕悄无声息的翠黛。挥别天边落日，肃静神秘的山林一下子收敛起白日里的喧嚣，奔涌的江河是一道又一道万马嘶鸣的金紫。

巫峡之美，是留给得志者的熨帖，更是留给失意者的慰藉，是厚重、凄婉、磅礴、空灵组成的真美。"美是显现真理的一种方式。"一个世纪前，海德格尔说。他的断言，仿若旷野中的呼告。

世界因希望的坚守者而免于沉陷，历史因黑夜的拉纤者而持续向前。

奔腾不息的峡江是中华民族的智慧之源，巍峨耸峙的群山是华夏文明的座座丰碑。资料表明，巫峡文化是一种流传有序的始源性文化，从巫山猿人到长阳智人，从旧石器时期到新石器时期，直至今天的文明社会，源远流长，生生不息，像长江一样无从中断。每一山，每一水，每一村，每一树，每一户，每一人，都赓续着远古的血脉，传承着新生的冲动。弃舟登岸，置身栈道，让薄雾和露珠稍润衣衫，听枯枝在脚下噼啪作响，听莫名的精灵在树枝间穿梭掠过，看无畏的野蛇在草丛中傲然游走，用心灵触摸巫峡的凝重与空灵，触摸她仍未被现代文明玷污的粗野与奔放、清纯和朴拙，如同触摸沉睡千年万年的人类童年。

位于巫峡上口的大宁河和巫峡下口的神龙溪，坡陡水急，溪中有一种头尾上翘的"尖尖船"。逆水行舟，船夫肩负纤索，奋力向前；顺水行舟，任由急流推涌，犹如漂流。上行三个多小时的航程，下行只需三四十分钟。放眼回望，我们似乎看到许儒龙迎风而立，驾舟远行，仿佛漂泊在巫峡悠长的历史中。

漂泊中的永恒，没有一个词能够比这更恰当地道出巫峡百万年来的生命本色。寂寞而不空虚，痛苦而不挣扎，沉潜而不窒息，漂泊而不放佚。"尖尖船"渐行渐远，船上，那幽微的烛火正是点燃人类文明之灯的希望火种。

巫峡的故事，才刚刚开始。

2014 年 1 月

成都的七张面孔

土耳其诗人纳齐姆·希克梅特（1902—1963）说，人的一生有两样东西是不会忘怀的，一个是母亲的脸庞，一个是城市的面孔。

然而，随着城市更新的不断推进，越来越多伴随着我们成长的记忆在渐次远去。隔过浩荡的时光，回望疾驰的岁月，能够留在我们记忆深处的城市面孔还有多少？

毋庸置疑，其中一定有成都。

成都外揽山清水秀，内胜人文丰赡，是一座迷人的城市。成都有着4500年城市文明史，她的源头可以追溯到2500年以前。公元前五世纪中叶，古蜀国开明王朝九世时（前367）将都城从广都樊乡（华阳）迁往成都，构筑城池。《太平寰宇记》记载，"成都"这个名词，是借用了西周建都的历史（周王迁岐）一年而所居成聚，二年成邑，三年成都而得名蜀都。在四川话里，"成都"两个字的读音就是"蜀都"的意思。所谓成者，毕也、终也。成都的含义，其实就是蜀国建完的都邑，或者说最后的都邑。

千年时光倥偬而过，到今天，成都留下了无数让人回味的瞬间，这无数的瞬间婀娜多姿、顾盼生辉，串联起成都令人怦然心动的回忆。成都，给我们留下了各种各样的侧面，我们不妨从中撷取七个。

成都的七个面孔就是：诗歌成都、神秘成都、生态成都、美食成都、安逸成都、财富成都、创新成都。

诗 歌 成 都

我们知道，成都是中国文化的一块高地，是最有文化积淀、最有人文底蕴、最有开放精神、最有书香气息、最适合居住的城市，也是世界闻名的国际化大都市。当然，成都还是举世闻名的"诗歌之城"，是中国诗歌不可忽视的地标。成都具有丰厚的诗歌资源，历代文学巨匠大多游历过成都，留下了大量的翰墨珍藏。杜甫草堂不仅是当代中国，更是整个世界范围内诗人祭拜的圣地。

2017年成都国际诗歌节上，诗人吉狄马加赞誉成都是一座"诗歌和光明涌现的城池"。他说："当我们把一座城市与诗歌联系在一起的时候，这座城市便在瞬间成为一种精神和感性的集合体，当我们从诗歌的维度去观照成都时，这座古老的城市便像梦一样浮动起来。"此言不虚。

古诗人皆入蜀，入蜀必然入成都。我们翻开历史，不难发现，著名的诗人，大都曾经在成都留下足迹，留下传诵后世的名诗名句。成都是属于诗歌的，是无数诗人的精神远方——

被称为中国诗歌黄金时代的唐朝，拥有一个又一个伟大的诗人，李白、杜甫、白居易、岑参、刘禹锡、高适、元稹、贾岛、李商隐、温庭筠、王勃、杨炯、卢照邻、骆宾王等等。杜甫写过《成都府》："翳翳桑榆日，照我征衣裳。我行山川异，忽在天一方。但逢新人民，未卜见故乡。大江东流去，游子日月长。"蜀地诗歌称霸中国，杜甫功不可没。杜甫与成都风景，已经是浑然一体、不可分离，提到成都，我们会联想到这位伟大的诗人。我们从杜甫诗中了解成都、怀念成都、赞美成都。成都伴随着杜甫，一同走进中国历史的光辉岁月。

中唐诗人张籍（约767—约830），崇拜杜甫已经到了近乎疯狂的地步。他曾经把杜甫的诗集焚烧成灰烬，再以膏蜜相拌，全数吃下，之后抹嘴大叫：我的肝肠从此可以改换了。张籍在《送客游蜀》诗中写道——

> 行尽青山到益州，
> 锦城楼下二江流。
> 杜家曾向此中住，
> 为到浣花溪水头。

白居易（772—846）称赞"诗家律手在成都"。史称杜元颖长于律诗，不过《全唐诗》仅存其诗一首。而白居易的好友元稹（779—831）在《送东川马逢侍御使回十韵》一诗中开篇就说"风水荆门阔，文章蜀地豪"。

在宋朝，与成都结下深厚情谊和缘分的诗人、词人，甚至更多，他们不约而同来到成都，在这里逗留，在这里居住，在这里生活，放飞梦想，放飞心灵。柳永初来成都，便被这里繁荣、壮丽的景象震住了，他填了一阕《一寸金·井络天开》的词，以赋体形式极力铺陈，将宋朝的自然风光、风土人情描绘得淋漓尽致。柳永离开成都二十余年后，写出名句"红杏枝头春意闹"的宋祁，到成都担任益州知州。

苏家父子赴京师赶考，从成都出发，那时苏洵47岁，苏轼19岁，苏辙17岁。尽管苏轼在成都停留的时间不长，但对成都一直念念不忘，他在《临江仙·送王箴（一说缄）》词中写道："忘却成都来十载，因君未免思量。凭将清泪洒江阳。故山知好在，孤客自悲凉。"苏轼直到47岁时，还追忆眉山老尼讲述蜀主孟昶与花蕊夫人在摩诃池上夜间纳凉的故事，填词《洞仙歌》，留下"冰肌玉骨，自清凉无汗"的美妙辞章。南宋中期，著名诗人陆游与范成大相继入蜀，书写了宋代成都最夺目的篇章，范成大认为成都的繁华与扬州很是相似，将成都万岁池与杭州的西湖相提并论。离开成都的范成大，心心念念总是成都的花事，他在词作《念奴娇》中倾诉衷肠："十年旧事，醉京花蜀酒，万葩千萼。"

陆游对于宋代成都的意义，堪比唐代杜甫。他热爱城市、园林、山水、民俗、物产、花草、饮食、文化，涉及世俗生活的所有方面。陆游47岁到成都，作《汉宫春》两阕，他初来已经被成都的繁盛惊住了："看重阳药市，元夕灯山。花时万人乐处，欹帽垂鞭。"陆游在《风入松》中总结蜀中生涯，说道："十年裘马锦江滨。酒隐红尘。万金选胜莺花海,倚疏狂、驱使青春。吹笛鱼龙尽出,题诗风月俱新。"陆游还写过一首《成都行》:"倚锦瑟,击玉壶,吴中狂士游成都。成都海棠十万株,繁华盛丽天下无。"

我们知道,发生在20世纪七八十年代的中国当代诗歌运动,深切体现了其中所隐藏的当代中国人生存体验的思考和颖悟。以成都和重庆两地为中心的巴蜀诗人群体是中国当代诗歌运动的重要组成部分,其在历史上的意义,与首都北京的诗人群体不相上下。环视当下中国诗坛最活跃、最具有影响力的诗人,我们可以数出几十位,他们都是从成都走出来的。成都毫无争议地被公认为中国当代诗歌运动最重要的城市之一,成都又一次穿越了历史,成为中国诗歌史上始终保持"诗歌地标"的重镇。

成都不仅盛产诗歌和诗人,还产生了许许多多震古烁今的文学家。司马相如、扬雄、王褒、陈寿、陈子昂、李白、苏洵、苏轼、苏辙、杨升庵、李调元、郭沫若、李劼人、巴金、沙汀、艾芜……非川籍而进入第二故乡,在安逸之地继续挥洒诗意、锐进升华者,有文翁、杜甫、王勃、岑参、李商隐、薛涛、黄庭坚、陆游,以及抗战多年长期流寓四川的茅盾、叶圣陶、朱自清、老舍、张恨水、曹禺、吴祖光等。不止诗人、作家,正如古人所说,"天下才人皆入蜀"。

从某种意义来讲,成都成了不同历史时期的许多诗人在诗歌上的栖居地,成为文学家精神上的故乡。在漫长的中国历史上,成都一直是一个在文学的繁荣史上从未有过低落、有过衰竭,甚至一直保持在高峰姿态的城市,这是文化的奇迹。

一个直观的原因是，与中国别的地域相比，甚至与不远的"巴蜀"中的"巴"相比，蜀地更加丰衣足食，少有自然灾害发生，政治局势和平民百姓的生活都趋于稳定，特别是以成都为中心的千里沃野的平原地带，可以说是中国农耕文明最精细发达，同时也是存续时间最长的地方。正因为此，古代的许多中国诗人都把游历、寻访成都作为自己的一个夙愿和向往。其中还有一个重要原因，就是千百年来成都似乎孕育了一种诗性的气场，它凭特殊的地理环境和能把时间放慢的市井与乡村生活，毫无疑问是无数诗人颠沛流离之后灵魂和肉体所能获得庇护的最佳选择。

神 秘 成 都

历史和地理的双重因素，铸就了成都许多不可言说的神秘。成都的地理位置是东经102°54′~104°53′、北纬30°05′~31°26′。曾经有科学家提出，这条30°纬度线，贯穿了世界上一切不可言说的神秘，是一条地地道道的神秘之线，它串起了一系列世界奇观以及难以解释的神秘现象，比如，埃及的金字塔、大西洋的百慕大三角、英国的巨石阵、马耳他的车轨，甚至是公元前六世纪在巴比伦王国建成的巴别通天塔……这些人类文明中具有神秘色彩的地域全都集结于这个纬度。

如果再把这条线所在区域扩大，我们会发现，四大文明古国（位于西亚的古巴比伦、位于北非的古埃及、位于南亚的古印度、位于东亚的中国），世界诸多宗教或思想流派（基督教、伊斯兰教、佛教、儒教、道教），也都发源于此。

成都的神秘之处还不止于此。在中国乃至全世界，有谁不知道成都的大熊猫吗？相信没有。作为来自800万年前的远古使者，大熊猫是成都最有亲和力也是最有影响力的名片。

大熊猫是历史的"活化石"。根据记载，人类不过150万年到200万年的进化历程，大熊猫却在800万年前就已经生活在地球上。研究表明，300万年前的大熊猫，它的毛色、体态、体形跟现在是差不多的，300万年如一日。难道生物演化规律没有发挥作用？为何全球万千物种，独独大熊猫历经800万年而不灭？科学家无法给出答案。800万年以来，与大熊猫同时生活的动物，比大熊猫晚期的动物，它们都在漫长演化过程中被淘汰，不论是瘦弱还是强壮，不论是温驯还是凶猛，不论适应性强还是不强，灭绝动物的名单越来越长：剑齿象、剑齿虎、剑齿马……近年来，随着环境的恶化，这份名单还在不断拉长：渡渡鸟、大海牛、恐鸟、大海雀、开普狮、阿特拉斯棕熊、南极狼、斑驴、圣诞岛虎头鼠、旅鸽、墨西哥灰熊、得克萨斯红狼……然而，幸运的是，大熊猫顽强地生活到了今天。800万年来，到底是什么样的生存机制，让某些动物消失，又让某些动物顽强地生存到今天？生物学家没有给出答案，这就让大熊猫这种来自远古的使者显得愈加神秘。

800万岁的大熊猫从远古走到今天，带给我们无数至今无法解开的谜。首先，大熊猫是食肉动物，经过演化变成以竹子为主要食物的动物。可是竹子的营养成分非常低，连草都不如。大熊猫为什么要放弃高蛋白高营养的食物，转而选择低蛋白低营养的竹子？生物学家试图寻找答案，甚至对死亡大熊猫进行解剖，研究大熊猫的消化系统，但是他们至今没有找到答案。

"素食主义者"大熊猫也没有一般食草动物细长的肠道和复杂的胃或发达的盲肠，它的消化道粗短而又简单。此外，在大熊猫的基因序列于2009年公布之后，科研人员还发现大熊猫消化道内缺乏一些帮助食草动物消化纤维素和半纤维素的酶。这更让他们非常困惑，缺乏这些必要条件的大熊猫是如何消化竹子的呢？魏辅文课题组进一步研究发现，大熊猫的消化道内确实含有微生物，而且和一些食草动物体内的微生物非常类似。不过尽管如此，大熊猫为什么喜欢吃素这个问题，迄今为止，仍然没有一个完美的或者是简单的解释。

其次，大熊猫毛色只有黑白两色，每一只大熊猫的黑白花纹都不尽相同。但是这黑白两色的简单搭配之间，似乎蕴藏着无穷的玄机。黑白两色是最基础的颜色，有人称之为宇宙色，有人认为其中有道家八卦图的玄机，非常难调配的两个颜色在大熊猫身上却非常和谐，让它们显得憨态可掬又灵动可爱。

第三，大熊猫的生活习性也很神秘。人们往往认为大熊猫较懒惰，一天到晚不怎么动，笨笨的，憨态可掬。专家们说：大熊猫其实不懒，大熊猫在树林的奔跑速度超过人类，

150公斤的大熊猫比150公斤的人爬树可快多了；大熊猫的平衡性非常好，它可以睡在很高、很细的树枝上不会跌落；大熊猫据说也可以游泳。

《纽约时报》曾登过一篇文章，从基因的角度分析，哪些动物能够使人改变内分泌、产生悦感，不要太凶猛，颜色不要太刺眼，形状圆滚滚，等等，十大标准不一而足，大熊猫符合每一条标准。

成都的神秘还有很多，比如金沙遗址。

金沙遗址其实是公元前十二世纪至公元前七世纪的古蜀国都城遗址。金沙遗址是继三星堆文明之后，商代晚期至西周时期古代蜀国的都邑所在，它与成都平原的史前古城址群、三星堆遗址、战国船棺墓葬共同构建了古蜀文明发展演进的四个不同阶段。金沙遗址的发现，极大地拓展了古蜀文化的内涵与外延，对蜀文化起源、发展、衰亡的研究有着重大意义，特别是为破解三星堆文明突然消亡之谜找到了有力证据。金沙文明就是直接秉承三星堆文明的精髓，并在此基础上进一步发展壮大，辉煌的金沙文明实是三星堆王国政权迁徙南移的结果。

此外，在三星堆遗址和金沙遗址出土的数以亿计的陶器残片，以及这些陶器上不规则的图形符号，即所谓的"巴蜀图语"。它们是文字、是族徽、是图画，还是地域性宗教符号？也许其中某些部分具有文字意味？虽然这是一部千古难解的"天书"。

考古学家陆续发现，四川盆地及周边地区同时存在的几十处文化遗存，如同满天星斗，围绕在金沙遗址周围，烘托出金沙遗址在这一时期不可动摇的中心地位。金沙遗址的发现，同时也带来了一连串千古之谜。遗址中有一件文物最能代表金沙遗址的神秘，这就是金沙遗址博物馆的镇馆之宝"太阳神鸟"。太阳神鸟是古蜀国太阳崇拜的最直接的信物，古蜀先王认为，太阳的运动是由鸟驮而行，因此才将鸟与太阳联系在一起，十二道光芒代表了十二个月，四只鸟代表了一年四季。

2006年，我国第一个文化遗产日，将太阳神鸟图案作为中国文化遗产标志，不仅因为太阳神鸟图案寓意深远、构图严谨、线条流畅、极富美感，是古代人民"天人合一"的哲学思想、丰富的想象力、非凡的艺术创造力的完美结合，还因为太阳神鸟里面包含着今天我们都无法破解的谜题——这件金箔，至少采用了热锻、锤揲、剪切、打磨、镂空等多种工艺，外径12.5厘米，重20克，只有一张复印纸那么薄，含金量达到94.2%，这些指标，即便放在今天，无论是艺术设计还是工艺水平，都难以实现。那么我们禁不住要发问，在3000年前的古代，人类还没有开始大规模使用铁器等锋利工具，如何完成如此轻灵薄透的金饰？又怎样锤揲金箔变成天衣无缝的圆环标记？金沙遗址的发现使3000年前一段辉煌灿烂的文明奇迹般地展示在世人眼前，人们不禁要问，是谁创造了这段历史？是谁铸造了这个奇迹？他们何以如此辉煌？他们来自哪里，又去向何方？

金沙遗址中，有1400多件精美的玉器，成功搭建起了金沙文明的祭祀体系，其中一件重达3918克的"玉琮王"，经考古学家证实，它是遥远的良渚文化的产物。

前不久，"良渚古城遗址"被联合国教科文组织纳入世界文化遗产名单。良渚，发源于浙江余杭长江下游的环太湖地区，比古蜀文明早近2000年，是中华文明的黎明时代，是实证中华5000年文明的圣地。然而，在金沙遗址中，竟然出土了良渚的礼仪重器，这让人百思不得其解。这件玉琮是如何跨越了近2000年的历史长河，辗转流离到了古蜀金沙？是国破后重器的迁播，还是商品交换的结果？我们不得而知。我们知道的是，一块神秘的玉琮之王，就这样连接起了两个伟大的文明。

尽管金沙仍是迷雾重重，但通过一些文物和记载，考古学家和历史学家仍然能够清晰勾勒出金沙古国的轮廓：它是一个强大的古国，它的疆域最大时覆盖了如今的中国西南数省；它是一个悠久的古国，延绵近千年；它是一个文明的古国，创造了独特而灿烂的文化；它是一个开放的古国，通过各种艰难坎坷的蜀道，与全世界发生着关联。

生 态 成 都

作为长江上游一道生态屏障，"窗含西岭千秋雪，门泊东吴万里船"的成都，自古以来，绿色就是这座城市的鲜明底色。今天，成都市贯彻落实"绿水青山就是金山银山"理念，加强顶层设计，通过铁腕治霾、科学治堵、重拳治水、全域增绿，把经济社会发展同生态文明建设统筹起来，建设美丽宜居公园城市，一幅宜居宜业的城市画卷正在徐徐展开。

生态成都，首先是山水成都。细数成都的好山好水，我们发现，不仅仅是都江堰、青城山，以山而言，成都西部大邑县境内，有杜甫笔下"窗含西岭千秋雪"的西岭雪山，最高海拔5300多米，集林海雪原、险峰怪石、奇花异树、珍禽稀兽、激流飞瀑于一体，冬可滑雪，夏可滑草，是人们休闲的好去处。而市东则有横卧逶迤的龙泉山，山虽不高，但果木繁多，一到春天，满眼桃花梨花，一片锦绣，自然是农家乐的必选场所。再说那川西坝子，绿意幽幽竹林深处，一团团，一簇簇，不时传来咿呀人声，冒起缕缕炊烟，这就是中华大地独一无二的农居景致——"川西林盘"。林盘由林园、宅院和外围耕地组成，宅院隐于林丛中，绿水绕着竹林走。据统计，成都约有9万个林盘，恰似9万颗珍珠，镶嵌在巨大的绿地之上。

老舍曾经在一篇名为《青蓉略记》的文章中记载成都——

灌县（今都江堰市）的水利是世界闻名的。在公园后面的一座大桥上，便可以看到滚滚的雪水从离堆流进来。在古代，山上的大量雪水流下来，非河身所能容纳，故时有水患。后来，李冰父子把小山硬凿开一块，水乃分流——离堆便在凿开的那个缝子的旁边。从此双江分灌，到处划渠，遂使川西平原的十四五县成为最富庶的区域——只要灌县的都江堰一放水，这十几县便都不下雨也有用不完的水了。

我们在今天，难以想象2000年前的李冰父子是怎样掌握了在中国乃至世界上都是非常先进的水利思想，巧借地利，疏通水道，兴建水利。都江堰工程之所以与众不同，在于其顺乎水情，更在于其善于利用成都平原的自然地理特征，利用各种不同的地势、水脉、水势、地形，采取无坝分水方式，壅水排沙，继而自流灌溉。这一切无不透着一种顺应水的自然特性的思想，譬如鱼嘴、百丈堤、飞沙堰等均是顺应水势，而非逆水阻水，更非拦坝蓄水之类的做法。2000多年来，都江堰水利系统一直滋润着成都平原的百姓，养育着他们的生活生产。这在高科技日益发达的今日仍有非常现实的启示意义。

望得见山，看得见水，记得住乡愁。山水成都，成都山水。走遍中国，大概再也找不到一个如此清闲安逸的地方了。在城市生态文明建设发展中，成都正在以更多优质生态产品供给，让人们深切感知成都的美，这是一种沉甸甸的获得感、幸福感。

美 食 成 都

2010年，成都被联合国教科文组织授予亚洲首个世界"美食之都"称号。

成都，是毫无争议的美食之都。2018年，成都全市餐饮业零售额销售收入就达900亿元，占成都市生产总值的5.87%，同比增长13.7%。

明代傅振商曾经编辑《蜀藻幽胜录》，他在开篇写道："蜀之位，坤也。"《周易》之坤位，与乾所代表的"天"相对，属阴，代表"地"。万物并育而不相害，道并行而不相悖。大地孕育万物，万物秉坤而生，世界上很多民族将大地视为母亲，不无道理。

有专家研究指出，成都气候温和，年平均气温在15摄氏度，加之成都平原的土质大部分是微酸性灰色沙质土壤，土质疏松，含有多种肥料成分，渗透性好，保温力强，通气易碎，涵水力很好，适宜农作物的生长。复次，成都平原的地势是西北高而东南偏低，平均坡降度为千分之四，为都江堰进行自流灌溉提供了极其便利的条件，水旱从人，沃野千里，物产丰饶，绝非溢美之词。李实的《蜀语》在"沃土曰鱼米之地"条引载田澄诗"地富鱼为米，山芳桂是樵"作注，充足的食物，温润潮湿的气候，使成都形成"尚滋味、好辛香"的饮食风尚。一句话，"成都形成独特的饮食文化，究其根本，乃山川地利之功"（《从历史的偏旁进入成都》）。

成都拥有着大自然最神奇的厚爱，物华天宝，琳琅满目。蔬菜、瓜果，应时而生；家禽、家畜，应势而长。成都不仅盛产各种食材，还盛产各种调料，我们似乎很难在其他地方找到如此丰富的佐料了——自贡贡盐、汉源花椒、太和酱油、保宁醋醋、郫县豆瓣、资中冬菜、叙府芽菜、夹江豆腐乳……每一种佐料都有数种甚至数十种选择。我们不难理解何以川菜能够走出成都，走出四川，走出中国，走向世界。走遍全世界的唐人街，哪一条街上没有川菜？走遍全世界的大小城市，哪一个城市没有川菜馆？

双流兔头、夫妻肺片、担担面、龙抄手、钟水饺、韩包子、串串香、三大炮、酸辣豆花、肥肠粉……菜单上的川菜，毫无疑问已经是中华料理的基本菜品。麻辣味是川菜的招牌，然而，你如果认为川菜都是麻辣味，那你就狭隘了。川菜里有一半甚至一半以上是不沾海椒、花椒、胡椒、辣椒的美味菜品。智慧、乐观、热爱生活的成都人，用大自然赐予他们的神奇植物和动物，将他们的餐桌经营得红红火火，也将他们的生活经营得红红火火。

成都盛产美食，重要的原因在于成都的普及能力、变革能力、包容品性。如果你熟悉川菜，你会发现，成都人不论是家常还是酒店餐桌上的菜单，都是与时俱进、日日常新的。成都美食，有容乃大，无远弗届，天下无敌。山珍海鲜，飞禽走兽，野菜时蔬，辛辣清淡，红鸳白鸯，只有你想不出来，没有成都人做不出来的。

成都美食之所以能够遍布全球，还有一个重要的原因就是从古至今数不胜数的名人雅士甘心情愿做成都美食的俘虏，做美食成都的粉丝。到了美食遍布的成都，再优雅的儒士都不能抵抗这份诱惑。

宋代诗人陆游自号放翁，以彰显其达观豪放的品格，可是纵然收放自如能如此翁者，在成都美食里，也只好乖乖就缚。他曾经写过一首《蔬食戏书》："新津韭黄天下无，色如鹅黄三尺余；东门彘肉更奇绝，肥美不减塞（一作胡）羊酥。贵珍讵敢杂常馔，桂炊薏米圆比珠。还吴此味那复有，日饭脱粟焚枯鱼。人生口腹何足道，往往坐役七尺躯。膻荤从今一扫除，夜煮白石笺阴符。"

吃完了他还会跃跃欲试，自己动手，他曾经写道："东门买彘骨，醯酱点橙薤。蒸鸡最知名，美不数鱼鳖。"采买食材的乐趣尽览无余。陆游还曾作《饭罢戏作》："南市沽浊醪，浮蚁甘不坏。东门买彘骨，醯酱点橙薤。蒸鸡最知名，美不数鱼蟹。轮囷犀浦芋，磊落新都菜。欲赓老饕赋，畏破头陀戒。况予齿日疏，大胾敢屡嚼？杜老死牛炙，千古惩祸败。闭门饵朝霞，无病亦无债。"给远方的朋友写信，谈到的还是吃（陆游《成都书事》）——

剑南山水尽清晖，濯锦江边天下稀。
烟柳不遮楼角断，风花时傍马头飞。
芼羹笋似稽山美，斫脍鱼如笠泽肥。
客报城西有园卖，老夫白首欲忘归。

陆游在成都宦游多年，在这里，他惊奇地发现，新津的韭黄，彭山的烧鳖，成都的蒸鸡，新都的蔬菜，都是难得的美味；他还发现了，排骨用加有橙薤等香料拌和的酸酱烹制或蘸美味至极。除此之外，他津津有味地写道：用新鲜竹笋炖的菜羹，就像从稽山上挖下来的竹笋炖的一样，味极鲜美；从锦江里打捞、垂钓上来的鱼儿，就像从笠泽江里打捞、垂钓上来的一样，壮实肥大。后来离开成都多年，陆游还对这里的美食念念不忘，津津乐道。

安 逸 成 都

有一个城市的一个广告语，响亮地传遍大江南北：成都，一个来了就不想走的城市。

为什么来了成都就不想走？一个最重要的原因就是："因为成都安逸得很嘛！"接待我们的市政府新闻办小徐，一脸怡然自得。

什么是安逸？《诗经》曰："安之逸之，适之豫之。"指的是一种从内到外、通体舒泰的精神感受。而在四川方言里，"安逸"则有着更丰富的含义，不仅仅是指从内到外、通体舒泰的精神感受，还有那种自信从容、悠闲巴适的精神气度。

作家黄裳在《闲》中曾写到成都的安逸："一个在上海住惯了的人初到成都，一定会有一种非常鲜明的感觉，就是这个城市的悠闲。"他在文章中写了自己经历的几个有趣的故事。他从成渝铁路终点站走出来，天正好下雨。手里提了两件行李站在泥泞的空地上，想找车子，可是只看到几位悠闲地坐在那儿休息的三轮车、人力车工友同志。向他们提出请求，他们就摆摆手，摇摇头，发出悠长的声音来，说道："不——去——喽！"

黄裳喜欢在成都大街小巷漫步，人民公园里临河的茶座、春熙路上有名的茶楼、由旧家花园改造的三桂花园，都曾留有他的足迹。"只要在这样的茶馆里一坐，是就会自然而然地习惯了成都的风格和生活基调的。"黄裳说，"这里有唱各种小调的艺人，一面打着木板，一面在唱郑成功的故事。卖香烟的妇女，手里拿着四五尺长的竹烟管，随时出租给茶客；还义务替租用者点火，因为烟管实在太长，自己点火是不可能的。卖瓜子花生的人走来走去，修皮鞋的人手里拿着缀满了铁钉样品的纸板，在宣传、劝说，终于说服了一个穿布鞋的人也在鞋底钉满了钉子。出租连环图画的摊子上业务兴隆。打着三角小红旗，独奏南胡，演唱流行时调歌曲的歌者唱出了悠徐的歌声。"

在成都，你会发现，所谓安逸，其实是从人们内心里悄悄散发出来的文化自信和文化自觉。鬼才作家魏明伦用十二字概括成都：文采之城，安逸之地，成功之都。他毫不克制地写下对成都的赞美："文史丰厚，生活精美，经济发达，三足鼎立。成都的特征是综合优势！"

让魏明伦颇为不解的是，何以如此安安逸逸的成都人，却发明了一个轰轰烈烈的口号——"雄起！"在体育场上，比赛正在胶着之际，成都观众席里喊起的不是"加油"，而是感天动地的"雄起！"在生活场里，人生遭遇坎坷和挫折，成都这个城市的角角落落里喊起的不是"加油"，而是撼天动地的"雄起！"魏明伦对这个问题思考了很久而未得要领，他猜测，成都人也许在选择用另一种方式来"安逸"，成都人慢悠悠享受生活、追求娱乐的生活，泡茶馆是一种舒缓的娱乐，看球赛则是一种激烈的娱乐，有什么不同呢？目的都是"安逸"。魏明伦还用四句话来说明成都人对于"安逸"的把握——"好逸而不恶劳，好吃而不懒做，玩物而不丧志，享乐而不苟安"，这种分寸的拿捏，也许只有安逸成都里的百姓才做得到吧！

成都为什么安逸？

道理也许并不复杂。

四川乃天府之国，成都，恰似镶嵌其中的一颗明珠。四围皆群山，中间一块硕大的绿色盆地，这仿佛是老天赐予的"飞来之地"。生活在这样的地方，想不安逸都不行。

每个城市都有自己的城市性格。成都的城市性格是什么？恬淡，冲和，包容，幽默。在成都，男人怕老婆不是缺点，而是优点，丈夫常常在妻子面前以"粑耳朵"自居，为的就是——尽我绵薄之力，博你红颜一笑。而妻子呢？深谙进退自如的法则，夫妻之道，尽在一笑之中。武侯祠"三顾园"有一道菜，一盘炸鸡，周围码有八粒大蒜。用餐之前，服务员会请宾客猜菜名，谁都猜不到，原来是"神机妙算"——这就是成都的幽默与诙谐。

今天，让我们不妨用四川话喊出我们心底的安逸——

"在成都过日子，硬是好安逸哟！"

"成都，一个来了就走不脱的城市！"

财 富 成 都

在成都，我们会不时听到一个词，慢生活。

成都给人的感觉慢慢的，似乎经济并不活跃，成都人跟财富无关。然而事实并不如此。从中国第一张纸币——交子诞生在成都，就可以看出，从古至今，成都的经济金融活动，一直都在快速运行着。我们举目四望，不难发现花旗、汇丰、渣打、摩根大通、友利、东亚……这些来自全球五大洲的银行随处可见。在成都繁华的高楼大厦间穿梭，时不时地会以为自己是在某个著名的世界金融中心。凭借着自身庞大的市场以及巨大的城市魅力，成都吸引大量资本和创业者纷纷涌入。

作为南方丝绸之路的起点，2300多年前，成都已与金融有着深厚的渊源。两汉时期，有"五都"之谓——指的是长安以外的五个大都市，它们分别是成都、洛阳、邯郸、临淄、宛（南阳），成都是当时著名的五都之一。从汉代开始，成都就一直是中国乃至世界的商业和金融中心。最令人瞩目的是成都诞生了世界上最早的纸币——交子，比西方还早了600余年。从汉代开始，成都还是中国最重要的纺织业中心之一，丝绸制品、蜀锦蜀绣正是从这里走向欧洲，引领欧洲的时尚生活。

唐代，全国城市经济有"扬一益二"之说，"扬"指的是扬州，"益"就是成都，说的就是经济发展在全国数一数二。在唐代，成都还出现了新的支柱性产业：造纸业和雕版印刷。

欣欣向荣的文化产业，是与成都繁荣的文化创作息息相关的。成都的造纸质量非常高，政府有一个规定，皇帝的诏书和官府文书必须用成都出品的麻纸来书写。唐代皇家图书馆里的抄书，也指定用成都的麻纸。与此同时，成都不仅率先把雕版印刷术产业化，而且其印刷品远销海内外，今天国内外的许多博物馆所收藏的世界上最早的印刷品，都是成都出品。

从秦汉一直到南宋末年的1000多年时间里，成都一直处于持续性的繁荣阶段。北宋时期，成都诞生世界上最早的纸币——交子。交子的产生，有着时代的契机。交子产生于成都，离不开唐代之后产生并领先于时代的造纸术和雕版印刷术，它们为交子的出现解决了最后的技术性难题。交子是宋代四川地区经济发展及其需要的必然产物。值得一提的是，当时的统治者曾试图在与四川毗邻的地区如陕西推行交子，其结果是交子"可行于蜀，不可行于陕西，未见竟罢"（《宋史·食货志》）。

货币的使用和流行是人类社会的一大发明。法国历史学家费尔南·布罗代尔还为我们提供了一个货币使人感到有魔鬼在背后操纵、使人瞠目结舌的例证。18世纪中叶，英国不少著名哲学家、史学家、经济学家等坚决反对"新发明的票证""股票、钞票和财政部凭证"，建议取消纸币在英国的流通，以使新的贵金属大量流入英国。幸好这一提议并未在英国得到实施，否则英国在经济发展上会有很大的退步。

20世纪90年代，成都首设中华人民共和国第一家股票场外交易市场——"红庙子"，这是成都试水证券的一次大胆尝试。我们知道广东、深圳是改革开放的前沿重镇，却忽视了成都是带领西南地区发展的马前卒。

2019年1月8日，成都向全世界发布了一个令人振奋的消息：2018年，成都市加快建设西部金融中心，金融业占地区生产总产值提高到12%左右，金融综合实力保持全国第六、中西部第一。

今天的成都，站在了建设国家中心城市的新起点，迈步新的跨越，期待新的崛起，这更加凸显成都作为财富之都的金融发展战略定位，那就是肩负建设西部金融中心的重大使命。

作为中国西部金融竞争力强和金融资源聚集度高的城市，成都金融业在全国金融版图中扮演着日益重要的角色。一直致力于西部金融中心建设的成都，无论是在金融组织体系，还是在金融市场规模等方面，拥有众多叠加的第一。此前，中国综合开发研究院发布的"中国金融中心指数"显示，成都金融中心综合竞争力排名中西部第一。世界500强中的近300家企业已经落户成都，随着成都世界影响力和国际知名度的不断提高，越来越多的财富正在如潮水般向成都涌来，财富成都正在成为当下年轻人创业创新的首选之地。

创 新 成 都

"为什么是成都？"

"为什么在成都？"

"为什么去成都？"

进入新时代以来，人们常常在各大国际会议、各种国内媒体见到成都的频频亮相，见到人们的惊奇发问，这是新时代的"成都之问"。

在北京、上海、广州、深圳以后，谁将成为中国第五大城市？世界在关注，杭州、成都、南京、厦门、青岛……各大城市也在悄悄发力、暗暗较劲。2019年7月23日，世界文化名城论坛再次在成都举办，世界的目光聚焦成都，这无疑也是对成都的肯定、激励和鞭策。

数千年来，成都一直是中国西南的中心。但是，近年来，成都阔步创新、奋力奔跑的姿态，早已经超出了她作为西南中心的定位。每每提到成都，你联想到杜甫、熊猫、火锅时，或许未必想到，这座具有4500年历史的西南古城，如此古老又如此现代，她不仅已经与全中国，更与全世界人民的生活、工作发生着紧密的联系。

不难想象：当我们开始早餐，厨房的电器可能产自成都；当我们来到公交车站，发现一辆氢燃料电池公交车正缓缓驶出车站，这辆公交车可能产自成都；当我们走进办公室，屏幕提示电脑可能产自成都；当我们走进超市，琳琅满目的商品显示，蓉欧快铁货运班列沿着古丝绸之路将欧洲的商品运进来、将中国的商品运出去；当我们走进附近的社区，发现平素里见到的一位多年瘫痪在床的患者，竟然起身、站立、帮助他站立和行走的"外骨骼机器人"可能产自成都；英特尔、戴尔、德州仪器、富士康……世界500强中有近300家已经落户成都。成都计划到2025年，建成全国领先、国际知名的创新之城和创业之都，这并不是遥不可期的未来。古人说："少不入川，老不出蜀。"而今，"老不出蜀"依然是人们对宜居成都的最好选择，而"少不入川"却则早已成为旧日传说。

成都，站在"一带一路"倡议和长江经济带建设的交汇点上，作为面向西南乃至全国乃至世界的创新平台，栽满了梧桐树，正在等待凤凰来。

2019年7月

追寻夜郎

一踏上夜郎的土地，心就怦然有声。两千年前的兵戈铿锵、铁马嘶鸣犹在耳畔回荡，岁月的光辉却已经抚平人间的坎坷——山河风雨剥落了古殿檐头昔日的繁茂与辉煌，野草荒藤漫没了曾经的炫耀和浮夸，沉静的光芒褪去了一代王朝的喧嚣与色彩。在记忆所遵循着亘古不变的轨迹里，人们似乎早已忘记了时间，时间也似乎早已忘记了夜郎。

浮动的晨霞和蔼蔼的月波依旧交替升起，结队的雨燕依旧在潮湿的空气中高蹈轻歌，山麓里深深浅浅的脚印依旧挣扎着匍匐向前，苍翠的老古柏依旧忧郁地俯瞰着众生，茅草屋中的耕民也依旧日出而作日落而息……数不清的日日夜夜过去了，而这里仿佛一切都未发生。那些镶嵌在农居土墙上追忆前世的秦砖汉瓦，那些低伏在羊栏猪舍边冥想心事的残陶碎片，那些曾被反复摩挲散发着金属光辉的铜币古饰，那些深埋在农田之下沉睡了多年的墓葬群……早已经适应了它们的民间立场，调整心态，任凭雨打风吹，烟波流散。

奇特的喀斯特地貌给赫章造就了独特的自然景观，也将山民的生存逼进了更为狭窄的空间。在窄窄的盘山公路的两侧，黏黏的黄土中大如牛马、小若拳头的卧石中间，随处可见"坡改田",这是贫穷山区黎民百姓对付恶劣环境的不懈而无奈的抗争——在一切天然的罅隙中埋下种子,等待天赐的收成。这里自新石器时代就有人类居住,然而造物主却偏偏让一个文明的传承在经历了繁华之后复归沉寂,究竟是什么样的宿怨让一个王朝在它狂妄的纪年里忽地就变成了废墟?是什么样的诅咒令事情改变了结局?

秦时明月汉时关,万里长征人未还。这首边塞诗今天读起来有着另一种味道。"柯倮洛姆"蜿蜒的城池被岁月的飞尘湮没,灿若晨星的中央大城就这样风化为史书中模糊的一瞬。"汉与我孰大?""中原大国"的史官们就以这样匆匆的一笔将另一方域的神秘文化盖棺论定,"夜郎自大"遂成为坐井观天、自命不凡的象征。

夜郎古国首府可乐是乌蒙山区一块狭长、舒缓、浩阔的坝子,位于乌江北源的六冲河和南源的三岔河上游,在中国最贫瘠的黔西北的最贫瘠的赫章县。在重峦叠嶂、沟壑纵深、终日雾锁山川的乌蒙山区,沉实平缓的可乐无异于一块天外飞地,深埋在地下的夜郎古国遗址为这里披上了神秘的面纱。

好在考古学家们兀兀穷年、披星饮露的田野考古正在拂去时间的尘埃,还原历史的本真。两千年前,就在中原烽烟四起、战乱频仍、群雄角逐之时,一个奇异的大国"柯倮洛姆"(彝语,意为中央大城)却赫然崛起,它控制着数十万平方公里的辽阔地域,疆土囊括了今天的贵州,连绵川南、滇西、湘东乃至桂北广袤的土地。夜郎古国人口稠密,商旅发达,繁荣富庶,礼法整饬。它曾经兼容众多的方国,数十个部落酋长，十余个部族，境内文化独特，风俗奇异，强盛一时，所向披靡，锐不可当。

沉睡了两千多年的亡灵们也准备出来说话了。从珠市到水塘，从辅处到可乐，历史遗著的断篇残简不断披露于乡野民间，那些散落在农田下，封存着远古信息的残砖碎瓦、铜币银饰成为古代派来的信使，夜郎诡谲苍莽的云海里埋藏着的赓续了两千年的不息追问今天终于有了答案，一个失落了二十余个世纪的古老文明正在努力寻找着自己的现代身份。

回首望去，今天的人们不能不啧啧惊叹，夜郎短暂的历史充满了金戈铁马，充满了争鸣厮杀，更充满了对各种生活细节的敬重。正是因为有了这些，那些狰狞的套头葬、粗粝的兵器，那些精美得令现代工艺也望而却步的青铜器皿，才有了令人感动的温馨。可是谁又会想得到呢？枸酱，正是这平和温馨的生活中的一个不起眼的细节，出卖了一代王朝的命运。

在中原史书中，"夜郎"最早见于司马迁《史记·西南夷列传》："西南夷君长以什数，夜郎最大。""夜郎所有精兵，可得十余万。""此皆椎结，耕田，有邑聚。"夜郎存在于战国、秦汉时期，建元六年（公元前135），汉武帝派唐蒙出使南越。方此时，夜郎兵强马壮，傲视四方，不知天下有汉，世人皆知的"汉与我孰大"便出自这次出使，这也是导致夜郎王国倾覆的一次出使。

在秦汉时期西南地区众多方国中，夜郎国面积最大、人口最多、实力最强，以至有《汉书·地理志》中"户十万九千四百一十九，口四十八万九千四百八十六"的记载。此时的中原汉族地区则试图对西南夷进行"经营"。公元前221年秦王朝统一中原以后，逐渐向靠近内地的西南夷地区派驻官员，但这种办法收效甚缓。为了打开通道，深入民族地区，使秦王朝的政治影响力直接深入到西南夷，秦始皇修通了北起成都、经可乐、至昆明、连大理、去印度的"五尺道"，巴蜀的铁器、牦牛、筰马进入夜郎市场，夜郎的僰僮（奴隶）被卖到巴蜀，户户通商，村村有集，可谓兴旺一时。同时在西南夷地区设置郡县，从内地派汉族官员对夜郎进行统治。

秦末农民起义的熊熊烈火，葬送了秦王朝。汉高祖刘邦继续将对边疆的野心一以贯之。在经历了六七年的休养生息之后，中原腹地与边疆经济都有了相当的发展，"富商大贾，周流天下，交易之物莫不通，得其所欲。"汉建元六年，唐蒙在汉武帝的旨意下出使南越，谕令南越归附汉朝。一天，唐蒙在南越吃到蜀地生产的一种叫枸酱的饮料，感觉味道很好，问卖枸酱的商人从什么地方运到南越，商人答说自蜀地经夜郎的牂牁江运到越地。唐蒙听罢，灵机一动，遂向汉武帝建议：招降夜郎，利用夜郎之兵，乘船自牂牁江而下以击南越。同年，汉武帝命令唐蒙率领军队，带着缯帛和货币至夜郎，招降了夜郎，将其划入犍为郡。公元前28至公元前25年，夜郎王兴与钩町王禹，漏卧侯俞，举兵相攻，牂牁太守请求发兵诛兴等。但西汉朝廷觉得路途遥远，不便管理，就派太中大夫蜀郡张匡主持调解，夜郎王兴不但不从命，反而雕刻汉吏木像，作为靶子，立道旁射击，表示仇恨。西汉朝廷大怒，认为再调解也无济于事，不如做好进攻准备，等待秋凉。秋天到了，智勇双全的牂牁新太守陈立一举平灭王兴。

事情的结局真的是意外地简单，短短的三年间，夜郎终为汉所灭，时建国已二百余年。在炫目的灿烂之后，夜郎的黄昏传奇般地降临了。

据考古学家考证，可乐现已被发掘的古墓葬三百八十座，已经出土的青铜器、铁器、陶器、玉器类文物达数千件之多。然而，这尚不足探测到的古墓葬总量的十分之一，更多的宝藏仍然被埋藏在农田之下，因为缺少资金，夜郎考古发掘陷入捉襟见肘的窘境。除了很少一部分文物被转移到博物馆，百分之九十九的历史仍旧被覆盖在黏土之下。在无力发掘的时候，封存起来尽管无奈，无疑却是最好的办法。应该会有那么一天，夜郎的历史能辉煌地走出夜郎。

1998 年 5 月

也无风雨也无晴

那一刻，黄昏的光里，她是那么地苍白，那么地无助。那是真正的绝望——心平气和，连眉心也不皱一皱，如禅心已沾泥絮，如孤鹤伫望远山。

她是一个被谪的仙子，这不是她的时代。然而，在未来的路上，不管做上帝还是做魔鬼，不管做隐者还是做流浪汉，我都相信她，并且同样地因为这种信任而祝福她。

米琪是我大学时唯一的朋友——我指的是那种真正意义上的朋友，不是朝可聚夕可散的生活伴侣。伙伴也许随着岁月的流动和人事的更迭而拆散，而朋友不会；无论在海角、在天边，无论中间横亘了多少阻隔，无论那一刹那的记忆被珍藏还是被埋葬，朋友永远是朋友，我们的心不用手臂就可以相拥。

米琪和我并不在同一班，我们同系不同专业，却很巧地被分在同一个寝室，床挨床、头对头地住了四年。其实，四年中我们在一起的时间并不是很多，那时，我们都年轻、好胜且出色。一方面不肯像其他女孩子一样，凭小聪明老老实实、轻轻巧巧地做中等生；另一方面不断应付各种约会——男孩子、女孩子，还有接踵而至的诗会、辩论会、学术讨论会……

我们的相见仅仅限于傍晚——下午课和晚自习之间与熄灯前短暂的时光。这种匆匆忙忙的相会在以后好长的生命中给予了我一种对落日的亲切的冲动。北方的落日很慢、很慢，从太阳到月亮的交接拉得很长，格子窗外，烟树迷离，一地灿烂的碎金。橙黄色的光柔和而浪漫，我们依赖的正是这种柔和的浪漫——那些个黄昏里的确有许多温暖与温馨的东西，永远不会被遗忘。

米琪文采精致，口才也好，运笔如舌，巧舌如簧。纵使她不在我身边，她的好多话也每每不经意地在我一生的转折关头给了我灵透的一点。黄昏时的谈话常常因为没有了结而移到就寝前，我们都看不起那些聪明得自以为勘破什么从而死心塌地地活着的人，也同样看不起那些愚蠢得勘不破什么从而糊糊涂涂地活着的人，我们的骄傲都如日中天，因而便有了许多共同的话题。米琪和我的友谊从唇枪舌剑的辩论开始，并且沉浸在这种无穷无尽无结论的争论而带来的相知和仰慕中。古人说，白首如新，倾盖如故。诚哉斯言！这样的谈话，在我们下铺女孩敲暖气片的抗议中维持了整整四年。

年轻的心中有经久不息的激情，一刹那的拥抱、一刹那的拆散、千万鬼影的明灭、天空中星星的冷漠忧伤……都让我们无比感动。犹然记得一个奢侈的下午，在异乡的街角，因为冷，我们一边走一边颤抖着诉说心事。一场微雨如期而至，终于我们蜷卧在自己的兴奋上，让一水滴洇湿半个下午，然后回到寝室共同分享一瓶啤酒。我们还不太习惯它特有的苦味，那一天喝得也不多，却总感到有波浪似的醉意依依落下。

随后的日子过得很快，我们升级、长大、毕业。在彼此的努力下，米琪和我被分配到同一个城市，但是好久好久，我们却没有再联系——在现实无比的生活中，我们倔强地不肯向对方承认自己也在不知不觉中一点点变得现实和庸俗。平凡的人生，何尝拉得住欢笑的昨天；无争的日子里，感觉到重担后的喘息。沉重的生活里，分分秒秒都是沉重的砖，砌出了时间的长城，我们的向往因为被割断，而纷纷跌回从前那个迷茫的黄昏。

毕业那个秋天过后的第一个春天，树叶和小草刚刚有了一点点绿意，风在清晨和傍晚的时候还有些冷，有些硬，我把自己调出了那个我和米琪同在的城市。在友谊和事业中，我毅然地、冷酷地选择了后者。这个调动在我们的心中，引起了深深的骚动和不安。乘飞机要飞八千里的那天，往日的朋友中，唯有她没来送我。城市的旋流和喧嚣是何等地急速，连一滴眼泪留在脸上的时间都没有。米琪，其实我明白。

然而，在南方这个最热闹最雍华最浮张最纷纭和最神秘的大城市，在由怀念和爱而衍生的寂寞里，我时时不知不觉地想起她，她瓷白的皮肤和腮边一粒褐色的小痣；想她在机关宿舍，百无聊赖地煮方便面、啃饼干，对付日子。

这样的怀念诞生了许多莫名其妙的东西——我们都是为理想而生活的人，而理想在梦里迷了归路。问那风那云那竹，底事团团围住，蓦地一个寒噤，醒来不知身在何处。米琪，我并不能许诺每日都梦见她,那是小孩子和情人玩的把戏。可是,我有一种预感。

果然,回北方过新年时,在一年又一年相同的花炮声中,她终于告诉我,她准备去日本留学,正在等签证。

这些话是在她缓缓地讲大学同学的近况后说的。过去那几个我们最瞧不起、满脸写着向上爬的于连面孔,日子反而过得山清水秀。也许再得三五年,娇妻为他们开枝散叶,儿女绕室,渐渐修身养性,发展业务,年事日高,含饴弄孙——平静的日子,其实是过得很快的。在平静中,我们反而感到累、担忧和些许的惊恐,从一种种看似缤纷其实相似的世俗模式中,我们都不期然地注视到了什么,想到自己。

那也是一个傍晚。冬日。黄昏的光仿佛被似水流年洗褪了色。床头的录音机中播放的轻音乐《春江花月夜》像水一样流出来,无处不在,讲一个仙女厌倦天上的寂寞思恋人间生活的故事。米琪平和、安静,她的音乐和她的眼睛诉说着遗弃、隔阂、离别,以及逝去的爱情。她说爱情时像说那个古老而神圣的童话——黄昏是海底失落的光,而她,则是面对利刃和睡中王子的失落的人鱼。米琪永远是米琪。

想起过去许多个遗失的岁月和遗失的音容笑貌,想起过去许多个一去不复返的日子,我的心里充满了哀伤。只有我明白她何以远渡东洋,只有我明白这是多么无可奈何的选择:把暂时的生命安排在声息寂寞的秩序里,强迫忘记和被忘记。唉,米琪。

那一刻,黄昏的光里,她是那么苍白,那么无助。那是真正的绝望——心平气和，连眉心也不皱一皱，如禅心已沾泥絮，如孤鹤伫望远山。

我仍记得米琪曾经的美丽，她的美是出世的，虽然光彩耀人，本质上永远是阴柔的、静默的、孤独的，没有蹭蹬存活的元气，纵使在这个年月里一天天涨大，同时也在这个岁月里不得长久；她所执着的人生的飞扬与挣扎，注定要她为此付出某些具有永恒意味的代价。米琪不是这个时代的人，如果她早生几个世纪或晚生几个世纪，该会是截然不同的另一种样子。我想象着那种情况，想到头疼。而今天，既然不能做上帝，那么就做魔鬼吧——与其堕落，不如彻底堕落。米琪说。尽管在许多人看来，离开家乡去异邦无疑是一件值得欢欣鼓舞的事情。

米琪，她真应该早来一百年或晚来一百年；米琪，她是一个被谪的仙子，这不是她的时代。然而，在未来的路上，不管做上帝还是做魔鬼，不管做隐者还是做流浪汉，我都相信她，并且同样地因为这种信任而祝福她。

永远的米琪。

1992 年

水

江春入旧年

——嵇康与广陵

嵇康,字叔夜,谯国铚人也。其先姓奚,会稽上虞人,以避怨,徙焉。铚有嵇山,家于其侧,因而命氏。兄喜,有当世才,历太仆、宗正。康早孤,有奇才,远迈不群。身长七尺八寸,美词气,有风仪,而土木形骸,不自藻饰,人以为龙章凤姿,天质自然。恬静寡欲,含垢匿瑕,宽简有大量。

——《晋书·嵇康传》

一

从这场酒席中散去,微醺的中散大夫嵇康匆匆赶去另一场酒会。

在竹林间舒展广袖,狂舞长啸,清俊的嵇康想象自己是一只孤绝、清瘦的飞鸟,在寂寥的高空中不知疲倦地翱翔,俯瞰浩瀚的林海,俯瞰浩瀚的中国南部。

夜的精魂不停地缠绵,不倦地周旋。

时而飞,时而停,时而高蹈轻扬,时而缱绻低回,中散大夫携琴自问——是否还记得曾经嬉戏的洛西、曾经夜宿的月华亭？是否还记得绵密无寐长夜漫漫、起坐抚弦遂成新曲？雅乐新成，纷披灿烂，戈矛纵横，惊天动地，嵇康谓之《广陵散》。

时光，如水波般流动。天池辽阔谁相待，日日虚乘九万风——端的是似水流年啊！

这是中国文化最浪漫深情的一刻，也是中国历史最波诡云谲的一页。嵇康像一只孑然独立的大鸟，与乌云一道在电闪雷鸣中穿梭。他龙章凤姿，不自藻饰；他悲愤幽咽，慨然不屈；他昂首嘶鸣，浩气当空；他弹琴咏诗，自足于怀——雷电为他的翅膀镶嵌了一道璀璨的金边，他踏着阵阵松涛，宛若深山中狂飙的雄鹰。

嵇康，公元224年出生于魏国谯郡铚县（今属安徽），先祖本姓奚，会稽上虞（今属绍兴）人，为避世怨，迁徙于嵇山，置家于其侧，因而以"嵇"命为姓氏。嵇康年少才高，重思想，善谈理，懂音律，能属文，高情远趣，率然玄远。正始末年，嵇康居山阳，"所与神交者惟陈留阮籍、河内山涛，豫其流者河内向秀、沛国刘伶、籍兄子咸、琅邪王戎，遂为竹林之游"，肆意酣畅，共倡玄学新风，主张"越名教而任自然""审贵贱而通物情"，世谓"竹林七贤"。

据史书记载，嵇康曾经在洛阳西边游玩，晚上夜宿华阳亭，引琴弹奏。夜半时分，突然有客人拜访，自称是古人，他与嵇康一同谈论音律，辞致清辩，于是索琴而弹，声调美妙伦比，他将这首乐曲传授给嵇康，并让嵇康起誓绝不传给他人，他亦不言其姓字。

——这就是传说中的《广陵散》。

嵇康所作《广陵散》，又名《广陵止息》，古时亦名《聂政刺韩傀曲》。嵇康以善弹此曲著称，听者如闻天籁。公元263年，嵇康为司马昭所害。刑场上，三千太学生向朝廷请愿，请求赦免嵇康，并要拜嵇康为师，司马昭不允。临行前，嵇康无一丝伤感，从容不迫索琴弹奏，天籁般的曲调弥漫在刑场上空。嵇康弹罢，慨然叹惋："世间从此再无《广陵散》！"

叹罢，从容引首就戮。嵇康时年，仅四十岁。《晋书》记载——

> 康将刑东市，太学生三千人请以为师，弗许。康顾视日影，索琴弹之，曰："昔袁孝尼尝从吾学《广陵散》，吾每靳固之。《广陵散》于今绝矣！"时年四十。海内之士，莫不痛之。

晋文帝司马昭不久亦醒悟，然而，悔之晚矣。痛失的，岂止嵇康，更有《广陵》清音。天籁只能天上得，哪堪人间共此声？

每读到此处，便无端地想起文天祥那首七律——

> 生前已见夜叉面，
> 死去只因菩萨心。
> 万里风沙知己尽，

谁人会得广陵音。

二十八个字，痛彻心扉。

秦始皇焚书坑儒，焚琴煮鹤。琴，"秦灭六国，至汉不兴。"时至魏晋琴、曲皆失，《广陵散》再无知音。

二

这是一场酣畅淋漓的欢聚，这是一个放浪无羁的时代。

忧时悯乱、骏放沉挚的阮籍，外柔内刚、淳深渊默的山涛，容貌丑陋、缄默寡言的刘伶，任性不羁、妙达八音的阮咸，清悟识远、狷介忠直的向秀，识鉴过人、谲诈多端的王戎，以及——永远不会缺席的嵇康。他们嗜酒如命，酣饮时烂醉如泥，清醒时装疯佯狂。

这是一幅怎样汪洋恣肆的画卷？这是一种怎样心有灵犀的景象？春风荡漾，柳丝拂面，众人一起围坐，面对面痛饮。阮籍习武艺，能长啸，善弹琴，好为青白眼。遇见所谓"唯法是修，唯礼是克"的礼法之士，阮籍必以白眼对之。阮籍的母亲去世后，嵇康的哥哥嵇喜来致哀，因为嵇喜是在朝为官的礼法之士，于是阮籍也不管守丧期间应有的礼节，给了嵇喜一个大大的白眼。后来，嵇康带着酒、琴而来，阮籍马上便由白眼转为青眼。阮咸更是不拘小节，大瓮盛酒，与猪同饮。嵇康与向秀饮罢，便在家门前的柳树下打铁自娱，嵇康掌锤，向秀鼓风，二人旁若无人，自得其乐。刘伶每饮必醉，常乘坐鹿车，携一壶酒，使人荷锸而随之，左右顾盼，其妻劝止，刘伶大笑道："死又何惧？死便埋我！"

这是一场怎样没有休止的酒宴？这是一群怎样没有嫌隙的挚友？他们虽有满腹才华，空有满腔壮志，却错生在一个毫无光亮的时代。曹魏后期，政局混乱，曹芳、曹髦既荒淫无度，又昏庸无能，司马懿、司马师父子掌握朝政，废曹芳、弑曹髦，大肆诛杀异己。他们所看见的，是恐怖的屠杀、虚伪的礼法。他们不满司马氏的所作所为，更不愿依附司马氏。他们崇尚老庄的自然无为，蔑弃礼法规则。他们是嵇康真正的知音，是他的听众、他的读者，无论微醺，还是酩酊。

有学者将这个时代称为"世说新语"时代。我们不妨用四个词来概括那个时代：玄幻，谋篡，战乱，黑暗，也不妨用四个词来概括那个他们的心绪：哀伤，苦闷，恐惧，绝望。

这是何等的玄幻、谋篡、战乱、黑暗？这是何等的哀伤、苦闷、恐惧、绝望？走出竹林，便是无尽的长夜；放下酒盏，便是亘古的空虚。他们紧紧地贴附着大地，紧紧地簇拥在一起，像凛冽寒风中残存的雏鸟——覆巢之下，其能幸哉？

"万里风沙知己尽，谁人会得广陵音？"

嵇康一生放荡作文，桀骜为人。他的诗歌存世仅五十余首，后世却评价极高，赞叹其诗不为《风》《雅》所羁，直写胸中之语。他的文论存世六七万字之多，句句隽永，字字珠玑。读嵇康的《琴赋》，眼前不时闪回这位执着于精神自由、终日与琴为友的士子形象——

余少好音声，长而玩之。以为物有盛衰，而此无变；滋味有厌，而此不倦。可以导养神气，宣和情志。处穷独而不闷者，莫近于音声也。是故复之而不足，则吟咏以肆志；吟咏之不足，则寄言以广意。然八音之器，歌舞之象，历世才士，并为之赋颂。其体制风流，莫不相袭。称其才干，则以危苦为上；赋其声音，则以悲哀为主；美其感化，则以垂涕为贵。丽则丽矣，然未尽其理也。推其所由，似原不解音声；览其旨趣，亦未达礼乐之情也。

嵇康以为，"众器之中，琴德最优。"而操琴之德，何尝不是为人之德？在《琴赋》文末的"乱"段——嵇康咏叹琴的和悦之德，无法探其深广；体味琴的清明之体，无法知其旷远；感慨琴的高邈之美，无法与其企及；倾听琴的优良之质，无法得其驾驭；惋惜琴的至性至情，堪称群乐之首，可惜知音者寥寥。而这些，何尝不是以琴寓世、以琴喻人？

愔愔琴德，不可测兮；体清心远，邈难极兮；良质美手，遇今世兮；纷纶翕响，冠众艺兮；识音者希，孰能珍兮；能尽雅琴，唯至人兮！

嵇康文章，多为论说，所著诸文论六七万言，皆为世所玩咏。他曾作《声无哀乐论》，针对儒家的"治世之音安以乐，亡国之音哀以思"，旗帜鲜明地加以辩驳，音乐是客观存在的音响，哀乐是人们的精神被触动后产生的感情，两者并无因果关系，亦即"心之与声，明为二物"，"心"和"声"，明明就是两种东西，压根就没有什么关系。

> 夫天地合德，万物贵生，寒暑代往，五行以成。故章为五色，发为五音；音声之作，其犹臭味在于天地之间。其善与不善，虽遭遇浊乱，其体自若而不变也。岂以爱憎易操、哀乐改度哉？及宫商集比，声音克谐，此人心至愿，情欲之所钟。故人知情不可恣，欲不可极故，因其所用，每为之节，使哀不至伤，乐不至淫，斯其大较也。

嵇康为文，多借景抒情，托物言志。在《琴赋》中，他讲述琴的材质的生长环境、在能工巧匠收入中的制作，随之写到琴音的优美典雅，变化无穷，盛赞琴的高尚和平、纯洁正直的品格。不论是琴音、琴思、琴德，还是叙事、写景、抒情，嵇康之文如同其人，笔势放纵，汪洋恣肆，辞采绚烂，让人无法不击节赞叹。

正是在这篇赋中，嵇康曾将自己喜好的古琴曲目排出顺序。他认为，首先无可争议的是《广陵》，接下来是《止息》《东武》《太山》《飞龙》《鹿鸣》《鹍鸡》《游弦》，他认为这几首古曲变换为不同的演奏方式，如果声色自然，流畅清澈美妙，都能消除烦躁情绪。后代变换的俗谣俗曲，当属汉末蔡邕创制的《蔡氏五弄》。接下来还有《王昭》《楚妃》《千里别鹤》。最后还有一时权宜之作，杂进俗曲，也有一些值得浏览的琴曲。所以，所谓曲高和寡者，"然非夫旷远者不能与之嬉游；非夫渊静者不能与之闲止；非夫放达者不能与之无吝；非夫至精者不能与之析理也"。

嵇康道德文章影响深远。清代何焯感喟："叔夜千古人，此赋亦千古文。读此赋，如闻鸾凤之音于云霄缥缈之际。"

三

嵇康，身长八尺，容止出众。

这样一位翩翩佳公子，加之满腹诗书，可谓器宇轩昂、玉树临风，简直是那个黯淡时代的华彩篇章。举目皆是战祸、离索、弥乱、凋敝、血腥、恐惧……可是，有什么能掩盖得住心中鼓荡的丰盈与骄傲？嵇康曾娶曹操曾孙女为妻，官拜曹魏中散大夫，从此与曹魏有了生死之缘分。也恰是因为他与曹魏的不离不弃，种下了他终于为钟会所构陷、为司马昭所杀害的祸根。

说到嵇康桀骜不驯的性格、坎坷多舛的命运，不能不提"竹林七贤"中的山涛，以及嵇康写给山涛的《与山巨源绝交书》。

山涛在由选曹郎调任大将军从事中郎时，欲荐举嵇康代其原职。没想到，嵇康听到消息，勃然大怒，不仅在信中断然拒绝山涛的荐引，而且傲慢地申明自己赋性疏懒，不堪礼法约束，不可加以勉强，发誓以此与山涛断绝往来。

在这封长信中，嵇康开篇毫不客气地说：我性格直爽，心胸狭窄，对很多事情决不姑息（"直性狭中，多所不堪"）；

性情懒慢，筋骨迟钝，肌肉松弛，头发和脸经常一月或半月不洗，如不感到特别闷热发痒绝不愿意洗浴（"性复疏懒，筋驽肉缓，头面常一月十五日不洗，不大闷痒，不能沐也"）。好在朋友们都能够忍受他孤傲简慢的性情、背离礼法的行为，"侪类见宽，不攻其过"。

此后，嵇康以"七不堪"力陈拒绝山涛的理由——

> 人伦有礼，朝廷有法，自惟至熟，有必不堪者七，甚不可者二：卧喜晚起，而当关呼之不置，一不堪也。抱琴行吟，弋钓草野，而吏卒守之，不得妄动，二不堪也。危坐一时，痹不得摇，性复多虱，把搔无已，而当裹以章服，揖拜上官，三不堪也。素不便书，又不喜作书，而人间多事，堆案盈机，不相酬答，则犯教伤义，欲自勉强，则不能久，四不堪也。不喜吊丧，而人道以此为重，已为未见恕者所怨，至欲见中伤者；虽瞿然自责，然性不可化，欲降心顺俗，则诡故不情，亦终不能获无咎无誉如此，五不堪也。不喜俗人，而当与之共事，或宾客盈坐，鸣声聒耳，嚣尘臭处，千变百伎，在人目前，六不堪也。心不耐烦，而官事鞅掌，机务缠其心，世故烦其虑，七不堪也。

嵇康在这封信的末尾义愤填膺地写道："若趣欲共登王途，期于相致，时为欢益，一旦迫之，必发狂疾。自非重怨，不至于此也。"也就是说，我与你并无深仇大恨，何苦为难我让我去做官呢？

山涛是竹林七贤中最年长的一位，也堪称"竹林七贤"的伯乐。他的风神气度，震撼了"竹林"。同为"竹林七贤"的王戎对他的评论是："如璞玉浑金，人皆钦其宝，莫知名其器。"也就是说，他给人一种质素深广的印象。大器度，正是其时名士之一种风度。虽然山涛与嵇康情谊甚笃，但是人生志趣未必相同，就在嵇康越来越放任自流之时，山涛却越来越彰显其入仕之心、治世之才、运筹之策、选人之能。他走的是另一条道路。

山涛不是一个没有见识的人，他谨慎小心地接近权力，却又小心翼翼地回避权力。毫无疑问，纵然狂放如嵇康者，在道德品行上也是了解自己的朋友、信任自己的朋友的。他后来因得罪司马氏而被治罪，临死前对儿子嵇绍说的最后一句话便是："有巨源在，你便不会孤独无靠了。"

在曹氏与司马氏权力争夺的关键时刻，山涛看出事变在即，"遂隐身不交世务"。这之前他做的是曹爽的官，而曹爽将败，故隐退避嫌。但当大局已定，司马氏掌权的局面已经形成时，他便出来。山涛与司马氏是很近的姻亲，靠着这层关系，他去见司马师。司马师知道他的用意与抱负，便对他说："吕望欲仕邪？"于是，"命司隶举秀才，除郎中，转骠骑将军王昶从事郎中。久之，拜赵国相，迁尚书吏部郎"。此后，嵇康与山涛在政治上分道扬镳，山涛一帆风顺，货与帝王家，征程万里无隔阻，嵇康绝尘而去，血染断头台，不做俗世一尘埃。

嵇康曾有《与山巨源绝交书》一文，后人因此对山涛颇多鄙夷。嵇康是非分明，刚直峻勇。而山涛则举事有度，量体裁衣，凡事不逾矩，不违俗。譬如他也饮酒，但有一定限度，至八斗而止，与其他人的狂饮至于大醉不同。山涛生活俭约，为时论所崇仰。他在嵇康被杀后二十年，荐举嵇康的儿子嵇绍为秘书丞，他告诉嵇绍说："为君思之久矣，天地四时，犹有消息，而况人乎！"可见，二十余年，他从未忘却旧友。

嵇康为司马昭所杀，犹如一个暗夜炸开的信号，"竹林"自此分崩离析，有人走向心怀汤火、足履薄冰的震颤，有人走向潇洒挥放、逶迤远行的傲然，有人走向穆如清风、冰清玉洁的旷达，有人走向质朴素真、恬淡自然的无为，有人走向哲思飞扬、才情盈溢的飘逸，有人走向有道言兴、无道默容的明哲保身。向秀悲恸不已，他写下千古绝唱《思旧赋》，怀念与老友同游山林的岁月——

> 将命适于远京兮，遂旋反而北徂。
> 济黄河以泛舟兮，经山阳之旧居。
> 瞻旷野之萧条兮，息余驾乎城隅。
> 践二子之遗迹兮，历穷巷之空庐。
> 叹黍离之愍周兮，悲麦秀于殷墟。
> 惟古昔以怀今兮，心徘徊以踌躇。
> 栋宇存而弗毁兮，形神逝其焉如。
> 昔李斯之受罪兮，叹黄犬而长吟。
> 悼嵇生之永辞兮，顾日影而弹琴。

托运遇于领会兮，寄余命于寸阴。
听鸣笛之慷慨兮，妙声绝而复寻。
停驾言其将迈兮，遂援翰而写心。

在这篇赋的序中，追思与老友过往游宴欢饮的点点滴滴，向秀慨然长叹："嵇博综技艺，于丝竹特妙。临当就命，顾视日影，索琴而弹之。余逝将西迈，经其旧庐。于时日薄虞渊，寒冰凄然。邻人有吹笛者，发音寥亮。"

斯人已去，足音跫然。

四

"聂政"曲何以名"广陵"？

韩皋曾经给出一个颇为可信的理由："扬州者，广陵故地，魏氏之季，毌丘俭辈皆都督扬州，为司马懿父子所杀。叔夜（嵇康）悲愤之怀，写之于琴，以名其曲、言魏之忠臣散殁于广陵也。盖避当时之祸，乃托于鬼神耳。"时运不济，遂以《广陵》言志。

谁能想到，今日温婉可亲的扬州，竟然是昔日嵇康抚琴言志的广陵故地？

虞渊未薄乎日暮，《广陵》终不绝人间。

这是晚春的扬州，烟花三月的广陵雾雨还未飘远，时间却已行进至一千七百年后的今天，清朗的空气便开始讲述与昨天的记忆迥然不同的故事。林钟宫音，其意深远，音取宏厚，指取古劲，《广陵》余音绕梁，至今犹在耳畔，一支新曲俨然歌成。

江水北去，淮河南来。

这是一年里最欢腾、最茁壮的日子。大地上冰封的一切早已苏醒，暗夜里沉寂的一切正在绽放。被雾雨笼罩的广陵，繁花似锦，万马奔腾，举目皆是浓墨重彩的山水画卷。

风无边、水无界。

公元前486年，吴王夫差开邗沟，筑邗城，沟通江淮，成就了后世"烟花三月下扬州"。水，催生了扬州的数度繁华，也孕育了扬州的悠久文明。站在江都水利枢纽的高台上，荡胸顿生层云。过去的岁月气势磅礴，如水波般一泻千里，雄伟壮观，恍若嵇康的《广陵》绝响。

扬州盐商富甲天下，留下了美轮美奂的园林、婀娜多姿的景致、穷奢极欲的宅邸。清代戏曲家李斗在其笔记集《扬州画舫录》曾写道："杭州以湖山胜，苏州以市肆胜，扬州以园亭胜，三者鼎峙，不分轩轾。"而今，这些园林、亭台、宅邸，已成为扬州璀璨多姿的文化景观。当年的广陵，走过无数风雷激荡的岁月，在万千气象、日新月异的今天，正在由古老的遗存，蝉蜕为羽化的新生。

古城里，举步皆是脊角高翘的屋顶、风韵痴绝的门楼，直露中有迂回，舒缓处有起伏；古巷曲折蜿蜒，巷子里的茶楼和酒肆藏而不露，每每寻到，便是无边的惊喜，让人回味无穷。瘦西湖上，五亭桥造型秀美，富丽堂皇，如同湖的一束玉带。传说这是清扬州两淮盐运使为了迎接乾隆南巡，特雇请能工巧匠设计建造的。桥上雕栏玉砌，彩绘藻井；桥下四翼分列，十五个卷洞彼此相通。每当皓月当空，各洞衔月，金色荡漾，众月争辉，倒挂湖中，不可捉摸。"青山隐隐水迢迢，秋尽江南草未凋，二十四桥明月夜，玉人何处教吹箫。"杜牧的诗句恍若与月色一道铺满银色的水面。

五

这是中国历史一段波诡云谲的时期。

魏晋南北朝——史家惯于从建安元年（196）开始计算，到隋开皇九年（589）隋文帝统一中国为止，前后共约400年。

漫长四个世纪，无疑是中华民族家国分裂、政治动荡、战火频仍、割据政权林立的时代。这期间，共发生较大规模的战争500余次，先后建立35个大大小小的政权，只有西晋实现过短短的37年的统一，其余皆处于分裂状态，可谓"城头变幻大王旗"。秦汉以来的物质积淀被糟蹋殆尽，董卓之乱、八王之乱、侯景之乱、五胡乱华……天灾人祸，生灵涂炭，国家满目疮痍，人民流离失所。

然而，若论在中国历史上的风采独具、文采焕然，无出魏晋南北朝其右。一方面，社会生活空前动荡与纷乱；一方面，是文学创作空前的发展与繁荣。这是士人思想最活跃、精神最自由、个性最张扬、行为最放纵的时代，这是一个具有艺术气质的时代。

这是一个"世说新语"时代。在这样一个时代，天下规则散尽,斯文扫地。在这样一个时代,不难理解:何以武好法术,文慕通达;何以天下之士,不循前轨。

遗憾的是,旷世之才如嵇康,也只能以自己的方式在这个时代的夹缝中求生。

"爱有大而必失,恶有甚而必得;智惠不能去其恶,威力不能全其爱。故前识所不用心,而圣人罕言焉,若乃系情累于外物,留曲念于闺房,亦贤俊之所宜废乎?"这是陆机在《吊魏武帝文》写到曹操临终吩咐后事时的描述,惋惜一代明主的远行,笔笔顿挫,气势畅达。这还是"日月之行,若出其中;星汉灿烂,若出其里"壮怀千里的曹操吗?这还是"山不厌高,海不厌深。周公吐哺,天下归心"运筹帷幄的曹操吗?这还是"老骥伏枥,志在千里;烈士暮年,壮心不已"永不言败的曹操吗?这是与嵇康有着千丝万缕牵挂的曹魏,是一个大时代拉开华幕的序曲,然而,落花流水终去也,英雄暮年,恰如一个时代的谢幕,端的是有着说不尽的凄伤和沧桑。

昔我往矣,杨柳依依;今我来思,雨雪霏霏。

让我们重新回到一千七百年前的历史现场,清点烽烟凉尽的烟火,收殓岁月老去的残骸。这是景元二年(261),嵇康作《与山巨源绝交书》,两年后,他为司马氏所杀。有心者也许会留意,会在青灯黄卷中翻到曾经被我们忽视的片段,以及这些片段中的丝丝缕缕——半个世纪之前,曹丕在《典论·论文》中写下了"盖文章,经国之大业,不朽之盛事"的千古绝唱;在《与王朗书》中写道:"生有七尺之形,死惟一棺之土。"王粲在《登楼赋》中写下了"人情同于怀土兮,岂穷达而异心。"半个世纪后,在匈奴的进逼中,洛阳失守,建兴四年(316)西晋灭亡。这场战争中,匈奴长驱直入,很快便控制了几乎整个中原,长达一百多年的大动乱大灾难大纷争就这样开始了,中华民族陷入漫漫寒夜。史官干宝在《晋纪总论》中写道:"国政迭移于乱人,禁兵外散于四方,方岳无钧石之镇,关门无结草之固。"最终"脱耒为兵,裂裳为旗,非战国之器也;自下逆上,非邻国之势也。然而成败异效,扰天下如驱群羊,举二都如拾遗芥,将相王侯连头受戮,乞为奴仆,而犹不获,后嫔妃主,虏辱于戎卒,岂不哀哉?"国家顺乎天命方可兴盛,顺乎民意方可和谐,以礼仪教化百姓方可建立纲常,国家基础宽厚方可难以颠覆,正如树木根深叶茂则难以拔掉,政教有条有理则国家不乱,法纪牢靠周密则社会安定。如此者,方为治国之策,立国之本。

前后不过百年,世事更迭如斯。随风云变幻的,是利益的血腥和政治的无情。不变的,是士子千百年来一脉相承的家国情绪、道义文章——莫谓书生空议论,头颅掷处血斑斑。

"夜中不能寐,起坐弹鸣琴。薄帷鉴明月,清风吹我襟。孤鸿号外野,翔鸟鸣北林。徘徊将何见?忧思独伤心。"这是阮籍的《咏怀诗》。其孤绝旷逸,寓意深远,所书所写何尝不是嵇康?不难想象,某个黑暗寂静得没有边际的长夜,嵇康、阮籍夜阑酒醒,忧畏难去,在耿介与求生间矛盾,在旷达与良知中互争,嵇康的悲凉郁结莫可告喻。这些悲凉郁结莫不充溢于他的字里行间,穿越无数个日日夜夜,至今仍散发着彻骨的寒凉。

　　霜被野草,岁暮已去。

　　端的,是该散了——

2018 年 5 月

在火中生莲

——韩愈在潮州

唐元和十四年（819），韩愈贬任潮州刺史。

潮州属岭南道，濒南海，《元和郡县图志》记载其"以潮流往复，因以为名"。《永乐大典·五千三百四十三卷》："潮之分域，隶于广，实古闽越地，其言语嗜欲，与闽之下四州颇类，广、惠、梅、循操土音以与语，则大半不能译，惟惠之海丰与潮为近，语音不殊，至潮、梅之间，其声习俗又与梅阳之人等。"潮州自古就是荒凉偏僻的"蛮烟瘴地"，是惩罚罪臣的流放之所，唐代亦然。不少名公巨卿如常衮、韩愈、李德裕、杨嗣复、李宗闵等都曾经被远贬潮州。

潮州一任不到八个月，韩愈以极大的热情，投身到一系列为民谋利的工作中。他驱除鳄鱼，奖劝农桑，兴办教育，大修水利，延选人才，传播中原先进文明，从而使当时的蛮荒之地潮州，发生了翻天覆地的变化。潮州百姓永远记住了韩愈，潮州的山水、路堤、亭台，很多都为纪念韩愈而命名，后人因此赞道："不虚南谪八千里，赢得江山都姓韩。"

居尘学道,火中生莲;德润古今,道济天下。这恰是今天来谈韩愈的意义所在。无论为文为官,无论是进是退、是荣是辱,只要能力之内,必应"民"字当先。爱民如子,视民如伤,为官一任,造福一方——做到这十六个字,才能得到人们发乎内心的拥戴,一生功业才会在百姓的口口相传中永世流芳。

——题记

文章随代起,烟瘴几时开。

不有韩夫子,人心尚草莱。

康熙二十三年的一天,清代两广总督吴兴祚一路向东,从广州来到潮州的韩文公祠。

远山如骏马奔腾而来,海天一色中的石阶高耸云表。岁月凋零,人心不老。吴兴祚感慨万分,题诗勒石。

这一年是1684年。此后300余年,因为这首诗,吴兴祚与他倾慕不已的文公韩愈一道,被镌刻在中国南疆的文化碑林。

以这一刻为终点,时光倒退865年——这是公元819年,元和十四年,短暂的"元和中兴"已经攀到了顶峰。唐宪宗励精图治,国家政治由动荡渐渐回归正轨。这一年,是值得书写的一年:李愬讨伐平定淮西节度使吴元济;横海节度使程权奏请入朝为官;申州、光州全部投降;朝廷收复沧、景二州;幽州刘总上表请归顺;成德镇上表自新,献德州、棣州;刘悟杀节度使李师道降唐;成德王承宗、卢龙刘总相继自请离镇入朝……藩镇割据的局面暂告结束。

端的是轰轰烈烈、扬眉吐气的一年。这一年,还有一件很小很小的事,小到同这一年的任何一件事相比,似乎都可以忽略不计。然而,恰恰是这件小事,改变了中国文化的命运。

史料记载,"十四年正月,宪宗遣宦官赴法门寺迎佛骨至长安,留宫中供奉三日,然后送各个寺院供奉。长安王公百姓瞻视施舍,唯恐不及。"刑部侍郎韩愈却不以为意,他"不合时宜"地上表切谏,慷慨陈词,直言将佛骨送到寺院里让百姓供养,毫无意义且劳民伤财。在中国数千年、数万计的"表"中,这份秉笔直言、震古烁今的《论佛骨表》,是中国文化史中足以彪炳史册的大文章,也是中国政治史上文人因言获罪的耻辱一页。

由是韩愈贬谪潮州。韩愈于潮州的八个月,是他抱残守缺、失意彷徨的八个月,却是潮州日新月异、脱胎换骨的八个月,从此儒风开岭峤,香火遍瀛洲。

一

元和十四年元月十四日,1200年前一个阴冷晦暗的冬日,韩愈蹒跚着走出长安,以戴罪之身一路向东、向南,再向东、向南。

潮州属岭南道,濒南海,《元和郡县图志》记载其"以潮流往复,因以为名"。潮州自古就是荒凉偏僻的"蛮烟瘴地",是惩罚罪臣的流放之所,唐代亦然。不少名公巨卿如常衮、韩愈、李德裕、杨嗣复、李宗闵等都曾经被远贬潮州。

> 一封朝奏九重天，夕贬潮州路八千。
> 欲为圣明除弊事，肯将衰朽惜残年。
> 云横秦岭家何在？雪拥蓝关马不前。
> 知汝远来应有意，好收吾骨瘴江边。

在途中，韩愈写下了这首千古流芳的诗篇。15年前，他因上书论旱，得罪佞臣，被贬阳山，也是隆冬时节，也曾途经蓝关。悲恸之情，何其相似？这是韩愈第二次被贬黜岭南，这一年，他拖着52岁的"朽"之躯，以为自己就此葬身荒夷，永无重归京师之日，无限唏嘘地托付子侄替自己埋骨收尸。

潮州，是韩愈一生中最大的政治挫折。在被押送出京后不久，韩愈的家眷亦被斥逐离京。就在陕西商县（今商州区）层峰驿，他那年仅十二岁的女儿竟病死在路上。不难理解，何以韩愈关于潮州的诗文中，惊愕、颠簸、险滩、潮汐、雷电、飓风……鬼影般反复出现："飓风鳄鱼，患祸不测；州南近界，涨海连天；毒雾瘴氛，日夕发作"（《潮州刺史谢上表》），"恶溪瘴毒聚，雷电常汹汹。鳄鱼大于船，牙眼怖杀侬。州南数十里，有海无天地。飓风有时作，掀簸真差事"（《泷吏》）。

仕途的蹭蹬、女儿的夭折、家庭的不幸、命运的乖蹇；因孤忠而罹罪的锥心之恨，因丧女而愧疚的切肤之痛；对宦海的愁惧，对京师的眷恋……悲、愤、痛、忧，一齐降临到韩愈头上。这是最孤寂的征程，在漫无边际的冬日，世界向它的跋涉者展示着广袤的荒凉。

赴潮之时,宪宗盛怒之下,命韩愈"即刻上道,不容停留"。韩愈甚至来不及与京师的朋友辞行。潮州与京师长安语言不通,"远地无可语者",他只好将家眷寄放在千余里外的韶州,相伴而行的,只有他叮嘱"收吾骨瘴江边"的侄孙韩湘。

他的朋友未曾忘记他。贾岛捎来《寄韩潮州愈》:"此心曾与木兰舟,直到天南潮水头。隔岭篇章来华岳,出关书信过泷流。峰悬驿路残云断,海侵(一说浸)城根老树秋。一夕瘴烟风卷尽,月明初上浪西楼。"性情古怪的刘叉也赋诗《勿执古寄韩潮州》云:"寸心生万路,今古梦若丝。逐逐行不尽,茫茫休者谁。来恨不可遏,去悔何足追?"但是,一句谊切苔岑的"海侵城根老树秋",一句肝胆相照的"逐逐行不尽",又怎能道尽韩愈的悲苦和孤寂?

梦觉灯生晕,宵残雨送凉。
如何连晓语,一半是思乡。

14年前,韩愈被贬阳山时,曾写下《宿龙宫滩》。

夜幕四合,万籁俱寂,韩愈怀念京师,思恋亲人,他未曾想到,14年前的诗句,似乎谶语一般卜示着他无法逃脱的未来。

二

然而,这又怎样?

浩浩复汤汤,滩声抑更扬。奔流疑激电,惊浪似浮霜——这才是韩愈!

身多疾病思田里,邑有流亡愧俸钱——这恰是韩愈的忧思与隐忍,与百姓的忧愁悲苦相比,个人的坎坷又算得了什么?四月底,韩愈辗转三月余,终于抵达潮州,行程八千里,费时近百天。但是,他甫一抵潮,即理州事,芒鞋竹杖草笠蓑衣,与官吏相见,询问百姓疾苦。

元和十四年的潮州,风不调,雨不顺,灾患频仍,稼穑艰难。先是六月盛夏的"淫雨将为人灾",韩愈祭雨祈晴。淫雨既霁,稻粟尽熟的深秋,又遭遇绵绵阴雨,致使"稻既穗矣,而雨不能熟以获也;蚕起且眠矣,而雨不得老以簇也。岁月尽矣,稻不可复种,而蚕不可以复育也;农夫桑妇,将无以应赋税、继衣食也"。过量的雨水使得韩愈焦虑不已,他为自己无力救灾而深感愧疚,"非神之不爱人,刺史失职也。百姓何罪,使至极也!……刺史不仁,可坐以罪;惟彼无辜,惠以福也。"炽诚峻切,跃然纸上。

此后不久,韩愈还进行了一场别开生面的祭祀鳄鱼的活动。潮州鳄鱼的残暴酷烈,韩愈途经粤北昌乐泷时,即有耳闻。但鳄害之严重,在到达潮州之后,他才真正了解,"初,愈至潮阳,既视事,询吏民疾苦,皆曰:'郡西湫水有鳄鱼……食民畜产将尽,以是民贫。'"鳄鱼之患,实则比猛虎、长蛇、封豕之害有过之而无不及。

为了解除民瘼,救百姓于水火之中,韩愈断然采取了措施:"居数日,愈往视之,令判官秦济炮一豕一羊,投之湫水，祝之……"这就是"爱人驯物，施治化于八千里外"的祭鳄行动。为此，韩愈写了《祭鳄鱼文》，文字矫捷凌厉，雄健激昂。一篇檄文，数次围剿，常年困扰百姓的鳄鱼被驱逐，韩愈迅速赢得了百姓的信任。

唐代流行的潜规则是，朝廷大员被贬为地方官佐，一般都不过问当地政务。韩愈的弟子皇甫湜在《韩文公神道碑》中写道："大官谪为州县，簿不治务。先生临之，若以资迁。"鳄害如此严重，前任官员或无动于衷或束手无策，任其肆虐泛滥。韩愈却不甘老迈，恭谨谦逊，恪尽职守。《韩昌黎文集》中，共收有五篇"祭神文"，韩愈之砥砺勤勉，可见一斑。

韩愈在潮州还有修堤凿渠之举。《海阳县志·堤防》引陈珏《修堤策》曰，北堤"筑自唐韩文公"。潮州磷溪镇有一道水渠叫金沙溪，当地传说是韩愈命人开凿的。清澈的渠水，至今仍在滋润着两岸的田畴。碧堤芳草，遏拒洪流；银渠稻海，扬波叠翠。潺潺的水声，奔涌的水流，千百年来，似乎在不断地诉说着韩愈当年奖劝农桑的功绩。

三

韩愈初抵潮州，即作《潮州刺史谢上表》。刘大櫆点校《韩昌黎文集》，评其"通篇硬语相接，雄迈无敌"。其实，居庙堂之高则忧其民，处江湖之远则忧其君——这恰是韩愈的忠贞与坦诚。偏居一隅的韩愈，勤于王室，忠于职守，不敢以州小地僻而忽之，不敢以体弱多病而怠之，其呼天、呼地、呼父母之连天悲号，皆为忠悌者之举，尽是贤达者之为。

《韩昌黎文集》还收录了《应所在典贴良人男女等状》一文。这是元和十五年（820）十一月，韩愈从袁州调回长安任国子监祭酒时写下的，叙述他在袁州时放免男女奴婢731人，故历来史志均将释奴一事系于他任袁州刺史之时。

其实早在潮州时，韩愈已经注意到岭南"没良为奴"的陋习。唐代杜佑在《通典》中写道："五岭之南，人杂夷獠，不知教义，以富为雄……是以汉室尝罢弃之。大抵南方迂阻，人强吏懦，豪富兼并，役属贫弱，俘掠不忌，古今是同。"有唐一代，尽管较之前代已有明显的进步，奴隶问题在不同的阶段仍有不同程度的浮沉反复。当时的一个潜规则是"帅海南者，京师权要多托买南人为奴婢"。代买奴婢成为被流放官员向京师当权者献媚取宠的捷径。在这样的社会氛围中，获罪远贬的韩愈，何尝不希望京师当权者施以援手，以便早日回朝？可是他并没有以此谋取进身之阶，而是施以德政与人道，大举赎放奴婢，这恰是韩愈的刚正廉明。

韩愈不是潮州乡学的创办者，但对潮州文化教育却有不可磨灭的功绩。韩愈认为，国家治理须"以德礼为先，而辅之以政刑"，用德礼即推行儒家的"仁义"之道，"未有不由学校师弟子者"。为了办好潮州乡校，"刺史出己俸百千，以为举本，收其赢余，以供学生厨馔"。

百千之数，其值几何？唐代币制混乱，很难做出标准。据李翱著《李文公集》所载，元和末年，一斗米合五十钱，故百千可折合米两百石，数目不可谓少。如此算来，百千相当于韩愈八个多月的俸金。也就是说,韩愈把治潮八个月的俸金,全数捐给了学校。

韩愈对潮州文化的最大贡献,还在于他大胆起用当地人才,推荐地方俊彦赵德主持州学。相传赵德是唐大历十三年(778)进士,早于韩愈14年登第。唐代登进士第者还要通过吏部主持的"博学鸿词"科考试,合格方能授官。但赵德未能顺利通过此考试,所以韩愈刺潮时,他还是一个"婆娑海水南,簸弄明月珠"的庶民。但是,赵德"心平而行高,两通诗与书"的品行学识,终于被韩愈发现,他对赵德的评价是"沉雅专静,颇通经,有文章,能知先王之道,论说且排异端而宗孔氏,可以为师矣"!于是毅然举荐他"摄海阳县尉,为衙推官,专勾当州学,以督生徒,兴恺悌之风"。起用当地人才主持州学,这是一项意义重大、影响深远的决策。

树一代之新风,斯有万世之太平。苏轼因此在《潮州韩文公庙碑》中感喟不已:"始潮人未知学,公命进士赵德为之师,自是潮之士皆笃于文行,延及齐民,至于今,号称易治。"

四

元和十四年,这艰辛的一年终于浩荡地行至岁末。

韩愈接到圣旨,"于其年十月二十五日准例量移袁州"。次年,韩愈以袁州刺史身份,重蒙圣宠,"为朝散大夫、守国子监祭酒,复赐金紫"。此后一年,韩愈的官职经历了五次变动:由国子监祭酒转兵部侍郎、由兵部侍郎转吏部侍郎、由吏部侍郎转京兆尹兼御史大夫、由京兆尹兼御史大夫转兵部侍郎、由兵部侍郎再转吏部侍郎。

莫道官忙身老大，
即无年少逐春心。
凭君先到江头看，
柳色如今深未深？

他欢喜地写道。韩愈一生为文工整，为诗严谨，难得有这样浪漫的心境、飘逸的诗句。接连不断的迁徙、接踵而至的任命蚀空了韩愈的身体，他哪里还有闲心闲暇去欣赏江边的柳色？壮年时韩愈便自嘲，"吾年未四十，而视茫茫，而发苍苍，而齿牙动摇"；及至中年，"苍苍者或化而为白矣，动摇者或脱而落矣"。可是，灾难又怎能击垮他的乐观和刚毅？怎能改变他舍身报国的使命与决心？任潮州刺史不足八月，农、工、学、商等皆视韩愈为"不祧之祖"，"溪石何曾恶？江山喜姓韩"。任袁州知府七个月，韩愈"治袁州如潮"。任国子监祭酒八个月，"韩公来为祭酒，国子监不寂寞矣"。任兵部侍郎一年有余，韩愈宣抚镇州，平定内乱，"旋吟佳句还鞭马""风霜满面无人识"。任吏部侍郎不足一年，韩愈周旋于各种政治集团之中，仍"涉艰危，树功业"。任京兆尹兼御史大夫半年余，哀矜百姓，京城"盗贼止，遇旱，米价不敢上""禁军老奸，宿恶不摄，尽缚送狱，京理恪然"。这就是韩愈——修身、齐家、治国、平天下，一生抱负，尽付家国。

长庆四年（824），韩愈病重，卒于长安。知道自己势将远行，韩愈召群朋曰："吾不药，今将病死矣。汝详视吾手足肢体，无诳人云韩愈癫死也。"质本洁来还洁去，莫教污淖陷沟渠。这就是韩愈——一生光明磊落，不愿染半点尘埃，韩愈死后被追赠礼部尚书，谥号为"文"，后世始称其为韩文公。

以元和十四年为起点，时光向后翻过273年——这是公元1092年，另一个失意文人苏东坡在不远处的扬州独自徘徊，气贯长虹的《潮州韩文公庙碑》横空出世。绝世的才情，慷慨的悲歌，雄壮的回响，两代文豪凌越三百年在潮州"相会"。"文起八代之衰，而道济天下之溺，忠犯人主之怒，而勇夺三军之帅"，苏东坡凛然发问：韩愈一介布衣，何以"匹夫而为百世师，一言而为天下法"？何以"参天地、关盛衰，浩然而独存"？

答案其实很简单——人无所不至，唯天不容伪。

有了韩愈的视民如伤，才有了百姓的风调雨顺；有了韩愈的横扫异端，才有了百姓的笃信文行；有了韩愈的知学传道，才有了百姓的耕读传家；有了韩愈的忠诚耿直、浩然正气，才有了百姓的德润古今、道行天下；有了韩愈的乐于天下、忧于天下，才有了百姓的安身立命、安居乐业；有了韩愈的精诚所至，才有了百姓的金石为开。韩愈没有把自己刻在潮州的石碑上，却留在了百姓的口碑里。

天地不言，万物生焉。感戴韩愈在潮州的所作所为，潮州百姓将此地山水以韩愈命名：韩江、韩山、韩堤、韩文公祠、景韩亭、昌黎路、祭鳄台、侍郎亭……草木如有知，能不忆韩郎？自古乐民之乐者，民亦乐其乐；忧民之忧者，民亦忧其忧。信夫，诚哉！

谁也未曾料想，一个卑微行者捧出的虔诚心肠，在此后的1200年，紧贴着大地，散播成中华民族的气度和风骨。

——沿着这道浩浩汤汤的历史文脉，走来了白居易、李商隐、柳宗元、刘禹锡、杜牧，走来了范仲淹、黄庭坚、欧阳修、文天祥、杨万里、归有光、顾炎武、朱彝尊、黄宗羲、林则徐……这是中华民族千百年来的文化理想，也是中华民族千百年来的家国诗篇。

——沿着这道枝繁叶茂的历史文脉，与韩愈一起沉吟低回的，是"些小吾曹州县吏，一枝一叶总关情"的忧患，是"从来治国者，宁不忘渔樵"的叮咛，是"稳暖皆如我，天下无寒人"的祝愿，是"我亦曾糜太仓粟，夜闻邪许泪滂沱"的相许相知，是"苟利国家生死以，岂因祸福避趋之"的披肝沥胆，是"但令四海歌声平，我在甘州贫亦乐"的祈求和冀望。

——沿着这道光明朗照的历史文脉，曾经生长过灾难、战争、荒蛮、杀戮，重要的是，还繁衍着富庶、光辉、璀璨、梦想。

元和十四年，韩愈于潮州还曾亲手栽植橡木。而今，这些橡木已葱郁成林，环绕韩文公祠，状如华盖，遮天蔽日。此树含苞不易，着花更难，时或春夏之交偶放一枝，熊熊若火莲，肃穆端庄，异常美丽。

2015年11月

一蓑烟雨任平生

——致敬苏轼的十个关键词

2000年千禧年伊始,法国巴黎,有一家报纸——《世界报》,它的主编叫让-皮埃尔·朗日里耶。他和他的同事们决定用一种创新的方式,迎接新千年的到来。

怎么庆祝呢?他们决定用专栏的形式,写一批专栏文章,讲述在公元1000年—2000年中生活的世界知名的重要人物的生活故事,覆盖北美洲、拉丁美洲、欧洲、亚洲等。

这家报纸用了6个月的时间,整理公元1000年一直影响到公元2000年的重要人物的备选名单。这真是一份浩如烟海的名单。他们在这份名单里,整理出12位重要人物,并编辑成册,名为"千年英雄"。这些文章于2000年7月份发表。

中国的苏轼(1037—1101)就是这些"千年英雄"中的一位,是其中唯一的一位中国人。

苏轼有100余万字的诗词、杂记、随笔、亲笔题书和私人信函,以及大量的他同时代的朋友和学者评论他的随笔、传略。当然,苏轼本人不写日记,这不符合他的性格,苏轼同时代的很多人都有写日记的习惯,司马光、王安石、刘挚、曾布等等，写日记这事对他来说太有条理、太扭扭捏捏了。苏东坡一生写过数千首诗词、800 余封私人信件。他写过一本杂记，是他对各种思想、旅行、人物、事件的记载——没有时间，但是他有他自己的逻辑。他有一句很有名的话，是写给他的弟弟子由的，也是写给他自己的——

> 吾上可陪玉皇大帝，下可以陪卑田院乞儿，眼前见天下无一个不好人。

苏轼，生于宋仁宗景祐三年（景祐三年大体相当于 1036 年，苏轼生于景祐三年末，已属 1037 年），死于宋徽宗建中靖国元年（1101），也就是华北被金人攻占，北宋灭亡前 25 年。

在他短短 64 岁的生命里，苏轼由于其坦率而付出了沉重的代价。在权力阴影下，他的政敌非常多。他既是各个阵营对抗的参与者，也是受害者。用我们今天的话来说，他的一生都是在动荡中度过的"大起大落"，就像"坐过山车一样"。在他职业生涯中，他一共有 30 次委任，17 次失宠或者被流放。今天他还是受人尊敬的高官，明天却什么也不是，被人蔑视，并受到责罚。

苏轼的命运在朝廷和皇帝的心情中摇摆不定。他行千里路，经历过荣耀与不幸，担任过太守，也曾经是阶下囚，从中国的最西北到中国的最南端，从寒冷气候带到海南岛的热带气候。

1079年，他甚至因为"欺君之罪"的罪名而坐牢130天。他走出御史台监狱的时候，已经43岁，这一年，他被流放到黄州，即湖北的一个小城市，在那里他开始了新生活。

没有职务，也没有薪水，他成了农民，需要养家糊口。他找了一块坡地开垦，这块坡地被他称为"东坡"。这就是苏轼作为"苏东坡"的来历。在千年来的时光中，百姓更喜欢称呼他"东坡居士"。

（一）豪放

法国《世界报》曾经评出100个影响世界的名人，苏东坡是其中唯一的中国人。

中国文化史上，李白是诗仙，杜甫是诗圣，只有苏东坡被称为文豪，他是古今第一文豪。

说到文豪，我们能想到谁呢？荷马，但丁，歌德，莎士比亚，雨果，托尔斯泰，巴尔扎克，博尔赫斯。在中国，我们最先想到的，应该就是苏东坡。

美国西华盛顿大学东亚文化研究中心教授唐凯琳："接触了苏东坡的文章之后，我被他的那种自由自在、想象丰富的思想所吸引。"唐凯琳认为，诞生于中国的宋代文学家苏轼，如今是西方汉学家们探讨最多的中国重要人物之一，他留下的文化遗产已成为全世界人民共同的精神财富。

文豪，首先在于苏东坡的广博。诗词文书画，苏东坡无所不能，以词论，他与辛弃疾并称"苏辛"；以文论，他与欧阳修并称"苏欧";以书法而论,他与黄庭坚并称"苏黄"。

苏东坡仁慈慷慨,光明磊落,浪漫开明,单纯真挚,快乐欢愉,无忧无惧。他去世后大约100年间,无数的文人为他立传,只有自由驰骋、无拘无束的灵魂才能够享受到他那份纯真。

如果说有宋一朝是中国文明的一座高峰,那么毫无疑问,苏东坡是中国文明的高峰中的高峰。

1061年,24岁的苏东坡被任命为大理评事,签书凤翔府判官。他写出了《和子由渑池怀旧》——

> 人生到处知何似,应似飞鸿踏雪泥。
> 泥上偶然留指爪,鸿飞那复计东西。
> 老僧已死成新塔,坏壁无由见旧题。
> 往日崎岖还记否,路长人困蹇驴嘶。

文豪,其次在于苏东坡的文风。他具有非凡的天分,敢于破除一切语言和体制的障碍,这种勇往直前的精神,又体现为其诗词文的豪放。

关于苏词的总体风格,在苏轼生前,论说甚多,见仁见智,有"清丽舒徐"(张炎《词源·杂论》)、"韶秀"(周济《介存斋论词杂著》)、"清雄"(王鹏运《半塘遗稿》)等多种说法。

绍兴辛未(1151),也就是苏轼辞世的半个世纪左右,"豪放"一词始流行。最有影响的当数豪放说,始见于曾慥跋《东坡词拾遗》"豪放风流，不可及也"。

明代张綖在《诗余图谱》中坚定地论述："苏子瞻之作，多是豪放。"清代郭麐有言："（词）至东坡，以横绝一代之才，凌厉一世之气，间作倚声，意若不屑，雄词高唱，别为一宗。"（《灵芬馆词话》卷一）蒋兆兰也说："自东坡以浩瀚之气行之，遂开豪放一派。"（《词说》）

苏词之豪放精神首先体现在追求一种奔放不羁、纵情放笔、适性作词的创作境界，恰如他在《晁错论》所述："古之立大事者，不惟有超世之才，亦必有坚忍不拔之志。"

在词的创作中，苏轼一任性情，或者说"气"的抒发，因此其词体现出的风格形式难免与传统观念——诗庄词媚——相左。苏词的豪放并不在于其内容有多少豪壮的成分，而在于它能超越固有观念，从而直抒胸臆，自诉怀抱，能"新天下耳目"（王灼《碧鸡漫志》卷二）。

> 明月几时有，把酒问青天。
> 不知天上宫阙，今夕是何年。
> 我欲乘风归去，又恐琼楼玉宇，高处不胜寒。
> 起舞弄清影，何似在人间。
> 转朱阁，低绮户，照无眠。
> 不应有恨，何事长向别时圆？
> 人有悲欢离合，月有阴晴圆缺，此事古难全。
> 但愿人长久，千里共婵娟。
> ——苏轼《水调歌头》

莫听穿林打叶声，何妨吟啸且徐行。
竹杖芒鞋轻胜马，谁怕？一蓑烟雨任平生。
料峭春风吹酒醒，微冷，山头斜照却相迎。
回首向来萧瑟处，归去，也无风雨也无晴。
——苏轼《定风波》

苏词豪放精神的另一个方面是吐纳百川、冲决一切、淋漓直泻的气势。这一点，陆游在《御选历代诗余》的注解最为形象："试取东坡诸乐府歌之，曲终，觉天风海雨逼人。"

苏词的豪放精神不同于后来的某些豪放派词人，像陈亮、刘过等人，他们作品中的豪放气息过于粗豪浅易，且缺乏内敛少余韵，而我们读苏词除感受到"天风海雨"般气势外，还能深刻地体会到苏轼至真至浓、至深至广的人情味道，或曰"情味"——苏词的豪放精神如果没有这种情味，那其艺术感染效果必然大打折扣。

他写给妻子的词《江城子》："十年生死两茫茫，不思量，自难忘。千里孤坟，无处话凄凉。纵使相逢应不识，尘满面，鬓如霜。"一片深情缱绻。

他写送别词《临江仙·送钱穆父》。这首词是在宋哲宗元祐六年（1091）春苏轼知杭州（今属浙江）时为送别自越州（今浙江绍兴北）徙知瀛洲（治今河北河间）途经杭州的老友钱勰（穆父）而作。当时苏轼也将要离开杭州。

一别都门三改火，天涯踏尽红尘，依然一笑作春温。无波真古井，有节是秋筠。
惆怅孤帆连夜发，送行淡月微云，尊前不用翠眉颦。人生如逆旅，我亦是行人。

这首词一改以往送别诗词缠绵感伤、哀怨愁苦或慷慨悲凉的格调。苏轼批评吴道子的画说："出新意于法度之中，寄妙理于豪放之外。"这首道别词里，苏东坡宛如立在纸面之上，议论风生，直抒性情，写得既有情韵，又富理趣。这种旷达洒脱的个性风貌，恰恰是苏东坡的豪放之处。

苏轼之情又是一种超越平常人的天才之情、旷达之情、豪放之情，因此在表达这种高情时，苏轼作词便如李白作诗，天才横放，纵笔挥洒，自然流露而又无具体规范可循。这样一来，东坡词就成为抒发其人生豪情的"陶写之具"，我自为之，横放杰出，"自是曲中缚不住者"（《苕溪渔隐丛话后集》卷三十三引晁补之语）。

苏词的豪放，可谓从心所欲不逾矩，在艺术规律的容许之下，让创造力充分自由地活动，既如行云流水般自在活泼，同时又很严谨地"行于所当行，止于所不可不止"。钱锺书说，李白之后，古代大约没有人赶得上苏轼这种"豪放"。

苏东坡曾经用一句话来概括自己，或者说要求自己"生、死、穷、达，不易其操"。今天，我们敬慕他的豪放，首先要理解他的豪放。这种豪放，不是一种完全无底线的无拘无束，而是一种有操守，有坚持，有定力、能力、魄力的放达。

（二）博喻

苏子诗词的一大特色，莫过于比喻的丰富、新鲜和贴切：用一连串五花八门的形象来表达一件事物的一个方面或一种状态。汪师韩《苏诗选评笺释》："用譬喻入文，是轼所长。"《百步洪》就是公认的反映他这一特色的杰作——

> 长洪斗落生跳波，
> 轻舟南下如投梭。
> 水师绝叫凫雁起，
> 乱石一线争磋磨。
> 有如兔走鹰隼落，
> 骏马下注千丈坡。
> 断弦离柱箭脱手，
> 飞电过隙珠翻荷。
> 四山眩转风掠耳，
> 但见流沫生千涡。
> 险中得乐虽一快，
> 何异水伯夸秋河。
> 我生乘化日夜逝，
> 坐觉一念逾新罗。
> 纷纷争夺醉梦里，
> 岂信荆棘埋铜驼。
> 觉来俯仰失千劫，

回视此水殊委蛇。
君看岸边苍石上，
古来篙眼如蜂窠。
但应此心无所住，
造物虽驶如吾何！
回船上马各归去，
多言谂谂师所呵。

这首古风作于元丰元年（1078），苏轼当时官知徐州军事，其中赋百步洪的部分是历来最为人所称赞的。诗在起首用了"轻舟南下如投梭"这个比喻后，在接下来的四句中，接连用了七个比喻，把长洪斗落奔流直下的声势、速度不断地以新的面目提供给读者，使人目不暇接。博喻其实是散文修辞概念，因为文章中不避"若""像"一类字，而诗中往往忌讳用词与句式的雷同。在宋朝，苏轼在很大程度上打破了诗与文的界限，以散文笔法作诗，使人耳目一新。

苏轼善于设譬，不仅从这首诗得以体现，他的很多诗都以比喻精切而令人刮目。如《石鼓歌》中，他这样写石鼓："模糊半已隐瘢胝，诘曲犹能辨跟肘。娟娟缺月隐云雾，濯濯嘉禾秀稂莠。"以四个比喻，写石鼓文奇特形状的字体。

又如《读孟郊诗》中这几句："孤芳擢荒秽，苦语余诗骚。水清石凿凿，湍激不受篙。初如食小鱼，所得不偿劳。又似煮彭螖（一作蟛蟹），竟日持空螯。"集中表现了孟郊诗"寒"的特征。这些比喻，都从各个方面描写，没有重叠烦琐的弊病。

苏轼的诗词文在西方影响深远。20世纪30年代，英国人李高洁出版了《苏东坡文轩》，翻译苏轼的十六篇名作及前后《赤壁赋》《喜雨亭记》，也包括苏轼生平、作品和文化背景的简介。

曾经任职英国驻福州领事馆的韦纳先生为此书作序。他在序言中说："本书的读者，一定会经验到当年济慈初读却泼门译荷马的那种惊喜的感觉。"

（三）瞬息

苏轼散文中，特别善于把握生活、生命中一个瞬间的感受和领悟，用极轻快的笔调写出，为人世间留下种种欣悦的飘忽一瞬。

那是元丰五年（1082）七月十六仲夏之夜，苏轼和同乡道人杨世昌，舟行江面之上，见明月出东山，白雾笼大江。苏轼发思古之幽情，写下《前赤壁赋》。三个月之后，又写下《后赤壁赋》。现录前赋如下。

> 壬戌之秋，七月既望，苏子与客泛舟游于赤壁之下。清风徐来，水波不兴。举酒属客，诵明月之诗，歌窈窕之章。少焉，月出于东山之上，徘徊于斗牛之间。白露横江，水光接天。纵一苇之所如，凌万顷之茫然。浩浩乎如冯虚御风，而不知其所止；飘飘乎如遗世独立，羽化而登仙。

于是饮酒乐甚，扣舷而歌之。歌曰："桂棹兮兰桨，击空明兮溯流光。渺渺兮予怀，望美人兮天一方。"客有吹洞箫者，倚歌而和之。其声呜呜然，如怨如慕，如泣如诉；余音袅袅，不绝如缕。舞幽壑之潜蛟，泣孤舟之嫠妇。

苏子愀然，正襟危坐，而问客曰："何为其然也？"客曰："'月明星稀，乌鹊南飞。'此非曹孟德之诗乎？西望夏口，东望武昌，山川相缪，郁乎苍苍，此非孟德之困于周郎者乎？方其破荆州，下江陵，顺流而东也，舳舻千里，旌旗蔽空，酾酒临江，横槊赋诗，固一世之雄也，而今安在哉？况吾与子渔樵于江渚之上，侣鱼虾而友麋鹿，驾一叶之扁舟，举匏樽以相属。寄蜉蝣于天地，渺沧海之一粟。哀吾生之须臾，羡长江之无穷。挟飞仙以遨游，抱明月而长终。知不可乎骤得，托遗响于悲风。"

苏子曰："客亦知夫水与月乎？逝者如斯，而未尝往也；盈虚者如彼，而卒莫消长也。盖将自其变者而观之，则天地曾不能以一瞬；自其不变者而观之，则物与我皆无尽也，而又何羡乎！且夫天地之间，物各有主，苟非吾之所有，虽一毫而莫取。惟江上之清风，与山间之明月，耳得之而为声，目遇之而成色，取之无禁，用之不竭。是造物者之无尽藏也，而吾与子之所共适。"

客喜而笑，洗盏更酌。肴核既尽，杯盘狼藉。相与枕藉乎舟中，不知东方之既白。

宋朝强行文《唐子西文录》："东坡《赤壁》二赋，一洗万古，欲仿佛其一语，毕世不可得也。"罗大经《鹤林玉露》："东坡步骤太史公者也。"谢枋得《文章轨范》："非超然之才、绝伦之识不能为也。"

元朝方回《追和东坡先生亲笔陈季常见过三首》："前后《赤壁赋》，悲歌惨江风。江山元不改，在公神游中。"明代的茅坤甚至感喟："予尝谓东坡文章仙也，读此二赋。令人有遗世之想。"

对瞬息的准确把握，对深思的精致描述，让前后《赤壁赋》成为千古绝唱，这两阕词，奠定了苏轼作为文豪的江湖地位。

转过年来，苏轼还写有一篇短短的月下游记《记承天寺夜游》，同样是瞬息间快乐动人的描述，所记只是刹那间一点儿飘忽之感而已，因其即兴偶感之美，成为散文名作。

苏轼主张在写作上，内容决定外在形式，也就是说一个人作品的风格只是他精神的自然流露。若打算写出宁静欣悦，必须先有此宁静欣悦的心境。唯此，一瞬方能成就永恒。

"风月不死，先生不亡也。"

清代吴楚材、吴调侯《古文观止》所言，正是我们今天对苏轼的致敬。

谈到苏轼，不能不谈谈他所在的宋朝。有宋一朝是公元九世纪中叶在中原和南方建立的一个以汉族为主体的封建王朝。从建隆元年（960）周殿前都检点赵匡胤陈桥兵变，废周称帝，到靖康二年（1127）金兵俘虏徽宗、钦宗二帝北去，其间共168年，历九帝，因定都于东京开封，史称北宋。靖康二年五月，康王赵构即帝位于南京，改元建炎，重建宋王朝，到祥兴二年（1279）元朝水军进陷南海厓山（今广东新会南），陆秀夫抱幼帝赵昺投海而死，其间152年，亦历九帝，因迁都临安（今杭州），史称南宋。

我们知道，宋朝立国300余年，虽然遭遇两度倾覆，但是皆缘于当时的外患，是中华民族历史上唯独没有亡于内乱的王朝，西方与日本史学界中认为宋朝是中国历史上的文艺复兴与经济革命时期的学者不在少数。陈寅恪言："华夏民族之文化，历数千载之演进，造极于赵宋之世。"

两宋共320年，在中国文明史上书写了光彩夺目的篇章。正是在这样文化的高峰中，造就了苏东坡作为"高峰上的高峰"的前提。

日本文人对东坡十分崇敬，甚至在东坡游览赤壁的时间，举行拟赤壁游会。日本享和二年壬戌（1802）前后，出现过以宽政三博士和柴野栗山（1736—1807）为中心的赤壁游会。柴野栗山是"东坡癖"。"柴野栗山常钦慕苏公，每岁十月之望，置酒会客，以拟赤壁游。"江户时代的人不只是欣赏绘画中的赤壁游，而且把日本某地方当作"东坡赤壁"，造出东坡赤壁的气氛，在那里泛舟，亲身体验赤壁游。

日本文久二年（1862）的七月既望，天下开始大乱，即使在这样的社会环境中，也有热心赤壁游、欣赏赤壁游的风流人物，在游船上开茶会，乘船体验《赤壁赋》的境界。其欣赏方式是唱和诗文。唱和的方法有几种，如：用《赤壁赋》的一句大家分韵作诗；全部用《赤壁赋》中字作"集字诗"；

甚至把《赤壁赋》中的句子放在句首。他们在自己的诗文中常说："我们虽然没有在赤壁夜半泛舟赏月的机会，但是良友聚会，一起喝酒，欣赏美丽风景，在日本也完全可以欣赏东坡赤壁游之境界。"

在日本明治、大正时代（1868—1926），长尾雨山（1864—1942）和富冈铁斋（1837—1924）是"东坡迷"文人的代表。长尾雨山的赤壁会就是最盛大的"模拟东坡赤壁游"的。他收集了大量的有关赤壁的画和其他有关东坡的东西，都摆在赤壁会的每个会场里，"怀念永垂不朽的伟大高尚人物东坡先生"。

在东坡生日（腊月十九）那天，举行寿苏会，这是长尾雨山、富冈铁斋独创的。他们收集有关东坡的书、画、文具、古董等东西，摆在寿苏会的会场里。他们于1916年、1917年、1918年、1920年、1937年分别开过5次"寿苏会"，他们还把在寿苏会上所作的诗文编成《寿苏集》。

1922年9月7日，东坡《赤壁赋》作后的第14个"壬戌既望"，这样敬慕苏轼的日本文人甚至模仿苏轼，广纳好友，举办"赤壁会"，隔着日本海，穿越时间和空间，向苏轼致敬。

（四）信笔

宋代的四大书法家，"苏黄米蔡"，排名第一的就是苏轼。苏轼的书法，后人赞誉颇高。最有发言权的莫过于黄庭坚，他在《山谷集》里说："本朝善书者，自当推（苏）为第一。"

苏轼则自称："吾书虽不甚佳，然自出新意，不践古人，是一快也。"

他曾经遍学晋、唐、五代的各位名家之长，再将王僧虔、徐浩、李邕、颜真卿、杨凝式等名家的创作风格融会贯通后自成一家。

苏书给人第一直观感就是丰腴，以胖为美。赵孟頫评苏轼的书法是"黑熊当道，森然可怖"。黄庭坚也认为苏轼书法用墨过丰。正因如此，在苏轼的书法中，极少看到枯笔，飞白，而是字字丰润。如《次辩才韵诗帖》。

但这只是表象，苏轼的作品表面看起来是很随意，看起来很柔软，可是他的刚硬都在里面。

这柔中带刚，来自苏轼一生坎坷——致使他的书法风格跌宕。所以黄庭坚称他："早年用笔精到，不及老大渐近自然。"

例如《黄州寒食诗帖》，写于宋元丰五年（1082），当时苏轼因"乌台诗案"被贬至黄州，生活上的穷困潦倒和政治上的失意，让他感到落寞无比，于是在黄州第三年的寒食节，写下了两首五言诗。

一曰——

自我来黄州，已过三寒食，
年年欲惜春，春去不容惜。
今年又苦雨，两月秋萧瑟。
卧闻海棠花，泥污燕支雪。

暗中偷负去，夜半真有力。
何殊少年子，病起须已白。

二曰——

春江欲入户，雨势来不已。
小屋如渔舟，蒙蒙水云里。
空庖煮寒菜，破灶烧湿苇。
那知是寒食，但见乌衔纸。
君门深九重，坟墓在万里。
也拟哭涂穷，死灰吹不起。

其诗苍劲沉郁，饱含着生活凄苦，心境悲凉的感伤，富有强烈的感染力。其书也正是在这种心情和境况下有感而出的，故通篇起伏跌宕，迅疾而稳健，痛快淋漓，一气呵成。苏轼将诗句心境情感的变化，寓于点画线条的变化中，或正锋，或侧锋，转换多变，顺手断联，浑然天成。其结字亦奇，或大或小，或疏或密，有轻有重，有宽有窄，参差错落，恣肆奇崛，变化万千。笔酣墨饱，神完气足，恣肆跌宕，飞扬飘洒，巧妙地将诗情、画意、书境三者融为一体，体现了苏轼"我书意造本无法，点画信手烦推求"的创作状态。难怪黄庭坚叹曰："试使东坡复为之，未必及此。"

苏轼"无意为书家"的书法作品，其信笔处往往是情在胸中、意在笔下、心手相畅的结果。其酣畅淋漓表现出来的

"烂漫",清代书法家包世臣认为:"在东坡,病处亦觉其妍,但恐学者未得其妍,先受其病。"正所谓东坡信笔处,在在藏乾坤。

(五)戏墨

2018年11月26日晚,苏轼水墨画《木石图》在香港佳士得专场拍卖中,以4.636亿港币拍出,当时约合人民币4.112亿元。

该画作画面内容很简单,是一株枯木状如鹿角,一具怪石形如蜗牛,怪石后伸出星点矮竹。用笔看似疏野草草,不求形似,其实行笔的轻重缓急,盘根错节,都流露出苏轼画作很深的写意功底。

苏轼自幼年即仰慕吴道子,他在黄州那些年,一直致力于绘画。苏画是典型的文人画,重写意,主张将艺术家主观印象表达出来,所谓"论画以形似,见与儿童邻"。在评论一个写意派画家宋子房时,苏轼说:"观士人画如阅天下马,取其意气所到。乃若画工往往只取鞭策皮毛、槽枥刍秣,无一点俊发,看数尺许便倦。"

关于绘画要突出其中意理,苏轼在很多文章都有论述。

《净因院画记》——

余尝论画,以为人禽宫室器用皆有常形,至于山石竹木水波烟云，虽无常形，而有常理。常形之失，人皆知之。常理之不当，虽晓画者有不知。

《宝绘堂记》——

君子可以寓意于物，而不可以留意于物。寓意于物，虽微物足以为乐，虽尤物不足以为病。留意于物，虽微物足以为病，虽尤物不足以为乐。

《文与可画筼筜谷偃竹记》——

竹之始生，一寸之萌耳，而节叶具焉。自蜩腹蛇蚹以至于剑拔十寻者，生而有之也。今画者乃节节而为之，叶叶而累之，岂复有竹乎！故画竹必先得成竹于胸中，执笔熟视，乃见其所欲画者，急起从之，振笔直遂，以追其所见，如兔起鹘落，少纵则逝矣。

《传神记》——

吾尝见僧惟真画曾鲁公，初不甚似。一日，往见公，归而喜甚，曰："吾得之矣。"乃于眉后加三纹，隐约可见，作俯首仰视眉扬而额蹙者，遂大似。

法国作家克劳德·罗伊（Claude Roy）于1994年写了一

本关于苏东坡的书，里面介绍了1092年苏东坡和他的一个学生米芾（永州太守）比赛的故事。克劳德·罗伊这样写道："人们准备了两张桌子、三百张最好的纸、美酒和小吃。两名仆人负责磨墨。他们只需要安心比赛。苏东坡和米芾选择了永远不会厌倦的主题：竹子。苏东坡喝了一点酒。等到天色变暗。夜晚来临的时候，三百张纸全部画完。"

宁可食无肉，不可居无竹。这是苏轼的诗，也是他的信念和追求。

在宋代，欧阳修、王安石都确立了文人画论的主调，但在苏东坡手上，文人画的理论才臻于完善。他放弃形似，强调精神的表达，认为"论画以形似，见与儿童邻"。在艺术风格上，"萧散简远""简古淡泊"，被苏东坡视为一生追求的美学理想。千年之后，我们依然可以从古文运动的质朴深邃，宋代山水的宁静幽远，以及宋瓷的洁净高华中，体会那个朝代的丰赡与光泽。

这是一场观念革命，影响了此后中国艺术一千年。

徐复观说："以苏东坡在文人中的崇高地位，又兼能知画作画，他把王维推崇到吴道子的上面去，岂有不发生重大影响之理？"

文人画固然一脉相承，但在每一个世纪里都有不同的表现。在11至12世纪：李公麟以春蚕吐丝般的细线表达出古意；米芾以平淡含蓄的烟云世界与世俗对抗；米芾的公子米友仁是一个可以画空气的画家，在他的笔下，空气有了密度和质感，与宋纸的纹路摩擦浸润，产生了一种迷幻的效果。而在之前若干个世纪的绘画中，空气是完全透明的，或者说是不存在的，画家的视线，更多地被事物本身的形状所控制。

尽管"文人画"始终没有一个明确可行的定义，苏东坡的论述也是零散、随意的，但它作为一种观念，已经深深地沁入千年的画卷中，提醒画家不断追问艺术的最终本质。后世的艺术评论家把它概括为"永远的前卫精神"，"认为这个前卫传统之存在，无可怀疑的是中国绘画之历史发展中一个十分重要的动力根源"。

驸马都尉王诜请善画人物的李公麟，创作一幅传世之作《西园雅集图》，讲述当时文人的雅集。这幅画的画面上，有主人王诜，有客人苏轼、苏辙、黄鲁直、秦观、李公麟、米芾、蔡肇、李之仪、郑靖老、张耒、王钦臣、刘泾、晁补之，以及圆通和尚、陈碧虚道士。主友16人，加上侍姬、书童，共22人。

松桧梧竹，小桥流水，极园林之胜。宾主风雅，或写诗，或作画，或题石，或拨阮，或看书，或说经，极宴游之乐。李公麟以他创造的白描手法，用写实的方式，描绘当时16位社会名流，在驸马都尉王诜府邸做客聚会的情景。画中，这些文人雅士风云际会，挥毫用墨，吟诗赋词，抚琴唱和，打坐问禅，衣着得体，动静自然，书童侍女，举止斯文，落落大方。不仅表现出不同阶层人物的共同特点，还画出了尊卑贵贱不同人物的个性和情态。

米芾为此图作记，即《西园雅集图记》——

水石潺湲，风竹相吞，炉烟方袅，草木自馨。人间清旷之乐，不过于此。嗟呼！汹涌于名利之域而不知退者，岂易得此耶。

有评论家曾将苏东坡的艺术称赞为具有印象派色彩的艺术观念。这样算来，苏东坡在绘画上的创新特质和革命精神，比西方领先了整整8个世纪。直到19世纪中后期，西方艺术才开始逐渐在塞尚、凡·高、高更、马蒂斯、毕加索那里，开始脱离科学的视觉领域，转向内心的真实性。他们不再对科学的透视法亦步亦趋，而是重视自己内心的感觉，从而为西方开启了主观艺术的大门，印象派、野兽派、立体派、未来派等等艺术派别应运而生。

苏东坡所领导的这场艺术革命，与宋代文化的内向型发展有关。唐的气质是向外的、张扬的，而宋的气质则是向内的、收敛的——与此相对应，宋代的版图也是收缩的、内敛的，不再有唐代的辐射性、包容性。

唐朝的版图可以称作"天下"，但宋朝的版图只能说"中原"，北宋亡后，连中原也丢了，变成江南小朝廷，成为与辽、西夏、金并立的列国之一。

今年是唐长安建都1400年。1400年前也就是公元618年的大唐王朝，那一天是那一年的端午节，唐玄宗李隆基将唐都建立于隋代大兴城基础上兴建而成的长安。

1000余年后，20世纪70年代的某一天，日本作家池田大作见到英国历史学家汤因比，两位风云人物抵膝畅谈。池田大作问道："假如给你一次机会，你愿意生活在中国这五千年漫长历史中的哪个朝代？"汤因比毫不犹豫地回答："要是出现这种可能性的话，我会选择唐代。"池田大作哈哈大笑："那么，你首选的居住之地，必定是长安了！"

这时的长安，是世界的中心，是中国精神的文化符号。开放的胸怀、开明的风尚、包容的气度，纵使今天的美国纽约、日本东京、英国伦敦、法国巴黎，都无法与之比肩。

没有唐一代的恢宏，就没有有宋一代的深沉。如果说唐朝推动中国向广度延展，宋朝则推动中国向深度夯实。

（六）佛老

宋代的佛教思想很盛行，苏轼的母亲程氏就信佛，苏轼本人对佛家思想也有一定程度的接受。当时的士人、诗人多有僧人朋友，所谓"宰官多结空门友"（杨亿语），苏轼的朋友中比如佛印、参寥子等都是出家人，他们在苏轼的人格构建上也起了一定影响。

在黄州半监禁的时候，苏轼开始深入地钻研佛学，作为排遣苦闷的精神武器，以后的作品也就比较多地染上了佛家思想的色彩。

苏轼在《黄州安国寺记》中自白：到黄州后"归诚佛僧"，"间一二日辄往（安国寺）焚香默坐，深自省察，则物我相忘，身心皆空，求罪垢所以生而不可得。……旦往而暮还者，五年于此矣。"当然他这并不是真的"痛改前非""归诚佛僧",事实上,苏轼一生都没有陷入宗教迷狂,一直以理性的态度对待宗教。他焚香安国寺,主要是将"佛为我用",是为了达到"期于静""物我相忘""解烦释懑"和修炼自身道德品性的目的。

道,有两重含义,一为道家思想,一为道教,二者既有联系又互相区别,是一个复杂的问题,简单说:道教是宗教,追求长生、成仙;道家是哲学思想。苏轼8岁入小学时即以道士张易简为师;自幼喜读《老子》《庄子》,曾云:"吾昔有见于中,口未能言,今见《庄子》,得吾心矣。"(苏辙《亡兄子瞻端明墓志铭》)有人统计过,苏轼的文集中引用《庄子》的地方达到1000多处。苏轼从道家这种讲全生避害的哲学中汲取了养料,但并不消极逃避,同佛家思想一样,只是为我所用,而不拘牵。

在贬谪黄州期间,佛老思想成为苏轼在政治逆境中的主要处世哲学。佛老思想是中国的士大夫们应对贬谪的哲学武器,大凡士大夫遭贬,都用以排遣。佛老思想以清静无为、超然物外为旨归,但在苏轼身上起了复杂的作用:一方面,他把生死、是非、毁誉、得失看作毫无差别的东西;另一方面又帮助他观察问题更通达了,在一种旷达的态度背后,坚持对人生、对美好事物的执着与追求。

宋徽宗即位后,苏轼相继被调为廉州安置、舒州团练副使、永州安置。元符三年(1100)四月,朝廷颁行大赦,苏轼复任朝奉郎。

北归途中,苏轼于建中靖国元年七月二十八日(1101年

8月24日）在常州（今属江苏）逝世。这一年，他64岁。苏轼留下遗嘱葬汝州郏城（今河南郏县）钧台乡上瑞里。次年，其子苏过遵嘱将父亲灵柩运至郏城县安葬。

据说，最后陪伴苏轼的，除了他的家人之外，还有一位他的好朋友维琳方丈。大和尚建议他在不多的日子里，多念念佛经。苏东坡笑了，这些年，他见过了太多的大德高僧，但是，他们最后都不免一死的结局。鸠摩罗什也不免一死，对吗？公元四世纪，鸠摩罗什从印度来到中国，将三百多卷佛经译为中文，然而，他也不免一死。

——想想来世吧！（"端明宜勿忘西方"）维琳方丈建议苏东坡说。

——西天也许存在，不过到了那里又能怎么样呢？苏东坡说。

——这个时候，你不妨试试看。维琳方丈建议。

——试，就不对了。

这是苏轼留给维琳方丈的最后一句话，也是他留给世界的最后一句话。在他看来，西方的极乐世界跟自己的现状不是脱节的。两周前，他写信给维琳方丈说："岭南万里不能死，而归宿田野遂有不起之忧，岂非命也夫。然生死亦细故尔，无足道者。"

回首向来萧瑟处，

归去，

也无风雨也无晴。

现在，我们重读苏东坡的这句词，是否心中有别样的感伤、忧思？

苏东坡的这首词写于公元1082年，也就是宋神宗元丰五年的春季。三年前，苏轼因"乌台诗案"被贬为黄州（今湖北黄冈）团练副使。三月七日，苏轼与友人出游，在沙湖道上，风雨忽至。拿着雨具的仆人先前离开了，同行的友人都因进退两难深感狼狈，只有苏轼毫不在乎，泰然处之，吟咏自若，缓步而行。过了一会儿天晴了，于是写下一首词《定风波·莫听穿林打叶声》。

公元1101年3月，苏轼由虔州（今江西赣州）出发，经南昌、当涂、金陵，5月抵达真州（今江苏仪征），6月经润州拟到常州居住。此时，他仿佛预感到自己的生命已经走到尾声，在真州游金山龙游寺时作《自题金山画像》。

心似已灰之木，

身如不系之舟。

问汝平生功业，

黄州惠州儋州。

这样一份萧瑟之中的云淡风轻、风雨之中的光明朗照，不为世事所累的大从容、大自由，只有那些纵使整个世界放逐，也永远不自我放逐的人，才能够领悟。

（七）手足

苏轼和苏辙关系很好，两兄弟不论在什么地方、什么环境，都挂念着对方。兄弟二人在人生的旅途中，诗文酬唱寄赠很频繁。据不完全统计，如果不包括文章书信的话，两人仅诗词唱和就近两百首。

苏轼中秋怀人之作，大多是为苏辙所作，其中《水调歌头·明月几时有》是千古绝唱。"但愿人长久，千里共婵娟"，将手足之怜念，离别之伤感，人生宇宙之哲理写成极品。更有人说："中秋词，自东坡《水调歌头》一出，余词尽废。"兄唱弟随，在苏轼写了《明月几时有》的第二年，兄弟二人在徐州相聚，苏辙也写了一首《水调歌头·徐州中秋》回赠其兄，写欢聚的喜悦和即将离别的伤感。

> 离别一何久，七度过中秋。
> 去年东武今夕，明月不胜愁。
> 岂意彭城山下，同泛清河古汴，船上载凉州。
> 鼓吹助清赏，鸿雁起汀州。
> 坐中客，翠羽帔，紫绮裘。
> 素娥无赖，西去曾不为人留。
> 今夜清尊对客，明夜孤帆水驿，依旧照离忧。
> 但恐同王粲，相对永登楼。

兄弟二人志趣相投，都以文章名天下。苏辙说："少年喜为文，兄弟俱有名。世人不妄言，知我不如兄。"（《题东坡遗墨卷后一首》）苏轼则说："子由之文实胜仆，而世俗不知，乃以为不如。其为人深不愿人知之，其文如其为人，故汪洋淡泊，有一唱三叹之声，而其秀杰之气，终不可没。"（《答张文潜书》）

在仕途上，兄弟二人大道相同，进退一致。苏轼恃才傲物，不合时宜。苏辙恭谨内敛，深沉稳重。苏轼一生数迁，一次牢狱之灾，数次贬官远地。苏辙多次为兄补台，一生基本平稳，曾官至副宰相。

公元1079年，因乌台诗案，苏东坡罹祸下狱，被关入御史台的监狱，走出已是漫天飞雪，在这里他被关押了130天。这期间，苏辙罄其所有，上下打点。苏辙呈上去的《为兄轼下狱上书》这份奏折，不断地为兄长做无罪辩护。这篇文章，字字惨淡经营，堪比李密达《陈情表》。苏辙说："子瞻何罪？独以名太高。"也因为这一文章，苏东坡幸运地保住了性命，最终被发配黄州，这是心高气傲的苏东坡在人生中第一次遭遇如此大的落差，在黄州，没有人理解他，他给朋友写信，但是都如同石沉大海。苏辙与兄同遭惩治，被贬官外放。之后，苏辙升官至尚书右丞，而苏轼又遭人排挤，心灰意冷，乞求外任。苏辙因此也连上四札，同乞外任，以追陪兄长左右。

公元1097年，苏轼被贬谪到海南儋州，苏辙被贬谪到广东雷州。五月十一日，两人相约于广西藤州（今藤县）见面，这一年，苏轼六十岁，苏辙五十八岁。相处一个月后，六月十一日，兄弟二人分手，从此作别，直至苏轼四年后病殁常州，再无缘相见。苏轼去世前，因为见不到苏辙而大憾大恸，苏辙接到噩耗则"号呼不闻，泣血至地"。苏轼去世后，苏辙安葬兄嫂，照顾两家家小，史称"二苏两房大小近百余口聚居"。

苏轼去世后，苏辙满怀深情地怀念兄长："我初从公，赖以有知。抚我则兄，诲我则师。"（《亡兄子瞻端明墓志铭》）《宋史·苏辙传》中也说："辙与兄进退出处，无不相同，患难之中，友爱弥笃，无少怨尤，近古罕见。"兄弟二人就是这样互相推重，互引为知己。

在御史台的监狱里，苏轼给苏辙写了一首诗，在这里真实地表达了他对苏辙的手足之情——

>是处青山可埋骨，
>他年夜雨独伤神。
>与君世世为兄弟，
>更结来生未了因。

如此深情，令人感伤不已。

（八）涅槃

苏东坡是一个生活家，他爱玩、爱吃、爱旅游、爱交友，无所不爱，纵使在最艰难、潦倒之时。

他一次次遭遇劫难，却一次次在劫难中涅槃重生，最根本的原因是他热爱生活，他的身边有一群与他一样热爱生活但又同生共死的朋友和家人。

他的家庭生活很幸福，他在《次韵和王巩》六首其一中说："子还可责同元亮，妻却差贤胜敬通。"他自己加的注脚里说："仆文章虽不逮冯衍，而慷慨大节乃不愧此翁。衍逢世祖英容好士而独不遇，流离摈逐，与仆相似，而其妻妒悍甚。仆少此一事，故有胜敬通之句。"

苏轼最有名的一首悼亡词——《江城子·十年生死两茫茫》，是在第一任妻子去世十年后的一个夜晚梦到她，想到两人的隔绝，内心十分悲伤，写出了"相顾无言，唯有泪千行"的宋词名句，写出了苏轼的深情。

1093年八月，苏轼第二任妻子病逝，苏轼悲恸万分写下《祭亡妻同安郡君文》，表达了对妻子的万千情感，言"泪尽目干""惟有同穴"。苏轼死后，苏辙满足了他的这一心愿，将他与第二任妻子同穴安葬。

正室贤德，小妾贴心。朝云说苏轼"一肚皮不合时宜"，足见二人心意相通。苏东坡在杭州三年，之后又官迁密州、徐州、湖州，颠沛不已，又因"乌台诗案"被贬为黄州团练副使。这期间，朝云始终紧紧相随，布裙荆钗，无怨无悔。

在苏轼61岁的时候,朝云去世了。苏轼很是感到悲伤,同样写了一首悼亡词——

马趁香微路远,沙笼月淡烟斜。
渡波清彻映妍华。倒绿枝寒凤挂。
挂凤寒枝绿倒,华妍映彻清波。
渡斜烟淡月笼沙。远路微香趁马。

这首宋词的题目是《西江月·咏梅》,是一首回文词,上下片用字完全一样,只不过就是改变了汉字的顺序。

苏轼自己善于做菜,也乐意自己做菜吃。林语堂说,他太太一定颇为高兴。根据记载,苏轼认为在黄州猪肉极贱,可惜"富者不肯吃,贫者不解煮",他颇引为憾事。他告诉人一个炖猪肉的方法,极为简单。就是用很少的水煮开之后,用文火炖上数小时,当然要放酱油。这就是东坡肉。

苏轼做鱼的方法,是今日中国人所熟知的。先选一条鲤鱼,用冷水洗,擦上点儿盐,里面塞上白菜芯。然后放在煎锅里,放几根小葱白,不用翻动,一直煎,半熟时,放几片生姜,再浇上一点儿咸萝卜汁和一点儿酒。快要好时,放上几片橘子皮,乘热端到桌上吃

苏轼还发明了一种青菜汤,就叫作东坡羹。方法就是用两层锅,米饭在菜汤上蒸,同时饭菜全熟。下面的汤里有白菜、萝卜、油菜根、芥菜,下锅之前要仔细洗好,放点儿姜。在中国古时,汤里照例要放进些生米。在青菜已经煮得没有

生味道之后，蒸的米饭就放入另一个漏锅里，但要留心莫使汤碰到米饭，这样蒸汽才能进得均匀。

你看，苏轼就是这样一种神奇的存在。经历他之手，普通的肉变成东坡肉，普通的汤变成东坡羹，普通的烧饼变成东坡饼，苏东坡"自笑平生为口忙"，光是以他的名字冠名的菜肴就可以摆满一桌宴席。甚至，原本普通的帽子变成了子瞻帽（乌台诗案后，苏轼用乌纱缝在帽子上，以与他人区别），原本普通的竹笠变成了苏轼竹，原本普通的西湖变成了西子湖。

点石成金，化腐朽为神奇，这是苏轼的过人之处，同时，也更显示了人们对他的喜爱。苏轼是一个感伤的人，又是一个能够化解悲伤的人，正是他这种性格，使得他始终超越苦难、保持着快乐。

他年轻的时候，喜欢喝姜茶，吃瓜子，炒蚕豆。中年的时候，他写过一篇《老饕赋》，大意是说：世上顶级的一顿饭，要最好的刀具、餐具、水源、柴火，最新鲜的肉、螃蟹、樱桃蜜、杏仁糕、半熟蛤蜊，最美的美女弹琴悟道，最精酿的葡萄美酒和雪花茶。这样一篇通篇讲吃的文章，我们不妨称之为《美食家赋》，然而，在文章末尾，苏轼写道："先生一笑而起，渺海阔而天高。"那么，你现在还认为苏东坡所写，仅仅是简单的美食吗？

苏轼请客，会自告奋勇去取他自己酿制的酒。有一次，客人饭都吃完了，他还没上来，大家都去找他，最后发现他直接醉倒在了酒窖里。

苏东坡晚年，被仇人章惇放逐到海南儋州。原因是章惇听说苏东坡在惠州待得还很惬意，气急败坏地说，那就让他去儋州吧，据说苏子瞻的"瞻"和儋州的"儋"更搭配。

在宋朝，放逐海南是仅比满门抄斩罪轻一等的处罚。他把儋州当成了自己的第二故乡，"我本儋耳人，寄生西蜀州"。62岁的苏轼意识到这可能是一场生离死别，于是把身后之事，向长子苏迈做了托付，只带着小儿子苏过一人，前往儋州。朝廷对贬谪后的苏轼还有如下三条禁令：一不得食官粮，二不得住官舍，三不得签书公事。儋州市市长（军使张中）看他可怜，悄悄违抗宰相的命令，给了他一间漏水的官舍。但还是被人告发，赶了出来。没有房子，就自己盖。于是他白手起家，在山上修了一栋草屋，取名叫"桄榔庵"。

儋州古称儋耳。在北宋时期，是极为荒蛮凶险之地，古称"南荒"，"非人所居"。两父子经常热得面面相觑，像两个苦行僧。苏轼呼气吐气呼气吐气，没有吃的，他就在山里采摘苍耳和青菜熬汤。然后，他张开嘴巴朝着阳光的方向，说能解饿。

吃的问题解决了，还有一件大事，苏东坡无事可做，无书可读，便与儿子苏过抄书。在《答程全父推官六首》中他说道——

> 儿子比抄得《唐书》一部，又借得《前汉》欲抄。若了此二书，便是穷儿暴富也。呵呵。

多么超前的苏轼，我们今天在微信里常用"呵呵"这样一个词，表示开心，也表示无奈，"呵呵"，其实，这个词的发明权在苏东坡，他在儋州给朋友们写信，据说用了四十多个"呵呵"。

如此"呵呵"，其实是人生的达观和幽默。苏轼能够到处快乐满足，就是因为他持一种达观和幽默的态度。

"乌台诗案"中，妻子和儿女送苏轼出门，都大哭。苏轼回头对妻子说："你难道不能像杨朴的妻子一样，也作一首诗送给我？"

原来杨朴是位草根诗人。宋真宗泰山封禅以后，遍寻天下隐士，得知杞地人杨朴能作诗。皇上把他召来问话的时候，他自己说不会作诗。皇上问："你临来的时候有人作诗送给你吗？"

杨朴说："没有。只有臣的妻子作了一首诗：'更休落魄耽杯酒，且莫猖狂爱咏诗。今日捉将官里去，这回断送老头皮。'"

皇上大笑，放他回家，并赐给他的儿子一个官职来奉养双亲。

后来苏轼被贬谪到海南岛，当地无医无药，他还不忘自我调侃说："每念京师无数人丧生于医师之手，予颇自庆幸。"

眼花缭乱地贬谪，马不停蹄地迁移。宋代士大夫大多有过贬谪的经历，而且多能以较坦然的态度来面对，洪迈在《容斋随笔》中的记载："见纷华盛丽，当如老人之抚节物……遭横逆机阱，当如醉人之受骂辱。"但苏轼无疑是他们中最杰出的代表，真正做到了"扬弃悲哀"（日本学者，吉川幸次郎语）。

苏轼在漫长而又坎坷的人生道路上，深刻品味到了命运的诡谲、官场的蹭蹬，他在人生的得意与失意的巨大落差间，仍然能够"扬弃悲哀"，构建超然自适的精神家园，恰恰是他这种适情适性的达观精神、随遇而安的襟怀，这让他一次次如凤凰一般，在火中涅槃，死而复生，甚至是永远在路上，永远在人间。

（九）为官

有人将苏轼的一生活动足迹做成了地图，竟然走出了一个"中"字。换成城市分布图，可以看出苏轼一生去过大概90座城市，可以说一生都在路上。

除了出生地，苏轼走过的主要的地方有18个：栾城（祖籍地）、眉山、开封、凤翔（今陕西宝鸡附近）、杭州、密州（今山东诸城）、徐州、湖州、黄州、宜兴、金陵（江苏南京）、登州、颍州（今安徽阜阳）、扬州、定州、惠州、儋州（今海南岛内）、常州、郏县（归葬地）。

这些地方，杭州给苏轼带去了一生中最快活的时光。苏轼曾于熙宁四年（1071）通判杭州，又于元祐四年（1089）知杭州，共到杭州两次，前后加起来五六年，做了如下事。

——清理运河淤泥。京杭大运河与钱塘江交汇，钱塘江的水带进许多淤泥，杭州城内的运河淤泥每隔四五年就要挖一次出来，否则河床升高，影响船运。淤泥一挖出来就被堆在居民门口，脏乱不堪。苏轼想办法把钱塘江的水先引入人烟稀少的茅山运河，经过茅山运河流了三四里地，淤泥沉淀下来，再流到市中心的运河里的水就是干净的了。市中心运河的河位比茅山运河低四尺，苏轼又在余杭那里开了一条新运河，让他与西湖的水相通，这样就永久性保证了运河的水位。这套办法使得运河的水深到八尺，老百姓说这是从来没有过的事情。

——解决吃水问题。杭州人民的供水是个主要问题，在此之前，历代也想过很多办法，修建水库，把西湖的水引入城中，但是管道损害严重，居民们只能吃带咸味的水，西湖的淡水则需要花钱买。苏轼新建两个新水库，用陶瓷管代替以前的竹子管道。淡水由一个水库引向另外一个水库，这个工程建成以后，杭州居民家家都有淡水吃。

——清理西湖。苏轼第一次来杭州时，西湖上杂草丛生，淤泥阻塞的面积已经有十分之三，第二次来杭州，西湖上的淤塞已经有一半了。苏轼非常伤心，他上表高太后，说如果再不治理，二十年以后西湖就会被野草遮蔽，而城中的居民再没有淡水可以吃。高太后一直非常支持苏轼，她立马批准并且拨钱与他。苏轼和工人费时四个月，将西湖的杂草淤泥清理干净。为了让西湖不再杂草丛生，苏轼让居民在西湖种菱角，从而发挥了西湖的食用价值。

——筑造苏堤。但是这么多的草和淤泥要运到哪里去？苏轼想到了一个办法，他把这些水草和淤泥用于在湖面筑一道长堤，这样既解决了垃圾的问题，又缩短了湖岸南北之间的距离，更留给后世一道杨柳莺莺、风景如画的苏堤。后来苏轼的政敌还因为此事弹劾他，说他为了观赏美景，劳民伤财。

——兴建三潭印月。准确地说，如今的"三潭印月"并非苏轼修建的，但却是因他而起。当年苏轼让居民在西湖种菱角，划分了一些区域，有些地方可以种，有些地方不能种。苏轼在西湖里修了三个石塔，塔以内的区域不能被菱角侵占，因为种菱角会形成淤泥，淤泥会再次阻塞西湖。明代一位县令仿苏轼把西湖的淤泥捞出来筑了一个环形堤，专门用来放生，又在湖中原苏轼建塔的附近，重新建了三个石塔。这就是"三潭印月"。

——赈济灾民。苏轼来杭州的第一年，收成不好，米价开始猛涨。苏轼颇有远见地筹米存放在仓库，以抑制米价或应付荒年。第二年五月份，暴雨开始倾泻，并且没有停止的意思。苏轼到处买米，并且写信奏请朝廷拨米给杭州。还请求朝廷同意他们用绸缎来代替大米完成每年的进贡。苏轼深信一分预防胜过十分救济，所以他不停地呼吁买米，存米，甚至七次上表朝廷请求拨款。朝廷款是拨下来了，只是在下方官僚执行的过程中，被层层剥夺。苏轼痛心疾首、忧思深重，他曾写信给好朋友倾诉："谁可以帮帮我？"

——建医院。苏轼在杭州当太守时，会把一些药方贴出来，让老百姓用。他吩咐搭建粥篷，为穷苦的病人煮粥，还派医生一个坊一个坊地跑，给人治病。还给无钱治病的人免费熬药。后来他在众安桥那里建了一个医院,名字叫"安乐坊"。安乐坊是中国最早的公立医院。三年之内治疗了一千多个病人。他还亲自主持配制了"圣散子"这味药方,价格便宜,疗效显著,救了不少传染病人。后世也用于临床。

爱民如子,视民如伤。

苏轼在任时,经常会帮助老百姓做一些实事。有一次,有人控告一个卖扇子的欠钱不还。苏轼把几个人带回来询问。卖扇子的诉苦说:"不是我不还钱,是我真的还不起,今年天老下雨,人们不需要扇子,我的扇子都卖不出去呀!"

苏轼让卖扇子的给他拿一些扇子过来,提起笔就在扇子上题字作画,花了一个小时,画了二十把扇子。然后丢给卖扇子的:"拿去卖吧!"卖扇子的还没走出官衙,已经被闻讯赶来买扇子的人抢购一空了。

(十)担当

苏轼一生,不是被贬官,就是奔走在被贬官的路上。他在《自题金山画像》中自我品评——

> 心似已灰之木,身如不系之舟。
> 问汝平生功业,黄州惠州儋州。

苏轼写过一首《咏桧》诗,"凛然相对敢相欺?直干凌空未要奇。根到九泉无曲处,岁寒恐有蛰龙知。"有人到皇帝那里告状，说这是暗喻皇帝昏庸，皇帝分明是真龙，他到地下求真龙，这不是谋逆吗？好在神宗还很明白，说这分明写的就是桧树，跟我有什么关系呢？此事最终不了了之。

每次，他写一首诗、一阕词，世间争相传颂，同时也有人争相注解，总有人从里面看出他的皮里阳秋、暗度陈仓、皮笑肉不笑的反动言论。

他到底会做官吗？如果按照官场规则来看，我认为他不会，但是如果从他爱民如子、造福一方来说，我认为他是一个好官。

不能否认，苏轼是我们今天所称的"高智商"天才。他是北宋时期（960—1127）的中国历史中的最为杰出的"学者型官员"之一。在北宋，知识被视为权力的关键，成功和威信往往通过高级职务得以实现。根据我们的考证，他在二十岁的时候在当时京城开封参加了最难的考试（即举人考试），由皇帝亲自监考。随后，苏东坡在全部四百名举人中名列第二。

然而，他的"低情商"却让他的一生注定不识时务、不懂世故。他的一生，可以说是在两个极端里往复，飞黄腾达和倒霉透顶。飞黄腾达、倒霉透顶，是苏轼人生的两极。在这两个极端里，他的气质、性格、才华、禀赋展现得淋漓尽致。

先说他飞黄腾达的时候。

苏东坡曾在密州当知府。知府乃一州之长，是可以直接进入朝廷当宰相的大官。但密州是穷乡僻壤，苏轼到这里工资就减少一半，家里粮食也不够吃，每年还要做四件事：消灭蝗虫，赈灾救灾，捉拿盗匪，绕城拾婴。"绕城拾婴"，就是每天带着衙役在城里走一圈，把穷人家丢在路边的婴儿拾回来，搁在衙门里养着。他为此颁布一条政令：凡愿意领养弃婴的人家，可以免除三年赋税。这是在密州当知府，和百姓患难与共、休戚相关的苏轼！

徐州，本是繁华之地。可苏东坡运气不好。他到这里当知府，就遇着黄河决堤，水困徐州，满城百姓，仓皇出逃。眼看徐州人的房屋、产业将被大水冲刷，等他们回来时，都将是一无所有的乞丐了。苏轼当即表示：愿与徐州共存亡。他动员百姓留下，和自己一起抗洪。他每天身披蓑衣、手执铁铲，和青壮男子一起，开河道引水，筑河堤挡水。洪水围困徐州，整整三个多月。三个多月里，苏轼没有一天离开过抗洪工地。最终，徐州毫发无损地度过了百年不遇的水灾。这是在巨大灾难面前，甘与百姓共生死的苏轼。

苏东坡还在定州当过知府。定州乃北宋的边陲重地。苏东坡在这里整顿军务，组织民兵，加固城墙，重铸大炮，像一个地道的军事家，建起了一道抵抗外敌入侵的防线。

苏东坡在杭州，大家都知道他疏浚运河、治理西湖等等。但是，他在杭州建立了中国第一家官办医院"安乐坊"，免费为穷人治病疗伤，这事可能有的人并不知道。

湖州，是个水患连年之地。苏轼到这里当知府仅仅四个月，就准备好了治水方案。但这时，朝廷却派人来逮捕他。苏轼得到消息后抢在被捕之前，把治水工程布置下去。这时的苏轼，是个大难临头首先想到百姓利益的苏轼。

以上时期，苏轼在各州当行政一把手，有时还兼任各路兵马钤辖也就是军区司令，手握军政大权。这些时候，都是苏轼飞黄腾达的时候。他不仅做到了自身的清正廉明，还做到了"为官一任，造福一方"。

从两千多年前的春秋战国时期，中国就有一句流传至今的经典名言。那就是："穷则独善其身，达则兼善天下。"

所谓"达"，指的仕途顺利、手中有权。或者说生意兴隆、手中有钱；或者说声名卓著、具有影响力。有权、有钱、有名、人处于顺境，就是"发达了"。中国传统文化要求"发达"的人要"兼善天下"。就是说，当你的处境改善了，就要尽你所能，让别人、让社会、让国家民族的情况也有所改善。

"达则兼善天下"，是中国人的传统美德。不仅掌权者应该"兼善天下"，每个具有某种条件的"达人"，都应该根据自己的能力"兼善天下"。苏轼，不仅"达则兼善天下"，在他最穷困潦倒、穷途末路的时候，他依然不忘"兼善天下"。

苏轼在黄州当农民，不仅要耕田种地养活自己一家，还成立了"育儿会"也就是"孤儿院"。因黄州贫瘠，百姓穷苦，一家养活两个孩子都很困难。倘若还有第三、第四个孩子出生，这家人就会把婴儿摁在水里淹死。面对这样的残忍，苏轼带头出钱又向人募捐，让有钱人每家每年捐出一千钱作为会费，成立了中国历史上第一家"孤儿院"，挽救了许多的小生命。

苏轼被流放惠州，因其声名卓著而具有影响力。于是他设法把闹水患的沼泽地改造为西湖，又在湖上架起两座桥以方便人们往来。他还帮助当地改革纳税制度，以有利百姓。又教会农民使用新农具"秧马"种稻，以减轻辛苦、提高效率。苏轼还帮助当地严肃军纪、安定民居，解决长期存在的军民纠纷。其间，苏轼去广州待了几天，就发明了中国历史上第一管"自来水"：他用竹筒连接法，把罗浮山清泉引入城中，让广州人的饮水再也没有苦涩味。

六十二岁高龄时，苏轼被流放到海南儋州。这时他年老体衰，生活无着，语言不通，政敌们以为他必死无疑。可是，苏轼不但顽强地活了下来，还在瘟疫来袭时，说动当地开办医院。这是继杭州的官办医院"安乐坊"之后，经苏轼努力而创办的、面向百姓的中国医疗史上的第二个官办医院。

当时的海南，是所谓的蛮夷之地，除了黎人，很少汉人踏足此地。然而，凭借自己的知识，苏轼在儋州讲学授课，传播中原文化，培养出海南岛历史上第一个进士——姜唐佐。

苏东坡在诗中写道——

沧海何曾断地脉，珠崖从此破天荒。

身为"流放犯"的苏轼，可谓"穷"到极点。但这时他不但能"独善其身"，还能够"兼善天下"。这样的苏轼，怎不让人着迷。

这位"学者型官员"表现出了实干和行动精神。在六十四年的人生中，苏轼经历了各种考验，他是诗人、词人、书法家、画家、音乐家、文学家，而且是美食家、生活家，他还是地方官、裁判官、工程师、水利专家、建筑师。

苏轼也是一千年之后我们认为的"有担当"的文学家。他的事业就是保卫贫苦人民的利益。他表达了对于平民、受苦的人,以及欠债或者走私的在押人员的同情。他了解农民的艰难处境,了解蝗虫灾害,明白饥荒的威胁、国家垄断造成缺盐的现实。他主张延缓农民偿还债务的期限,并取得了成效。

无论身处何方,他总是保持自己的个性:有勇气、好交际、对他人仁慈、热情慷慨,冷静并且幽默,诙谐而又庄重,热爱生活和家人。他对每件事都很认真。不寻求晋升,并且尽量避免晋升。

苏东坡的诗有时候也是悲情的,特别是很巧妙地表达了对子女的爱、博爱、夫妻之间的爱或者对于故乡的眷念。

苏东坡将其父亲埋葬在眉山之后,于1069年回到了开封。那个时候他三十二岁,刚好度过人生一半的光阴。此后他再也没有回过四川。随着年龄的增长和知名度的提高,他不断感叹家乡四川,想念眉山。

苏轼在西方人中是什么印象呢?半个世纪以来,苏东坡的命运和作品在欧洲,特别是法国,激起了专家和"学识渊博的读者"的兴趣,他们将苏东坡视为不仅推动中国,更推动世界进步的思想家。

法国最出名的汉学家成安妮(Anne Cheng)女士说,苏东坡体现了"文化和道义方面的人道精神",而这正是"极具批判精神并富有渊博学识的、不再是苛刻的评论家而更是对万物都好奇的智者"的文人所追求的精神。

还有一位法国作家、著名汉学家,帕特里克·卡雷(Patrick Carré),他很喜欢苏东坡,他将苏东坡被流放到黄州时期这段经历写成小说,书名为《永垂不朽》。

正是因为这一点,苏东坡不仅是中国的,更是世界的。

结　语

如果在古代的名人中选一个作为自己的朋友,我不会选择李白,他太自负,不会选杜甫,他太凄苦。

我们还是把范围缩小,就在宋朝这三百年里。

——我不会选赵匡胤,他纵然霸气十足,开一代江山,但是他以一己之私度天下,泯灭了一个民族的尚武精神。

——我不会选范仲淹,他廉洁,勤政,自律,博学多才,有人情味儿,终身为"和谐"这个崇高事业操劳,先天下之忧而忧,后天下之乐而乐。他慷慨激昂的出征诗,直接为数十年后苏轼的"豪放"一脉指明了方向,连朱熹都在评价他时说:"有中以来天地间第一流人物",但是他所有的事业还在等待比他小四十二岁的苏轼继承和发扬。

——我不会选择王安石,尽管他刚正峭拔,擅辩论,擅演讲,擅游说,或许他的改革计划于朝廷有功,但是他一意孤行,刚愎自用,他排斥异己,不容异见,他是个无趣的人。

——我也不会选择程颐、程颢,他们存天理灭人欲,灭绝了基本人性,灭绝了自由精神,致使中华民族的人文主义精神在泥淖中跋涉。

——我不会选择黄庭坚,尽管他开创了江西诗派,他写诗讲究学杜、学韩,讲究"无一字无来处",可正是这些他试图以为成就他的东西,反而阻碍了他,让他生硬晦涩,甚无趣味。

——我不会选择辛弃疾。他一生抗金,满纸诗歌皆是满腔忠愤。他虽然寡言少语,但是为人为文,气势凌厉,一言不合,就开始写,但是,他的忠就是他的直,他的正直就是他的脆弱,他的英明韬略就是他的穷途末路。辛弃疾无一遮拦,不留退路,只可惜他未逢其时,未得其主,纵然他把栏杆拍遍,纵然挑灯看剑,却依然守护不住大宋王朝的残山剩水,他的人生太多遗憾。

只选一人,我会选择苏轼。

评价历史人物,我们常常爱用一句话,他的缺点是,他没有超越时代的局限性。但是,毫无疑问,苏东坡超越了他的时代,而且在千年之后的今天,我们仍然感觉得到他的超越、超迈、超拔。

2020年9月

念天地之悠悠
——陈子昂在初唐

一千三百余年前,陈子昂以一首《登幽州台歌》名垂青史。从此,幽州台与陈子昂紧紧联系在一起。可是有谁知道,在这首诗背后,陈子昂的峥嵘诗骨、慷慨人生?

(一)伯玉毁琴

公元682年,唐高宗永淳元年,正月十五日。

长安,春意融融,料峭轻寒。

这是新年伊始的长安。家家户户都换了簇新的门神、对联、挂牌,新油了神荼、郁垒的桃符,新制了回头鹿马的画像、天行帖了。东市、西市高悬着吉祥如意的红灯笼,焕然一新,酒肆、食铺、茶舍、香料坊、中药坊、金银坊、衣料坊、染料坊、乐器坊,尽皆张灯结彩,璀璨夺目。刚刚从陈年旧岁中走出来的长安,一下子抖落尘埃,陡然间从睿智老者蜕变为活泼孩童,生机盎然。

红尘紫陌,斜阳暮草,朝元阁峻临秦岭,羯鼓楼高俯渭河,难得的天高云淡、满城的普天同庆。在沟壑纵横的黄土高原上，这座城堪称一个奇迹——它有红墙、碧瓦、金吾卫；也有霓裳、胭脂、堕马髻。它有宫阙九重，廊腰缦回；也有渊渟岳峙，马咽车阗。它有宫苑依傍着山明，也有夜弦追逐着朝歌。

可是，表面的宁静下酝酿着滔天的风浪。

唐高宗李治即位之后，频频改元，永徽六年（655）改元显庆，显庆六年（661）二月（一说三月）改元龙朔，龙朔三年（663）改元麟德，麟德二年（665）改元乾封，乾封三年（668）三月改元总章，总章三年（670）三月改元咸亨，咸亨五年（674）八月改元上元，上元三年（676）十一月改元仪凤，仪凤四年（679）六月改元调露，调露二年（680）八月改元永隆，永隆二年（681）九月改元开耀，开耀二年（682）二月改元永淳，永淳二年（683）十二月改元弘道——三十四年，十四次改元，让李治高高在上的岁月充满着诡谲和迷幻。

八年前——上元二年（675），李治的风眩症愈加严重，他便与大臣们商议，准备让天后武氏摄政。但是，宰相郝处俊等人都不同意，他们上谏道："陛下怎么能将高祖、太宗的天下，不传给子孙而委任给天后啊！"反对声音如此之大，李治只得暂时停议。武后得知此事受阻，就召集了一些"文学之士"撰《列女传》《臣轨》《百僚新戒》《乐书》，共千余卷，并且密令参决百官疏奏，以分相权。

此时，武后羽翼尚未丰满，她还要等上十几年的时间，才能建立她的武周帝国。在反对势力的攻击下，武后的支持者李义府、许敬宗等先后倒台，武后的政敌先后拜相，被废掉的王皇后的族兄王方翼也在受到重用，他们共同拟定了《内训》和《外戚诫》，以压制武氏一族。可是，又有谁抵挡得了这个权倾朝野、野心勃勃的女人呢？此时，李治仍然掌握实权，武后却已经开始过问朝政，天帝与天后共同商议国是。

这一年，在高高的庙堂之外、并不遥远的江湖之上，一个长得有点丑萌的年轻人收拾行囊，离开家乡，来到了首都长安。

公元679年六月，李治刚刚将年号由仪凤改为调露，突厥部酋、匐延都督阿史那都支便自号十姓可汗，与李遮匐煽动部落，联合吐蕃，侵逼安西。大唐建立以来，西部边患一直是最大的困扰。这个练得一身好武艺、胸怀经世之才的年轻人，立志以身许国。他东出三峡，北上长安，进入当时的最高学府国子监学习，并参加了第二年科举考试。

不料，此次科考成绩并不理想，年轻人落第还乡，不过他毫不气馁，蓄志再发。于是，数年之间，经史百家，罔不贬览。这为他后来革新文学奠定了坚实的基础。

时光倥偬而逝，转眼到了永淳元年，学有所成的年轻人，踌躇满志，再度入京。

可是，这一次，他又一次名落孙山。

为什么胸藏锦绣，才华横溢，却无人赏识？这真让人百思不得其解。机灵古怪的年轻人日夜琢磨，终于明白了其中的端倪。

这天，百般寂寥的年轻人在长安的大街上闲游，他身穿月白色绫罗深衣，头发用黑纱罗幞头紧紧拢住。忽然，他看见一位老者在街边吆喝："上好的胡琴，求知音者，快来买呀！"围观者窃窃私语，老者已在这里卖琴数日，索价百万，诸多豪贵围观，莫敢问津。

年轻人挤进人群，端的是一把好琴！斯琴如斯人，藏在匣中无人知。年轻人醍醐灌顶，顿生怜悯。他灵机一动，走上前去，对老者说："老人家，我想买这把琴，您出个价吧！"

老者把年轻人打量一番后说："年轻人果真想买这把琴吗？我看先生举止不凡，定非寻常之辈，实话对你说，别人买不能少于三千缗，先生若买就两千缗吧。只要这把琴寻到真正知音之人，能够物尽其用，老朽也就心安了……"

一把琴两千缗，这绝对是天价。可是，年轻人却毫不犹豫地掏出腰包，将琴买下。围观的人见这位书生花这么多钱买了一把琴，都开始好奇，想知道是谁这么大的口气，于是有一个人问："你会弹这种胡琴吗？"年轻人看看众人说："在下略通琴技，明天我要在寓所宣德里为大家演奏，敬请各位莅临。"

这件事很快就传开了，第二天一早，人们纷纷赶来宣德里，想一听究竟。人群中不乏文人骚客，社会名流，转眼间便将宣德里围得水泄不通。

买琴的年轻人终于抱着昨天的琴出场了。他对观者抱拳一揖道："感谢各位捧场！"话音未落，将琴高高举起，重重地摔在地上。果然是一把好琴，琴身瞬间四分五裂，幽鸣之音绕梁不绝，众人惊得目瞪口呆。

年轻人随即朗声大笑:"我乃四川射洪陈子昂。想我自幼刻苦读书,经史子集烂熟在心,诗词歌赋,长文短句,件件做得用心。可是,我奔走于京师,风尘仆仆,却始终未遇伯乐,至今无人知晓,就像碌碌尘土一样。这把胡琴,不过是喝酒助兴的东西,竟然价值百万!难道我陈子昂的传世之作比这博人一乐的物品还不如吗?今日,有幸邀请众位读一读我的诗文,这才是我买琴的真正理由!"年轻人越说越激愤,从箱子里取出大沓诗词文稿,分发给在场的每一个人。其中有一首诗这样写道——

遥遥去巫峡,望望下章台。
巴国山川尽,荆门烟雾开。
城分苍野外,树断白云隈。
今日狂歌客,谁知入楚来。

果然!这一首首诗气势豪迈,风骨峥嵘,寓意深远;这一篇篇文章字字珠玑,精美绝伦,令人耳目一新。在场的人们读罢诗文,兴奋不已,他们翻开书稿,看到上面赫然写着一个名字——陈子昂!

陈子昂的名字和他的锦绣诗文,风一样在京城传开了。

历史文献记载:"蜀人陈子昂,有文百轴,不为人知,此乐贱工之乐,岂宜留心。话完即碎琴遍发诗文给与会者。其时京兆司功王适读后,惊叹曰:'此人必为海内文宗矣!'一时帝京斐然瞩目。"

这就是陈子昂在历史舞台上的出场，横空出世，卓然不群。

从此，陈子昂的住所每日来访者络绎不绝。不久，陈子昂的诗名便传到朝廷，这位才华出众的诗人终于崭露头角。

（二）显庆四年

时间的指针向回拨到公元659年，唐高宗显庆四年，这一年是己未年。

这，注定是个不平静的年份——

三月，西突厥兴昔亡可汗击杀真珠叶护。

四月，武后杀长孙无忌等。因废立皇后事，武后深怨长孙无忌，令许敬宗伺机诬陷之。许敬宗诬奏长孙无忌谋反，高宗下诏削无忌太尉及封邑，安置黔州。许敬宗又奏褚遂良、柳奭、韩瑗、于志宁与无忌同谋，高宗又下诏追削褚遂良官爵，柳奭、韩瑗除名，于志宁免官。

六月，许敬宗以太宗时所修氏族志，不叙武氏门族，奏请改之，以后族为第一等，其余按仕唐官品高下，共分九等。于是以军功至位五品者皆入仕流，时人谓之"勋格"。

七月，高宗命李勣、许敬宗等复审无忌事，许敬宗遣人至黔州逼无忌自缢。诏斩柳奭、韩瑗。一时株连颇多，自是政归武后。

八月，普州刺史李义府兼吏部尚书，同中书门下三品。

九月，诏以石、米、史、大安、小安、曹、拔汗那、悒怛、疏勒、朱驹半等国（皆唐西部小国）置州、县、府百二十七。

十月，山东士族在婚姻问题上"自矜门地""多责资财"，为矫其流弊，诏崔、卢、李、郑、王诸族子孙不得自为婚姻。定嫁女受财之数，不得受"陪门财"。

这一年，还有一件大事。然而，这件事在当时是如此不为人注目，以致世世代代的史官用尽力气也难以找到蛛丝马迹，以致一代又一代文学家、历史学家很多很多年都在为此争论不休。

今天，我们已经无法推知当时的一切，特别是那些需要刻意渲染的细节。一个伟大文学家的诞生是需要故事的，他将为沉醉于齐梁颓靡诗风的初唐文坛带来一场文学革命。可是，什么都没有，没有传说，没有神话。究竟是在炎炎夏日，还是在凛凛冬时？究竟是在暖暖仲春，还是在霭霭金秋？已经不重要了。重要的是，一声惊天动地的啼哭，宣告了一个不甘寂寞的孩子呱呱坠地。

四川，射洪。

笑破了脸的男主人比谁都高兴，家里终于盼来新丁，这是多少年潜心祈祷的神祇福报！夫妻俩望眼欲穿，终于等来了这个一出生便哭破天地的娃娃。

弄璋之喜，室家君王——盈门的宾客纷纷恭贺。"可是，这娃娃，他可真是有点丑啊！"一个手捧着温热红鸡蛋的客人在心里默默念叨。

不过，丑又有什么关系呢？这个泡在蜜罐里的丑娃娃，就是后来振臂一呼、天地响应的陈子昂。他的父亲，便是富甲一方的侠义之士陈元敬。

宋本《方舆胜览》记载，陈元敬性格直爽，瑰玮倜傥，博览群书，弱冠之时便有豪侠之举。某年，四川大灾，乡人阻饥，陈元敬散粟万斛，以济灾民。陈元敬二十二岁时，乡贡明经擢第，官拜文林郎，不久因父丧依制丁艰辞官返乡。此后陈元敬潜心黄老学说，长隐山林，志趣平淡，毕生以炼丹研易为乐，不再复职。但官民与陈元敬相见时，仍尊称其为"文林公"。

陈子昂，字伯玉。轻财好施，慷慨任侠。曾中开耀进士。曾上书论政，为武则天所赞赏，拜麟台正字，转右拾遗，故后世人称"陈拾遗"。陈子昂同其父亲一样，性耿直，重情义，为官仗义执言，屡屡上书诤谏，敢于陈述时弊。

陈元敬的慷慨、豪爽、博学，对陈子昂影响极大。这个快乐的年轻人，在父亲的呵护下快乐成长。《陈子昂别传》说，陈子昂"好施轻财而不求报"，这一点，像极了陈元敬。

然而，出身豪门望族的陈子昂，却"始以豪家子驰侠使气，至年十七八未知书"。十七八岁的"古惑仔"，还在一次聚众斗殴中击剑伤人。在厌烦了招猫逗狗、斗鸡赌博之后，陈子昂在某一天顿悟，开始弃武从文，"从博徒入乡学，慨然立志。因谢绝门客，专精坟典。数年之间，经史百家，罔不该览"。陈子昂果然聪明过人，没几年时间，便学涉百家，博览群书，奇杰过人，姿状岳立，尤其擅长文章，"雅有相如、子云之风骨"。

梓州射洪，自此以陈子昂闻名遐迩，以陈子昂彪炳千秋。

这个位于四川盆地中部的小城，西北高，东南低，丘壑纵横，四季分明。岷江、沱江、嘉陵江环绕射洪，奔流而来，奔涌而逝；梓江、青岗河、桃花河、富同河如同大树般开枝散叶，将丰富的水流，运送到青山绿水的每一个角落，布局在四处延伸的每一处枝蔓。

就像陈子昂，在他短暂的人生里振臂一呼，却将思想的晨曦微光散布到中华民族的每一道皱褶、每一个瞬间。

（三）登泽州城

公元683年，李治第十四次修改年号。去年十二月，他刚刚将永淳改为弘道。可是，如此还是没能让他逃过死亡的魔咒。弘道元年，李治病逝，他在遗诏中为武则天掌握国家政权留下了足够的线索："军国大事有不能决断者，请天后处理决断。"

在大唐王朝这个严密运转的封建机器里，每一个人都只是其中的一个零件。可是，武则天这个女人，偏要凭着自己的聪明任性扭转乾坤，她做到了。于是，从此时开始，陈子昂的政治生命便与武则天息息相关。

陈子昂不愿做一个只会摆弄文字的文人，而是要求自己在政治上有所建树。对这点，他在《谏政理书》中有非常清楚的自白——

臣子昂西蜀草茅贱臣也，以事亲余暇得读书，窃少好三皇五帝霸王之经，历观丘坟，旁览代史，原其政理，察其兴亡。自伏羲、神农之初，至于周、隋之际，驰骋数百年，虽未得其详，而略可知也。莫不先本人情，而后化之，过此已往，亦无神异。独轩辕氏之代，欲问广成子以至道之精理于天下，臣虽奇之，然其说不经，未足信也。至殷高宗亦延问传说，然才救弊，未能宏远，自此之后，殆不足称。臣每在山谷，有愿朝廷，常恐没代而不得见也。

大唐建立以来，开始推行诗赋取士的制度。唐太宗励精图治，广开言路，打破了魏晋以来豪右世族垄断政治的局面。政治上的强盛巩固、经济上的高度繁荣、科学技术上的快速进步，带来了整个社会的昂扬风气，这驱使着壮志凌云的陈子昂在文学上不断思考，在政治上不断成熟，在事业中不断建功立业。他在《赠严仓曹乞推命录》中写道——

少学纵横术，游楚复游燕。
栖遑长委命，富贵未知天。
闻道沈冥客，青囊有秘篇。
九宫探万象，三算极重玄。
愿奉唐生诀，将知跃马年。
非同墨翟问，空滞杀龙川。

李治病逝于洛阳，陈子昂上书在洛阳建高宗陵墓，认为将高宗灵柩运回长安不仅会加重关陇频遭荒灾的人民的负担，而且护灵的数万大军也会疲于奔命。此时武则天大权在握，四处网罗人才，看到陈子昂的上书后大加称赞，特地召见了他，就国家大事"有所咨询"，拜陈子昂为麟台正字，负责管理文献，校雠典籍，订正讹误。武则天欲发兵讨伐西羌，陈子昂又上书谏止，武则天对他愈发欣赏，擢升其为右拾遗。

陈子昂虽然年轻，但是有卓识，有胆略，他的谏疏不外乎四种：关心民瘼，改革吏治；揭露酷吏，反对淫刑；重视边防，反对黩武；任用贤能，用人不疑。由于他以不同寻常的政治见解和超群才华赢得武则天的重视，因此文人争相购买他的书籍，互相传阅。

陈子昂喜欢研究历朝历代的兴废与盛衰的原因，为武则天执政出谋划策。他经常上书武则天，对当时的政治提出建议。然而，在武则天看来，他不过是舞文弄墨的一介书生，幼稚，简单。他的意见常常冲撞朝廷，武则天对其建议置之不理，一笑了之。可是，不知好歹的陈子昂，竟然大胆地说出武则天是"外有信贤之名，内实有疑贤人心"，这一下更得罪了刚愎自用的武则天。同时他上书直言不讳，也得罪了一些权臣，遭到他们的嫉恨。

陈子昂的苦日子来了，人生开始走下坡路。他想努力改革政治弊端，可是人微言轻，没有人听他的。酷吏贪官横行无忌，武姓一族权倾朝野，他越来越感到心灰意懒。

弃武投文的陈子昂，怀着以身报国的宏愿，终日郁郁寡欢。此时他想到了什么？史料无从追溯。他的落魄却飘荡在他的诗文里，化为千古哀鸣。陈子昂两度报名参加大唐军队对北方游牧部族的战争。金戈铁马，浴血沙场，陈子昂似乎是找到了生命的意义，与此同时，他也深深懂得了战争的残酷。可是，年轻的他，也许还不知道，政治的残酷将远远超过战争。

这是陈子昂短暂生命里的两次重要战争，也是唐朝和契丹的两次重要战争。第一次，发生于西北，从垂拱二年（686）持续至垂拱三年（687），陈子昂随左补阙乔知之军队到达西北居延海、张掖河一带。

第二次是十年之后，即万岁通天元年（696），契丹李尽忠、孙万荣反叛朝廷，攻陷营州。武则天委派建安王武攸宜率军征讨契丹，陈子昂又随武攸宜出征。《列传》记载：武攸宜"统军北讨契丹，以子昂为管记，军中文翰皆委之"。管记，也就是军中书记官。武攸宜是武则天的侄子，这个身份或许过度强化了他的自信。然而，事与愿违，武攸宜出身权贵，纨绔子弟全然不晓军事，兼之轻率而无将略，致使前军陷没，一时间，军心涣散。

此时，身在燕国故地的陈子昂一定想起了昔日乐毅将军驰骋疆场、冲锋陷阵的英姿，他不由得豪情勃发，连夜上书，进谏武攸宜，建议武攸宜亲自出征沙场，为国立功。但是，武攸宜这样的纨绔子弟，怎么可能舍生忘死、冲锋陷阵？果然，武攸宜断然以陈子昂"素是书生，谢而不纳"。顷刻间，陈子昂的满腔热血降到了冰点。他怎么也没想到武攸宜会因为他是个文人、诗人而轻视他，使他尽忠报国的壮志在轻描淡写间就被否定了。可以想象，他当时的心情一定是既难堪又失望。过了几天，陈子昂不死心，再次进谏，这一次彻底激怒了武攸宜，他不但不采纳陈子昂的建议，反而将陈子昂的官职由参谋贬为军曹，也就是管管文牍而已。

《陈子昂别传》这样记载此事——

> 属契丹以营州叛，建安郡王攸宜亲总戎律，台阁英妙，皆署在军麾。时敕子昂参谋帷幕。军次渔阳，前军王孝杰等相次陷没。三军震，子昂进谏，乞分麾下万人以为前驱。建安方求斗士，以子昂素是书生，谢而不纳。子昂体弱多疾，激于忠义，尝欲奋身以答国士。自以官在近侍，又参预军谋，不可见危而惜身苟容。他日又进谏，言甚切至。建安谢绝之，乃署以军曹。子昂知不合，因钳默下列，但兼掌书记而已。

毫无悬念，这次战役以失败告终。

陈子昂期待武攸宜"乞分麾下万人以为前驱"，遭到毫无谋略又贪生怕死的武攸宜的拒绝，他"欲奋身以答国士"，徒怀凌云壮志却又无计可施。如此这般，又能奈何？

战役结束后，军队返回洛阳，途经泽州（今山西晋城）。这是赫赫有名的长平之战的战场。战国初期，秦、赵两国因争夺上党，秦国率军于境内长平邑（今晋城市高平西北）攻打赵军，爆发长平之战。秦国的昭襄王曾亲自到此，尽征河内十五岁以上男子从军，一鼓作气，进占长平。而赵王听信谗言，用赵括换下了廉颇，终致大败。赵军被秦军斩首坑杀者达四十五万人之多，一时间，尸骨累累，血流漂杵。

正是因为长平之战，秦国加快了兼并六国的战争步伐——垂沙之战，大败楚军；伊阙之战，战胜韩、魏两国，扫平秦军东进之路；鄢郢之战，获得了楚国大量国土；华阳之战，大败赵、魏联军，攻取了魏国的几座城池和赵国的观津。

而今，重过古沙场，陈子昂睹物思人，悲愤交集，不能自抑，奋笔写下五言怀古《登泽州城北楼宴》——

平生倦游者，观化久无穷。
复来登此国，临望与君同。
坐见秦兵垒，遥闻赵将雄。
武安君何在，长平事已空。
且歌玄云曲，御酒舞薰风。
勿使青衿子，嗟尔白头翁。

陈子昂在诗中提到的"玄云"，即《玄云》，是汉代仪式乐歌，庆贺皇帝选择贤明的辅佐之臣；"薰风"相传为圣君舜所作："南风之薰兮，可以解吾民之愠兮。南风之时兮，可以阜吾民之财兮。"此时的陈子昂，仍对朝廷满怀希望：皇帝（武则天）任用贤才，将这个国家带入辉煌的新时代。

一腔热血空抛掷，谁者应是同悲人？

两次征战，陈子昂深刻认识了战争，认识了朝廷，认识了边塞形势和人民生活。为国图安，为民请命，这让他的创作细辨泾渭，独立风骨，迥然不同于盛行一时、纸醉金迷的齐梁文风。

历史何其相似乃尔？在陈子昂之后一个世纪，诗人李贺也来到长平旧地，写下同样震古烁今的《长平箭头歌》——

漆灰骨末丹水沙，凄凄古血生铜花。
白翎金竿雨中尽，直余三脊残狼牙。
我寻平原乘两马，驿东石田蒿坞下。
风长日短星萧萧，黑旗云湿悬空夜。
左魂右魄啼肌瘦，酪瓶倒尽将羊炙。
虫栖雁病芦笋红，回风送客吹阴火。
访古汍澜收断镞，折锋赤璺曾刲肉。
南陌东城马上儿，劝我将金换篆竹。

陈子昂的《登泽州城北楼宴》、李贺的《长平箭头歌》，是他们留给历史的生命祭奠，是他们对自己苍凉悲怆的哀歌，更是他们留给人世的凄凉而无奈的一声冷笑。

陈子昂与李贺，究竟有着怎样的缘分？陈子昂一生好勇好斗，永不言败；李贺一生颠沛流离，郁郁寡欢，不容于时世。李贺出生于公元790年，比陈子昂晚131年，他们却有着同样的狷狂与落拓，同样的悲苦与叹惋。李贺带着同样的失落来到这个世界，来到长平之战古战场，又带着同样的失落离开这个世界，走入望不到头的亘古长夜。一支生锈的旧箭头，让李贺唏嘘不已,国殇故地无人祭,凄凄古血生铜花,此间黑云压城城欲摧,睹物思人,心情怎能不"憔悴如刍狗"?

陈子昂的生命停止于四十二岁,李贺则在二十六岁就匆匆告别尘世。在他们短暂的生命里,鬼神与死亡是造访的常客,他们因而对生命流逝有着切肤之痛。千年之后的今天,陈子昂和李贺的两首诗给予我们不同的感伤,却是相同的悲壮。

(四)天地悠悠

此时,陈子昂感到深深地绝望了。他怀才不遇,报国无门,空余满眼黑暗、满腔愤激。

这一年,这一天,这一刻。

残阳如血,寒风凛冽,怀抱着刻骨忧思的陈子昂登上了幽州台(今北京蓟北楼),一边思念以往的明君圣主,一边回想自己的不幸遭遇,深感前途一片黯淡。

也是万岁通天元年,也是从营州回洛阳的路上,陈子昂写下了《登幽州台歌》。历史无从想象,可是,陈子昂那亘古的沧桑、郁郁的悲愤,却穿越时空,像一道震古烁今的闪电,劈开我们久已封闭的心扉。

站在幽州台上,陈子昂极目远眺,历史和现实渐渐在他眼前和心里纵横交错,对历史、对人生、对世界的旷绝尘嚣的悲哀和绝望,渐渐弥漫在胸中,遂成千古绝唱——

前不见古人，
后不见来者。
念天地之悠悠，
独怆然而涕下！

《登幽州台歌》，是陈子昂理想破灭的悲歌。与《登幽州台歌》几乎同时创作的《蓟丘览古赠卢居士藏用》，或可资参证。在这组诗的序中，陈子昂写道："丁酉岁（神功元年，697），吾北征。出自蓟门，历观燕之旧都，其城池霸异，迹已芜没矣。乃慨然仰叹。忆昔乐生、邹子，群贤之游盛矣。因登蓟丘，作七诗以志之。寄终南卢居士。亦有轩辕之遗迹也。"《蓟丘览古赠卢居士藏用》共有七首诗，陈子昂凭吊轩辕古台、碣石馆，缅怀燕昭王、乐毅、燕太子丹、田光、邹衍、郭隗，毫不掩饰地表达对盛世的向往、对明君古贤的追慕，以及自己生不逢时、壮志未酬的无限感慨。但是，像燕昭王那样前代的贤君既不复可见，后来的贤明之主也来不及见到，人生何以如此生不逢时？

山河依旧，古今迥然。陈子昂登台远眺，更见星高云阔，宇宙茫茫，不禁感到孤单寂寞，悲从中来，怆然泪流。

天地悠悠，何其慷慨悲凉？怆然涕下，又何其寂寞苦闷！这尘世如此凌虐人心，陈子昂看不见"古人"，也看不见"来者"，他所能看见的，只有眼前这个狭窄的幽州台，这个逼仄的大时代。

一首《登幽州台歌》，音情顿挫，力透纸背，一扫六朝弊习，犹如醍醐灌顶。

陈子昂擅长诗文。他于诗，强调兴寄，风骨峥嵘，寓意深远，苍劲有力。唐代初期，诗歌创作沿袭六朝余习，风格绮靡纤弱，陈子昂挺身而出，反对柔靡之风，力挽齐梁颓波。陈子昂存诗共一百多首，其中五言古诗最多，有六十余首，五律约三十首。所作《感遇诗三十八首》《登泽州城北楼宴》《蓟丘览古赠卢居士藏用七首》《登幽州台歌》等，指斥时弊，抒写情怀，有金石铮铮之声，风格高昂清峻。陈子昂是唐代诗歌革新的先驱，对唐诗发展颇有影响。陈子昂在他的重要诗论《修竹篇序》中写道——

> 文章道弊，五百年矣。汉魏风骨，晋宋莫传，然而文献有可征者。仆尝暇时观齐、梁间诗，彩丽竞繁，而兴寄都绝，每以永叹。思古人，常恐逶迤颓靡，风雅不作，以耿耿也。一昨于解三处，见明公咏孤桐篇，骨气端翔，音情顿挫，光英朗练，有金石声。遂用洗心饰视，发挥幽郁。不图正始之音、建安风骨，复睹于兹，可使建安作者相视而笑。解君云："张茂先、何敬祖，东方生与其比肩。"仆亦以为知言也。

陈子昂的古诗对后世影响极大。《酬晖上人秋夜山亭有赠》中"皎皎白林秋，微微翠山静""风泉夜声杂，月露宵光冷"的秋夜禅坐，《酬晖上人夏日林泉》中"岩泉万丈流，树石千年古""林卧对轩窗，山阴满庭户"的夏日唱和，直接启发了后来的王维、孟浩然。《送别出塞》中"平生闻高义，书剑百夫雄。言登青云去，非此白头翁"之句一扫当时流行的艳丽纤弱，他的素朴雄健直接影响了盛唐的高适、岑参，开启了慷慨悲壮的边塞诗歌。陈子昂独起一格，为李白、杜甫开风气之先。杜甫晚年在蜀中漂泊，常游于陈子昂故里，流连低回，不忍离去。蜀中人物，杜甫最为敬仰的，当数陈子昂。杜甫入川以后的诗歌，受陈子昂影响极大，他的"杜鹃"之咏直接承继于陈子昂的"凤凰"之作，他的"白鸥没浩荡，万里谁能驯"即陈子昂的"不然拂衣去，归从海上鸥""凤歌空有问，龙性讵能驯"，可以说，他们不仅在诗歌上息息相通，在灵魂上也是心心相印。

陈子昂于文，坚持朴实畅达，标举汉魏风骨，反对浮艳，重视散体。陈子昂的各种体裁文章今存120多篇，其中赋颂之文不过数篇，暂且存而不论。表计40篇左右，正如清朝文学家陈沆所言，这些都不外乎是"顺例"和"应制"之作，不足以代表陈子昂之文的特点和优点。但如《为乔补阙论突厥表》却是极好的文章。他的上书、奏议这类文章有20余篇，序约为14篇，碑铭墓志将近20篇，祭文有几篇。这些才应算是陈子昂文章的本体书，而奏议等文又是最重要的。《右拾遗陈子昂文集序》写道——

> 昔孔宣父以天纵之才，自卫返鲁，乃删《诗》《书》，述《易》道而修《春秋》，数千百年文章粲然可观也。孔子殁二百岁而骚人作，于是婉丽浮侈之法行焉。汉兴

二百年，贾谊、马迁为之杰，宪章礼乐，有老成之风；长卿、子云之俦，瑰诡万变，亦奇特之士也。惜其王公大人之言，溺于流辞而不顾。其后班、张、崔、蔡、曹、刘、潘、陆，随波而作，虽大雅不足，其遗风余烈，尚有典型。宋、齐之末，盖憔悴矣，逶迤陵颓，流靡忘返，至于徐、庾，天之将丧斯文也。后进之士若上官仪者继踵而生，于是风雅之道扫地尽矣。《易》曰："物不可以终否，故受之以泰。"道丧五百岁而得陈君。君讳子昂，字伯玉，蜀人也。崛起江汉，虎视函夏，卓立千古，横制颓波，天下翕然，质文一变。非夫岷、峨之精，巫、庐之灵，则何以生此？故其谏诤之辞，则为政之先也；昭夷之碣，则议论之当也；国殇之文，则大雅之怨也；徐君之议，则刑礼之中也。至于感激顿挫，微显阐幽，庶几见变化之朕，以接乎天人之际者，则《感遇》之篇存焉。观其逸足骎骎，方将抟扶摇而陵太清，躅遗风而薄嵩、岱，吾见其进，未见其止。惜乎湮厄当世，道不偶时，委骨巴山，年志俱夭，故其文未极也。呜呼！聪明精粹而沦剥，贪饕桀骜以显荣，天乎天乎，吾殆未知夫天焉，昔尝与余有忘形之契，四海之内，一人而已。良友殁矣，天其丧予！今采其遗文可存者，编而次之，凡十卷。恨不逢作者，不得列于诗人之什，悲夫！故粗论文之变而为之序。至于王霸之才，卓荦之行，则存之别传，以继于终篇云耳。

骈体文的过度膨胀，是六朝文章的一大弊端。到齐梁时期，骈文已经发展至高峰。士人崇尚华丽辞藻，不仅抒情写景骈俪化，官方的文牍、奏议，以及信札、论说等各种实用文亦完全用骈文写作，文意晦涩、苍白贫乏，重形式轻内容的骈体文已经成为自由抒发思想的桎梏。在陈子昂看来，做文章的道理败坏已经有五百年。这五百年，大约言之，指的是从西晋初年至陈子昂生活的武则天时代。这五百年，诗文凋敝，文风沦丧，他希望重振汉魏风骨，就此提出了"骨气端翔，音情顿挫，光英朗练，有金石声"的诗歌标准。

陈子昂之文，论文体，已变俪偶之习，纯真自然。论内容，则都是有物有则、利国利民之言，超越八代，直追先秦、西汉。但是，陈子昂文章，又不是一切复古之论，而是针对当时混沌之世的客观现实，匡谬治弊，篇篇皆有为而发。论文格，则逻辑极严密，条理极清澈，不为支离模棱之辞、浮泛不经之语，侃切周至，古朴安雅。此所以陈子昂之文实为处文风渐变之时，而以其实绩开风气之先，卓然有无可动摇的历史地位。所谓"唐有天下几二百载，而文章三变，初则广汉陈子昂以风雅革浮侈"（《全唐文》卷五一八《补阙李君前集序》）。

在《与东方左史虬修竹篇序》一文中，他慨叹"汉魏风骨，晋宋莫传"，批评"齐、梁间诗，采丽竞繁，而兴寄都绝"；他称美东方虬的《咏孤桐篇》"骨气端翔，音情顿挫，光英朗练，有金石声""不图正始之音复睹于兹，可使建安作者相视而笑"。这些言论表明他要求诗歌继承《诗经》风、雅的优良传统，有比兴寄托，有政治社会内容；同时要恢复建安时期的风骨，即思想感情表现明朗，语言顿挫有力，形成一种爽朗刚健的风格，一扫六朝以来的绮靡诗风。陈子昂文章对于有唐一代以及后世的政治都有很大影响，于文学史上高标一席，所谓"杜甫陈子昂，才名括天地"（白居易语），"国朝盛文章，子昂始高蹈"（韩愈语），亦在于此。元代方回在《瀛奎律髓》中感慨陈子昂对唐朝文学的卓越影响："陈拾遗子昂，唐之诗祖也。"

陈子昂的诗文，直斥时弊，抒写情怀，高昂清峻。有唐迄今逾一千三百年，后世言必称陈子昂者，为其振臂高呼应声云集者，代不乏人。与陈子昂同一时期的初唐四杰王勃、杨炯、卢照邻、骆宾王，陈子昂之后的张说、张九龄、王维、陆贽、苏颋、李华、元结、独孤及、元佑、梁肃，以及更晚些的韩愈、柳宗元、刘禹锡、白居易、元稹、李白、杜甫、杜牧、李商隐、皮日休、陆龟蒙……他们的思想一脉相承，薪火相传。

正是因为他们的一脉相承，薪火相传，在中国经历近三个世纪的分裂之后走向统一的这个大时代里，文化才空前繁荣昌盛。清朝大学士董诰等人编辑的《全唐文》一千卷，收录了唐朝文学家三千余人，各体文章一万八千四百余篇。这个数字，远远超过了唐以前所有文章总和的两倍，以至于西方学者在谈到中国大唐王朝时，由衷感慨："在唐初诸帝时代，中国的温文有礼、文化腾达和威力远被，同西方世界的腐败、混乱和分裂对照得那样鲜明，以至在世界文明史上立即引发了一个颇为有趣的提问，中国如何由迅速恢复了统一和秩序而赢得了这个伟大的领先。"（赫伯特·乔治·韦尔斯《世界史纲：生物和人类的简明史》）

（五）狱中卜命

公元 2011 年，一位叫作许嵩的中国歌手写下了他的代表作《拆东墙》，用如泣如诉的歌声讲述了一个发生在初唐的故事——

> 公元六五九年，十九岁，他接他爹的班
> 考不取功名的后果是接手自家酒馆
> 又听说同乡谁已经赴京做上小官
> 他的梦，往来客谁能买单
> 代代叹世道难，人心乱，可又能怎么办
> …………
> 兴也苦，亡也苦，青史总让人无奈
> 更迭了朝代，当时的明月换拨人看
> 西墙补不来
> 可东墙面子上还得拆

十九岁的小酒馆老板接下了父亲的生意，由此展开了他的悲情人生。朗朗上口的歌声里，念唱流畅如水，吉他丝丝入扣，节奏布鲁斯扣人心弦，副歌旋律清晰。我们不妨借着这歌声还原一下他的故事——

公元640年，小酒馆老板出生在一个平凡得不能再平凡的家庭。公元645年，父亲对五岁的小男孩寄予厚望，望他能光耀门楣，摆脱官压民的那种生活，小男孩吮着手指，懵懂地点点头。公元650年，唐高宗李治登基继位，年号永徽。小男孩十岁了，他因逃学出去玩耍而挨了父亲的板子。公元656年，小男孩长大了，十六岁的他还是不喜欢学习，经常独坐在自家酒楼门槛上看着对面的胭脂铺，看着铺里的那个势利眼的肥婆子老板娘，独自纳闷为什么那么丑的肥婆子却能生出那么漂亮的姑娘。

公元659年，长大的小男孩十九岁了。父亲已经老去，健康日渐衰退，这年一病不起。同年，男孩与同乡同去参加科举，却落榜了。他摇头笑了笑，看见同乡已经大喊大叫地跳起来了。他走过去，搂住同乡的肩膀，想说几句祝贺的话。可是，他在同乡的眼中，看到了骄傲和鄙夷。

长大的小男孩终于回到家乡。然而，父亲已经去世，他接手了自家的酒馆。不久，朝廷派人来接同乡上京了，街道上人山人海，同乡骑马走在中间，周围大小官役无数，好不威风。这个小酒馆老板在人山人海中显得那么卑微、那么不起眼。他又笑了。笑里充满了无奈与自嘲。

接下来，他跟其他年轻人一样，娶妻成家。娶的就是对面胭脂铺的姑娘，那肥婆子嫌他穷，很不情愿。费了好大劲说媒，加上酒馆多年营业攒下的大部分积蓄，才把事办成。新婚宴尔，小酒馆老板却没有想象中的喜悦，他总是无奈地一个人端着壶酒坐在自家门槛上,看着对面发呆,那里已经没有了美丽的胭脂铺姑娘。内堂中,已经成为他妻子的美丽姑娘不言不语,同样两眼无神地看着窗外。

这天,他外出回来,听店里伙计说自家东墙被衙门的人拆了,他火急地跑回去,只看到一片废墟。他又跑到衙门,县太爷说要以一平方米八吊钱来跟他折算。他不干,不是他不卖,而是他不能卖,这是祖祖辈辈流传下来的百年祖业,若卖掉,他怎能面对列祖列宗?县太爷大怒,令衙役打断他的一条腿,他一瘸一拐走回去后,大病一场。醒来后,发现自家酒馆已经被拆了个干净,妻子坐在他身旁掩面哭泣。他什么也没说,看着窗外发呆。雪夜,他一瘸一拐地背着行囊奔赴京城,数月后,他终于在京城找到了做官的同乡。若不是为了祖祖辈辈流传下来的百年祖业,他想,这辈子都不会来求同乡吧,他现在只希望那人能顾及同乡之情帮自己一次,挽回那百年祖业,可他却被拒之门外。他再次笑了,这是从心底最深处发出的冷笑。

小酒馆老板艰难地回到家乡,站在那早已被拆尽的自家门前。百年的祖业已变成一片杂草,再看看对面的胭脂铺,早已人去楼空。当日离去之时,家里还剩的一些值钱东西也已经被伙计们抢光,妻子也早已经跑了。他颓坐在地上仰头大笑,笑这世道,笑这世人,笑着自己……笑着笑着,一滴晶莹的泪珠顺着眼角滑下,对着这片无边无际的天空,他的眼神没有一点焦点。当恢复正常时,他的眼里充满了麻木、冷漠、蔑视、绝望……站起身,他向着不知名的方向前进,那样子如同行尸走肉一般……自此之后，无人再看见他。

数年后，唐高宗李治下令将所占百姓田宅归还百姓。衙役因没有找到他，便没有再理会此事。一位与他同乡的商人在一次远赴异地做生意的途中看见了他，但他已疯疯癫癫，衣衫褴褛，嘴里唱着、喊着。若不是因他的家乡口音以及以前去他的小酒馆时常常看见他，恐怕谁也不知道这个疯子，究竟是谁。

小酒馆老板已经走出很远、很远，可是，人们依然能听到他在反复唱着一句话："世道难，人心乱，情义并绝，泪落谁安……"

拆东墙，是公元659年。这一年，陈子昂出生。

陈子昂的出生时间，其实是个谜。657、658、659、660、661……世世代代的研究者为此争论不休，不知道有没有人愿意相信，在这个平凡又不平凡的公元659年，有一个惊世骇俗的人物已经降临，一个惊世骇俗的故事开始生根发芽。

这一年，在射洪，一个丑萌丑萌的婴儿呱呱坠地；在长安，走投无路的小酒馆老板，满怀憧憬准备开始自己的人生。相差十九年的他和他，他们的人生，或许有交集，或许只是如箭矢般擦肩而过，来不及回头，等不及相认。在岁月的漫漫长夜里，无数个如流星划过夜空的陈子昂、无数个自生自灭的小酒馆老板，就这样积淀成为历史，也许有一天他们会浮出平静的水面泛着粼粼波光，也许有一天沉入记忆的深奥谷底会化为时代的尘埃。

从战场上回来的陈子昂，看破红尘，立志归隐。圣历元年（698），陈子昂以父亲陈元敬年老多病为由，上表请求辞官回乡，侍奉老父，以尽孝道。武则天同意他的请求，他回到了家乡射洪。不久，陈元敬病逝，陈子昂本以为可以就此遁世。但是，居丧期间，权臣武三思等人却不放过他，他们指使射洪县令段简罗织罪名，诬陷陈子昂，将他关进大牢。卢藏用在《陈子昂别传》中记载："属本县令段简贪暴残忍，闻其家有财，乃附会文法，将欲害之。子昂荒惧，使家人纳钱二十万，而简意未塞，数舆曳就吏。"

陈子昂素来身子羸弱，怎经得起这样的牢狱之灾？他惊恐交集，不堪折辱，五内俱焚，心灰意懒。他病得越来越严重，以至于倚杖不能起，哀怨不能绝。此时，朝廷苛政连连，民间哀鸿遍野，陈子昂自忖以一己气力不可能苟全于乱世，遂命蓍自筮。顷刻，卦成，陈子昂仰天哭号："天命不佑，吾其死矣！"

陈子昂忧愤交加，终致抑郁辞世。

2020 年 9 月

火

叩敲的痕迹

每一次思想走出废墟,我都泪落如雨。山围故国周遭在,潮打空城寂寞回。圆明园,真的是不看也罢,尽管为了它,我已经等得许久了。遥想青草深深处,几番冷雨后,野鸟飞起飞落,突兀地立在天地之间的废墟中,该有我轻轻叩敲的痕迹。

圆明园是我儿时遥远的梦,那里有溶于我血脉的东西,有我背叛不掉的民族的沧桑。教科书中的记载,几块带着残痕的石头,永远让我怦然心动。圆明园的废墟,同大漠的驼铃,同草原的蒙古包,固执地占据了我的期待,为了这个,我已经等得许久了,这种爱已深深侵入我的骨髓。

可每一次挥别北京,我都带着匆匆的遗憾。不是没有时间,也不是没有心境,只是时间和心境总是难以迕合。去那里,该是郑重而严肃的一种凭吊,何处望神州?那里的树,该是根连着根,古老的枝丫在空中交接;那里的水,该是带着记忆和宽容,拍岸不惊。天地不老,岁月悠悠,五千年民族真正的智慧就在这片废墟的上空飘荡,唐突的瞻视会使回顾成为熟视无睹。

我无法轻举妄动,只有把儿时的梦留给层层累积的想象。

圆明园啊，究竟该是怎样？清秋远村，旷野平芜？是带着青年人搏斗过的伤痕，虎虎不休？还是带着老年人对过去的平静和容忍，波澜不惊？那里的风一定很大、很猛，起自盘古年间，兀自鸣咽，低低地吹过世界。该有老柳树吧！柳丝纤长，垂在湖上，拍打着水面的残阳。我想象着远处的风声，在刮过那几块石头的时候，该是怎样的无奈和空洞。思绪飞到这里，永远哀婉而沉重。

每一次思想走出废墟，我都泪落如雨。山围故国周遭在，潮打空城寂寞回。祖辈的创业被子孙变成了嘲弄，无论我们已有了怎样的业绩，在这里，我们都无法再心平气和地逼视古代，我仿佛看得见那些为后代创下基业的人们的孤独的等待，听得到他们一声声的叹息。写在我们收账簿上的血泪欠账太多了，我们不该忘记，直到今天，还有一些仍未偿还。

这笔账最终应算在谁的头上？要怪只能怪自己的贫弱。第一阵秋风，总要吹落最先发黄的叶子。古老民族举步维艰的低沉和故步自封的无知留下的耻辱笼罩了后来的时代。

废墟的文化就像刚刚愈合的伤口，表面的平静下埋藏着组织的撕裂和剧烈的疼痛，这种疼痛是写在历史上的阴影，它给今天的生活增添了压迫，但同时又给我们带来了心理上回旋的空间：我们的生命有没有勇气承受超过其本身的灾难？

过去的，我们不该掩饰，谁都无法擦去自己身后的脚印。生命僵死之处，必有故事堆积。历史是什么？是在那稍纵即逝、颠来倒去的岁月中沉淀下来的人类永恒的求生意识，和亘古不息的生命波动，它在瞬息中爆发。圆明园就是这种历史意志的沉淀，像一个从远古走来的老人，怀着慈爱、昭示和普度的悲悯俯瞰着世界。

圆明园是寂寞的衣冠冢，除了回忆和期待，一切都在这里凝固。外面是红尘万丈，繁华永远吸引着人们，世界的喧嚣和这里无缘。在废墟中，也许没有人敢放肆，这里到处是远祖的目光；可是在尘世中，在阳光和文明照不到的角落里，依然充满了战争，充满了暴戾和怨气，充满了破碎的心。只要还有纷争，圆明园的故事就永远不会讲完，民族心态永远是历史的最佳积淀层。对于我们，圆明园比鳞次栉比的一幢幢高楼更真实，衣冠冢里是五千年中华历史的灵魂，天空中是一片流动的光明，在这里，我们被夹在中间，一半牵连着过去，一半翘望着未来。过去和未来都是我们不该忘记的。

其实，从圆明园回来的人说，不看也罢，那里仅有几堆被人们的目光翻烂了的石头。可是，千古兴亡多少事，邈远的叹息和相思都写在这几块石头中了。也许真的有一天，圆明园不看也罢，在那一天，我们敢于蔑视衣着华丽的世袭贵族，我们带着满肩的尘土和两袖清风，却足以骄人。

圆明园，真的是不看也罢了，尽管为了它，我已经等得许久了。遥想青草深深处，几番冷雨后，野鸟飞起飞落，突兀地立在天地之间的废墟中，该有我轻轻叩敲的痕迹。

1990 年 9 月

今宵别梦寒

"不思量,自难忘,半个多世纪过去了,我是多么想念住在北京城南的那些景色和人物啊……每个人的童年不都是这样余霭而神圣吗?"

半个世纪后的林英子在电影《城南旧事》开篇自问。

《城南旧事》根据台湾女作家林海音1960年出版的同名中篇小说改编而成,这部小说被《亚洲周刊》推举并进入"二十世纪中文小说一百强"。1981年,北京电影制片厂导演伊明将小说改编成电影文学剧本,上海电影制片厂拍摄,吴贻弓执导。影片一上映便轰动一时,不久即斩获第二届马尼拉国际电影节最佳故事片金鹰奖,第三届中国电影金鸡奖最佳导演、最佳女配角、最佳音乐等多项奖项。

在影片中,六岁的小女孩英子将人们带到了她生活的那个时代。北京城南一座四合院里,住着英子温暖快乐的一家。英子"童年在北平的那段生活,多半居住在城之南——旧日京华的所在地……我们住过的椿树胡同,新帘子胡同,虎坊桥,梁家园,尽是城南风光。"英子用童稚的双眼,向世人展现了大人世界的悲欢离合,无尽的天真背后却是复杂的人情世故。

这是二十世纪二十年代后半叶，台湾被日本帝国主义侵占，林海音一家不甘在日寇铁蹄下生活，举家迁居北京。林海音化身为英子，缓缓地讲述了自己在北京生活的大大小小的故事。英子随父母从台湾搬迁至北京，住在城南的一条小胡同里。影片中的一切都是那样有条不紊，缓缓的流水、缓缓的驼队、缓缓而过的人群、缓缓而逝的岁月……景、物、人、事、情完美结合，似一首淡雅而含蓄的诗。半个多世纪前，小女孩林英子跟随着爸爸妈妈从台湾漂洋过海来到北京，住在城南的一条胡同里。京华古都的城垛颓垣、残阳驼铃、闹市僻巷……这一切都让英子感到新奇，为之着迷。

胡同还住着"疯"女人秀贞一家，秀贞每天痴立在胡同口寻找女儿。别人都不理她，只有英子愿意跟她玩，她成为英子结交的第一个朋友。秀贞曾与一名北京大学的学生暗中相爱，并生下一个女儿小桂子。秀贞与那大学生的自由恋爱为宗族礼法不能容忍，大学生因从事地下革命活动被警察抓走，私生子小桂子被作为耻辱扔到齐化门外，从而下落不明。英子对秀贞非常同情。英子在胡同里还认识了年龄相仿的妞儿，妞儿住在养父母家里学戏，经常挨饿挨打。一个风雨交加的夜晚，妞儿不堪折磨逃出家门，找到英子倾诉。英子在不经意间发现妞儿的身世与小桂子极其相似，一言一行也和秀贞十分接近，又发现她脖颈后的青记，急忙带她去找秀贞。秀贞与离散六年的女儿相认后，立刻带妞儿去找寻爸爸。英子发着高烧，昏迷了十天，差点丢了性命。

后来英子一家迁居新帘子胡同。英子又在附近的荒园中认识了一个年轻人。他为了供给弟弟上学，不得不去偷东西。英子觉得他很善良，但又分不清他是好人还是坏人。可是，纯洁善良的小英子，不经意间又害了小偷。她把一尊小佛像送给了一个摇拨浪鼓的便衣警察，却成了小偷被抓的一个依据。在小英子含着泪花的眼里，又一个朋友离她而去了。在她还来不及忏悔的心灵里，又抹上了一道情感的伤痕。英子九岁那年，她的奶妈宋妈的丈夫冯大明来到林家。英子得知宋妈的儿子两年前被淹死，女儿也被丈夫卖给别人，心里十分伤心，不明白宋妈为什么撇下自己的孩子不管，来伺候别人。后来，宋妈被她丈夫用小毛驴接走，英子的爸爸也因肺病去世。

英子随家人乘上远行的马车，带着种种疑惑告别了懵懂和悲伤的童年。为何人世这般凄苦？不谙世理的英子苦苦思索，却又百思不得其解。在思考中她真正地懂得了自己的责任，真正地长大了。

《城南旧事》是一部表现童年往事的影片，英子六岁到十三岁的三个故事——秀贞和妞儿的故事、小偷的故事、宋妈的故事，分别对应着小说中的《惠安馆》《驴打滚》和《爸爸的花儿落了》，始终充满着朦胧、惆怅的气息。导演以清新、婉约、淡雅的散文诗般的风格，以蕴藉、新颖、独特的视角，简洁、凝练、含蓄的电影语言，精心营造了如诗如画的境界。

在影片开始，小英子学着骆驼咀嚼的模样，这不仅反衬了她内心的天真和童稚，更为重要的是奠定了她在影片中的叙事视点。全片大多数镜头是以小英子的低视角的主观镜头拍摄的，随着小英子那纯真目光所及，一切都离我而去的感伤情绪尤为真切，同时也显得更加凄婉和痛楚。影片在结构上也很创新，将三段并无因果关系的故事串联起来，使影片具有多棱镜的功能，从不同的角度映照出当时社会的具体历史风貌，形成了一种以心理情绪为内容主体的风格。

打水、买菜、吃饭、上课、玩耍、逛庙会，生活似乎周而复始，时间却不经意间流逝。如果说影片的上半段落，小英子还是一个无忧无虑的孩子，她感受到的那些残酷的现实只是新奇，那么到了下半段从小英子在病床上苏醒开始，却是一场梦魇的逃脱和突围。世界对于天真纯朴的小英子来讲，本应像海与天那般绚丽多彩。导演在影片安排小英子两次吟诵《我们看海去》，旨在鲜明地表达这一愿望。可是世事繁重，小英子不得不成熟起来，逐渐领会到了世间的复杂与苦楚。会馆门前的疯秀贞、遍体鞭痕的小伙伴妞儿、出没在荒草丛中的小偷、朝夕相伴的乳母宋妈、沉疴染身而终眠地下的慈父……他们都曾和英子玩耍过、谈笑过、生活过，他们的音容笑貌犹在，却又一一悄然离去。为何人世这般凄苦？

二十世纪八十年代，一大批导演开始了创作上的觉醒。《城南旧事》带领观众重温了那个年代普通百姓的生活，以及年轻进步大学生的觉醒。该片为中国的散文电影提供了一个注重意象表达的唯美风格的范本。

影片在结构上尤具独创性，编导排除了由开端、发展、高潮、结局所组成的情节线索，以"淡淡的哀愁，浓浓的相思"为基调，采用串珠式的结构方式，串联起英子与秀贞和妞儿、英子与小偷、英子与宋妈三个并无因果关系的故事。这样的结构使影片如同一个立体的沙盘，多角度多侧面地映照出那个时代的历史风貌。导演巧妙地从不同的故事之中折射当时的社会生活，于波澜不惊之中展示波澜壮阔，于个人离愁之中展现国家与时代的大背景。比如，父亲在家里招待学生、同秀贞相爱的大学生被抓、北大学生在街上游行、母亲言语间的谨慎……这些细节让影片一直被愁云惨雾的社会现实笼罩，这些手法不露痕迹，却有着一种内在张力。

《城南旧事》选用了二十世纪二十年代的两首流行歌曲作为插曲。《麻雀与小孩》出现在英子上学之初，歌中唱出的小孩与小麻雀的问与答，表现了麻雀等"母亲"觅食归来的急切情景，在影片中烘托出了孩子们天真无邪的心灵。《送别》则出现在高年级学生毕业和影片的结尾，在内容情调上则是深沉、复杂的心理活动的交织，并且与《麻雀与小孩》形成了对比，在影片情节、人物性格的发展上起到了以声相助，托景传情的作用。

正是这首广为传颂的《送别》提醒我们永远不要忘记，英子的故事发生在1949年前那段艰难黑暗的岁月里，黑沉沉的天空、雾蒙蒙的城楼、缓缓前行的驼队、为衣食冷暖奔波的人们、为理想信念牺牲的北大学生……

> 长亭外，古道边，芳草碧连天，
> 晚风拂柳笛声残，夕阳山外山；
> 天之涯，地之角，知交半零落，
> 一壶浊酒尽余欢，今宵别梦寒。

风雨泽随

第十七卦

随。元亨,利贞,无咎。

象曰:泽中有雷,随。君子以向晦入宴息。

——《易经》

淅淅沥沥的小雨,下了整整三天三夜。

泽随——天地间这个寂静的村落,都被这湿漉漉的雨意笼罩着。放眼望去,天地一片苍茫。湿漉漉的绿色像大海的波浪,翻卷,飞腾。水波里,有怒吼的巨龙,有低矮的野草,有叫不出名字的各色灌木与乔木。

从杭州沿长深公路、溧宁公路一路向西南行进,泽随,便像一个老朋友伫立在村口,挥舞手臂,遥望远方。猛抬头,乡愁,如同浓墨重彩的云朵,飘然而至。

泽随的风和雨,总是这般情意缠绵。

泽随,位于衢州市龙游县城二十公里之外的塔石镇,东邻柯泉村和横山镇,南毗塘里村,西靠十里丰农场,北接衢江区大路口村。这个仅仅七平方公里的、仅有千户人家三千多人口的小小村落,却是国家级传统村落、浙江省历史文化名村。

小雨淅淅沥沥，雨帘变成了雨雾，雨雾又变成了蒸腾的水汽，细碎的水雾在日光中摇曳生姿。天地间，树林里，竹枝中，一朵又一朵野花在湿漉漉的空中、湿漉漉的地上悄然绽放。这是一种彻底忘记或者说从来不在意节令的植物，这是一个彻底忘记或者说从来不在意时间的地方……在风雨中的泽随伫立，心中顿时一片迷惘。

泽随，有漫山遍野的竹林。竹子，在这里被称为楠竹、孟宗竹、江南竹……竹生山间，竹生水畔，竹生村头，竹生溪边，竹子生长在村民的家园中，也生长在村外森森的山林里。独坐幽篁里，弹琴复长啸——这是王维的幽雅；绿竹入幽径，青萝拂行衣——这是李白的猖狂；斑竹枝，斑竹枝，泪痕点点寄相思——这是刘禹锡的痴情；绿竹半含箨，新梢才出墙——这是杜甫的隽妙；竹外桃花三两枝，春江水暖鸭先知——这是苏东坡的飘逸；西窗下，风摇翠竹，疑是故人来——这是秦观的萧散；些小吾曹州县吏，一枝一叶总关情——这是郑板桥的牵挂……此时此刻，在泽随的时间和空间里，说不清今夕何夕，说不清身处何方。

泽随地势西北高、东南低。站在泽随的街巷里，猛抬头，目光正与西北方向乌龙般腾云驾雾的大山相遇。两座不高的山，一则名曰大乘山，一则名曰真武山。真武山海拔仅458米，峰曰豸屏峰，风景迤逦，山有真武庙，有"小武当"之称。大乘山和真武山，自古便为泽随之屏障。两山各有一支水源流向泽随村，是为东坂溪、西坂溪。村中有山名"珠峰"，两支水流环绕村落后向南汇入衢江，两溪与"珠峰"形成"双龙戏珠"之风水。

泽随北方有山曰"珠峰"，南面则有树名"樟树"。

据植物学家考证，这棵数人方可合抱的古樟树已有一千多岁。当年，岳飞军士驻宋家，挖泥烧砖时，此树早已伫立此地百余年。

只有到了泽随，才会懂得自己的渺小。行走在泽随清幽的小石板路上，品味着泽随古色古香的雕梁画栋，方会懂得泽随的幽深与宏阔。

泽随的居民大多是徐偃王的后裔。泽随，这个名字来自最早来到这里的一世祖徐偃王。相传，徐偃王之母姜界产一卵，人产卵不吉祥，姜氏觉得奇特，准备抛弃。却从卵中传来婴儿之音，姜氏将卵剖开，只见孩童形容端正，声音和稚，有筋而无骨，其左手握拳不开，到七岁才伸开，见掌中有纹出现"偃王"两字，遂将孩童取名为偃王。

徐偃王擅相阴阳，善观流泉。元朝，徐偃王狩猎至衢州，预感此处可能是风水宝地，故从西安峡口（今属衢江区）后山迁居于此。也是在这里，徐偃王占卜得卦"泽雷随"——"随"为《易经》卦名，震下兑上，卦辞有"泽雷随"之语，此卦代表随和、吉祥，象征随遇而安，一切随缘、随和。徐偃王遂取首尾二字，以"泽随"为其村庄命名。

自那时至今，泽随已有七百二十余年。数百年来，宋元理学和明清龙游商帮的文化沉积，酝酿了泽随这个血缘聚居、古色古香的小小村落。

千年古村，以珠峰为中心，看似各家独立的楼房，又都别具一格，由直通大宗祠的跨街楼廊相连接，体现了泽随自古以来"分户合族"的传统观念。清一色青砖灰瓦，白墙硬山顶，二层楼，防火墙，石质柱础防潮防霉，既珠联璧合，又独立成章，外观庄重典雅。

泽随，共有明清至民国古建筑146幢，其中明代建筑占20%。古建筑按八卦形布局，村子的中心有上湖、下湖，远远望去，如太极阴阳鱼一般，缠绕在一起。古建筑基本为徽派风格，白墙、黛瓦、马头墙，每栋都有一段厚重的历史。顺山缘水依势而建，鳞次栉比；里巷村道条石铺缀，曲径通幽；公共建筑恢宏大气，民居结构细巧精美。古建筑内部砖、木、石三雕齐全，尤其木雕，精雕细琢，内容丰富，巧夺天工。

雕梁画栋，在泽随不是稀罕物，纷纷进入寻常百姓家。穿梭在泽随古街古巷里，徽派建筑匠人高超的工艺才能和村落先祖的富裕程度，令人叹为观止。泽随古村另一特色是它的门楣文化，几乎所有古建筑的主人，都在自己的大门门楣，题上自己家族的精神追求和寓意吉祥的题词：如"德泽流芳""桂秀兰芳""玉韫山辉""积善余庆""紫阁祥云""世居怀德""威凤祥麟"等，这些在其他地方难得一见的或砖雕或墨书的门楣字匾，在泽随举目皆是。

泽随多古树、多古井，古建筑则多古亭、多宗祠、多古民居。徜徉在古街上，仿佛穿越时空回到了从前。泽随的古街上，有两处古民宅令人过目难忘。

一处是徐清元宅邸。这是一处一进一天井二厢房的宅院。

门楣"威凤祥麟"由砖雕烧制而成，生趣盎然。麒麟和凤凰，古代传说是吉祥的象征，只有在太平盛世才能见到，通常用来比喻极为难得的人才。门罩为有厦式砖叠涩出檐，翘角，在门罩与门楣之间绘有图案，云彩图案及五谷花鸟，象征着丰收与吉祥。大门框，青石结构，二迭式马头墙，粉墙灰瓦，典型的徽派建筑。内部木雕精细，主要内容以戏剧故事为主：有"姜太公钓鱼""周文王推车""魁星点状元"等，其他吉祥图案为辅。二十多幅图案精美的平板浮雕，九块一字排开。老宅那"旧貌依稀"的豪气、雕饰俊美的图饰，仍散发着不尽的古香。

还有一处是被标记为"燕入寻常家"的徐岳祥徐国洪叔侄住所。这是一座清中期建筑。大门顶彩绘"鹿衔仙草与凤戏牡丹"，寓意长寿与富贵。宅内有民末家具桌、椅、脸盆架等，架上刻有杨宗保与穆桂英爱情故事。

有趣的是，徐家屋梁下有燕窝无数，天井四周有"钟灵毓秀"字样，期望聚合天地之灵气，孕育出优秀子孙。"童子托盒香出五谷""梁中蝠"，惟妙惟肖。在中国古代文化中，燕子是吉祥之鸟，寓意和谐、友爱、善良、感恩。江浙一带，通常有燕子的砖雕、木雕作品装饰，取其温良之意。

泽随多小溪。淅淅沥沥的小雨珠，落在溪水中，如同大珠小珠降落玉盘。叮咚，叮咚，叮叮咚咚……一时间，清凌凌的声音响成一片。波光淋漓的小溪流进上湖、下湖，阴阳两条鱼便不时变换形状和色彩。湖水潋滟，雨滴落在湖面上，仿佛仙子的凌波微步。她们或急或缓，或冷或暖，从天边袅娜而至，穿过草丛，穿过竹林，穿过树荫，穿过大樟树的枝丫，穿过暗黑色的乌云和泥土，嬉笑着远去，只留下淋漓的雨意，留下苍茫的回忆。

泽随百姓有一处雅集之地——报恩亭。

有恩必报，是泽随的文化传统。报恩亭初建时间早已模糊不清，然而经历数百年的建设与毁坏，报恩亭见证了泽随数不清的岁月和往事。到了清朝，战乱频仍，乡村日渐凋敝，村中百姓建议在此建设凉亭，这就是今天的过街亭。过街亭两侧借用附近建筑的墙体，初是作为哨卡、防盗、警报等功用，最后变成了休息、休闲、娱乐的聚集地。亭子地面，有鹅卵石铺设的图案，质朴无华，就像泽随，它的品质就是它的日常。承平日久，岁月也消弭了战火的痕迹，今天的报恩亭已经成为乡民避雨、休闲之地，然而，它的品质依然如往昔般高傲、坚韧。

远处，风声渐落，雨意渐歇。

乌云，渐渐变得轻薄、轻灵。云层之上，阳光在云朵的间隙里挤挤挨挨地挣扎着，像溪水一样清凌凌地流下来，在大地上一泻千里，涂满金色的图案。

这就是泽随，它有着不为众人所熟悉的名字、不为世界所传颂的故事，却还有着——穿透时间的伟大力量。

2022年7月

此情可待成追忆

电影改变生活，这是一个陈旧的话题，却并不过时。无数个艳阳高照的午后，无数个雪花飘曳的黄昏，无数个月色如水的夜晚，穿过车水马龙的街道，穿越遥相暌隔的时空，在那些幽暗的放映厅里，酣畅淋漓的电影盛宴正在拉开帷幕。无数水波般漫过的时日，成就世界电影史上这份奇伟的名单，也造就人类精神史奇崛的高度。

许多许多次，在这些光彩的照片中，我们试图将他们的音容、他们的血肉，复原到那个时代的底色；许多许多次，在这些宽大银幕的背后，我们试图将他们的角色、他们的故事，粘贴进那些史书的册页；许多许多次，在这些浩瀚的文字中间，我们试图将他们的扑朔迷离与绝代风华，放回到中国电影流光的百年长廊。

然而，每一次，我们都陷入深深的迷惘。

这是一次徒劳的还原，一次艰难的寻觅，甚至或许，更是一次灵魂的远征。

穿越岁月的雾霭，往事还不曾走远。20世纪初叶，他们或早或晚，从不同的地方起步，与中国电影一路风雨兼程，然后，被大时代的聚光灯骤然锁定在20世纪60年代的舞台中央，成为中国文化绕不过去的存在。

那一年，他们年龄最大的四十七岁，尚未迈入知天命的心绪，年龄最小的三十四岁，刚刚迈过而立之年的门槛。那一年，不管他们是否知晓、如何理解，缘于一份名单，生命的坐标就此定格在同一时刻。那一年，没有什么比那一年，更无比清晰地凸显艺术在新旧文明之间跳跃的脉动，如果说到中国文化在传统与变革之间的断裂与纠结、失落与振奋、疼痛与喜悦、冥顽不化与洗心革面，他们几乎就是最好的样本。

在这份名单上，他们叫作赵丹、白杨、张瑞芳、上官云珠、孙道临、秦怡、王丹凤、谢添、崔嵬、陈强、张平、于蓝、于洋、谢芳、李亚林、张圆、庞学勤、金迪、田华、王心刚、王晓棠、祝希娟。

在名单之外的银幕上，他们叫作林则徐、聂耳、许云峰、祥林嫂、李双双、高觉新、肖涧秋、芳林嫂、简素华、战长河、朱老忠、黄世仁、南霸天、张排长、江雪琴、靳恭绶、林道静、洪常青、吴琼花……当然，如果留心，我们还会写出更多。

这是一张单薄的纸片。这份名单不长，这个群体也不庞大，他们却神奇地勾勒出1949年后中国的文化背影。不难想见，在那个缺乏娱乐缺乏信息的年代，大银幕仿若一道魔咒，锁定了亿万中国人的痴迷与梦想。不难想见，一块又一块铺开的银幕，在那个时代转折关头，拼接出1949年后中国虔诚的生命渴望与江湖快意。不难想见，他们、他们的角色和他们的命运，在一个张扬整体的年代，以个性的方式，镌刻成中国文化的生命群雕。

这是一张单薄的纸片。轻飘飘的纸片背后,有他们沉甸甸的收获、沉甸甸的失落,以及独立苍茫的不竭追问——生存的断想、家国的忧思,思想的沼泽、人性的光辉,有喜悦有欢笑,有困顿有挣扎——半个世纪以来,张瑞芳在郭沫若"回首嘉陵江畔路,湘累一曲伴潮声"的题诗中低回,孙道临冥思"群树在月下睡眠着,可是我却独自醒来了"的孤寂,陈强用十六个字"逗而不厌、闹而不乱、笑而不俗、趣味由衷"概括一生的喜剧经验,赵丹缠绵病榻却坚持叩问文艺的命运与制度的藩篱,秦怡以九十高龄客串的桥段仍令人拍案惊奇,当然,还有身心俱疲、万念俱灰的上官云珠,她以死提醒我们,一个民族如果不懂得忏悔,必将重蹈覆辙。

这是一张单薄的纸片。也许,翻遍历史的故纸堆,都未必找得到它的存在。其实,他们是何其普通的群体,身上无不有时代的剪影,表情无不是时代的烙痕;可是,他们又是何其特殊的群体,时代的浪潮将他们时而高高抛起,时而重重跌落。不论是星光熠熠还是颜色黯淡,他们却始终身怀绝技,从容向前,秉持着他们特有的高贵与谦卑,不虚此行不负此生。许多许多次,迷失于浩瀚的卷宗而了无所获之时,我们都在猜测,他们,也许仅仅是植根在亿万中国人心碑上的一道符、口碑上的一个梦。

同许多人一样,我们更相信他们就是一个传奇。

其实,我们不妨将这个问题换个角度——因为有了电影,生活如何被改变?一百零四年前,北平前门外丰泰照相馆里,一个叫作任景丰的沈阳人悄悄开启了中国电影的大门，从那一刻始，电影便以坚忍不拔的意志改变着生活，塑造着中国。

电影改变生活，这是一个陈旧的话题，却并不过时。无数个艳阳高照的午后，无数个雪花飘曳的黄昏，无数个月色如水的夜晚，穿过车水马龙的街道，穿越遥相暌隔的时空，在那些幽暗的放映厅里，酣畅淋漓的电影盛宴正在拉开帷幕——英格玛·伯格曼、费德里科·费里尼、黑泽明、小津安二郎、克日什托夫·基耶斯洛斯基、阿伦·雷奈、斯蒂芬·戴得利；《一个国家的诞生》《战舰波将金号》《公民凯恩》《筋疲力尽》《八部半》……无数水波般漫过的时日，成就世界电影史上这份奇伟的名单，也造就人类精神史奇崛的高度。电影被称为雕刻时光的艺术，更是一种征服心灵的艺术，这不无道理。正是因为有了"开麦拉"（英文 camera 的音译，在电影拍摄现场指"开机"），人类的记忆不再黯淡；也正是因为有了镜头带给我们的意外之喜，沉重的生活变得轻盈、深情。

这个世界太大，很多人或许不会记得这样一件小事：一个八岁便失去了胸部以下知觉的孩子，在经历无数的自弃和挣扎之后，用勉强可以活动的右手，撑住了他残疾却不残缺的一生。他用右手写作，评点世事沧桑、人情暖凉，他给自己起了个别致的名字——"下辈子长翅膀"——仅仅这个名字，便不能不令人动容。

半个世纪过去了，无数只我们看不见的手伸出来，撑住了这个残疾却不残缺的大地，大地上撒满了种子，生长着传奇。往事的华幕已然合拢，崭新的世界渐行渐近，我们听得到它的清脆足音，看得见它缓缓张开的翅膀。

暗夜里，我们遥望星斗，静静等待花开的声音。

冬天从这块大地上掠夺去的，春天一定会将它们还回来。

2011年10月

土

长　缨

——西海固，我的土地我的母亲

这里，有中国最年轻的山脉——六盘山，撑起了大西北的腰杆子。

这里，有山谷之中泾河南流——为丝绸之路东段北线指引了方向。

这里，有山中最险隘大萧关——悬在关中上空的达摩克利斯之剑。

这里，就是固原，宁夏的最南端。

据史料记载，固原"左控五原，右带兰会，黄流绕北，崆峒阻南"，堪称"天下第一军门"。《诗经》写道，"薄伐猃狁，至于大原"。固原，迎接了千古一帝秦始皇一统天下后的首次出巡；汉武帝为了巩固边防，向匈奴显示大汉王朝的强盛，二十五年六次巡视安定郡；唐太宗观马牧于原州；一代天骄成吉思汗在这里度过了人生的最后时光；明代掌管陕、甘、宁、内蒙古四省的三边总制驻扎于此。

1935年10月，中央红军长征入西吉、出彭阳，在固原历时五天四夜。其间，毛泽东、张闻天、王稼祥等中央领导沿隆德县小水沟登上六盘山。毛泽东饱览六盘逶迤雄姿，凝望阵阵南飞的大雁,想到红军北上即将到达目的地,想到红军走过的艰难历程,展望革命前景感慨万千,脱口吟出《长征谣》:"天高云淡,望断南归雁,不到长城非好汉!同志们,屈指行程已二万!同志们,屈指行程已二万!六盘山呀山高峰,赤旗漫卷西风。今日得着长缨,同志们,何时缚住苍龙?同志们,何时缚住苍龙?"

到陕北后,毛泽东挥笔写下《清平乐·六盘山》:"天高云淡,望断南飞雁。不到长城非好汉,屈指行程二万。六盘山上高峰,红旗漫卷西风。今日长缨在手,何时缚住苍龙?"

然而,记载着中国历史光辉篇章的固原,伴随着中国革命伟大征程的固原,却也一直是中国最贫瘠落后的地方之一。

晚清名臣左宗棠在奏折中称其为"苦瘠甲于天下"。1972年,这里被联合国世界粮食计划署确定为最不适宜人类生存的地区之一。

固原,只是西海固的一个缩影。

宁夏的固原市原州区、西吉县、泾源县、彭阳县、隆德县,吴忠市的盐池县、同心县,中卫市的海原县,八个国家级贫困县,被统称为"西海固"。西海固的另一个名字是宁夏南部贫困山区。贫穷,是这里的代名词,"风吹石头跑,地上不长草,天上没只鸟"的场景,曾是这里的真实写照。

"苦瘠甲天下",为什么是西海固?

在宁夏回族自治区的五个地级市中,固原,是唯一不沿黄河的那一个。这里曾经十年九旱,大部分地区是一望无垠的黄土戈壁,千沟万壑寸草不生。土地贫瘠,加上风沙侵袭,农作物难以生长，西海固人只能靠耐旱的马铃薯活命。

西海固不缺历史，这里曾是丝绸之路过境地，传奇西夏诞生地，更是历代兵家必争地。

西海固不缺文化，厚重的中原文化、璀璨的伊斯兰文化、神秘的西夏文化、粗犷的草原文化、苍劲的大漠文化在这里交相辉映，谱写传说。

西海固不缺信仰。

西海固也不缺勤劳，不缺勇敢，不缺奋斗。那么它，到底缺什么？

一

一望无际戈壁，荒芜，苍凉。

一抹残阳如血，在沙地上缓缓坠落。

黄沙里的落日，躲在漫天的云彩里，仿若一个巨大的溏心鸡蛋，煞是别致，煞是好看。

牟应国站在萧瑟的山风里，遥望远方。落日将他印在地上的影子越拉越细，越拉越长。他就这样静静地望着，仿佛看得到世界的尽头。

村口，有一个巨大的石碑，上面刻着——固原市原州区开城镇下青石村。

下青石村可不是个普通地方，半山腰矗立的纪念碑证明着八十多年前那场丰功伟绩。毛泽东主席在这个村里，亲自指挥了著名的青石嘴战役。一场酣战后，红军缴获一百四十余匹战马,成立了第一支骑兵侦察连。

牟应国是下青石村村民,几年前居住在下青石村三组的红沟梁。红沟梁道路不便、信息不通、收成不好,村子四面环山,地势坑洼,雨季时洪涝不断,旱季时干旱缺水,一方水土养活不了一方人,村民为此苦不堪言。

可是,曾几何时,牟应国的世界没有往日的辉煌,不知从什么时候开始,他和他的乡亲们就被囚禁这狭窄的土黄色里。远山是土黄的,高天是土黄的,狂风是土黄的,房子是土黄的,衣服是土黄的,人也是土黄的——不管什么颜色的衣服最后都被风沙浸染成土黄,不论什么颜色的皮肤最后都被时间消磨成土黄。

年过半百的牟应国看上去有些老相,头发灰白,他的脸上沟壑纵横,刻满了沧桑,上半辈子的故事不用细细叙说,都写在里面了。面朝黄土背朝天,岂止是面朝黄土,他的前前后后上上下下左左右右,曾经都是黄土。

这些年,一些有能耐的人逐渐搬离了大山。在牟应国眼中,幸福就是搬出大山。

牟应国在鞋底上磕了磕快要熄灭的土烟袋,几点火星从烟袋锅里冒出来,落在坚硬的黄土地面,转瞬钻入地下,不见踪影。牟应国使劲在消失的火星上踩下去,拧一拧,再踩下去,没有水的地方格外怕火。

厚厚的土布衣裳,让牟应国看起来像个黄土捏成的泥人。他摸了摸肩上搭着的褡裢,里面有一只陶碗,布满裂痕,盛满风雨,那是爷爷的爷爷的爷爷传下来的。几百年来,这里出门的人都习惯随身带着一只碗，以便下雨时接水储用。几十年来，牟应国也习惯随身带着碗，每天出门如若忘记这个沉甸甸的褡裢，身上似乎就少了点什么。可是，好像今天不再需要这只碗了呢，他有点不敢相信自己。

牟应国眯着眼睛，使劲望着，找着，找着，望着。他静静地望着远方的群山，他的上一个家曾经就在山上的一个土坯房里。如今，山上每隔几百米总有一处废弃的土窑洞，或是坍塌的土坯房，屋里早已空无一物，寂寞的空冷无言诉说着过去的日子。

牟应国生命里曾经坍塌的过去，也在远方的山上。

半山腰有一棵大榆树，树下就是他的家。大榆树根深，叶却不茂，几百年上千年的极度贫瘠让植物也适应了这里的环境，大树枝叶稀疏，根却深深地扎进地下，寻找活下去的水源，寻找活下去的希望。牟应国就是在那棵大榆树下出生、长大，在那棵大榆树下，安家数十年。其实，他的爹娘也是在大榆树下出生，爹娘的爹娘也是在大榆树下出生。牟应国的祖祖辈辈在这里安家度日，过着面朝黄土背朝天的日子。

山脚到山腰有四五公里。从山底爬到山腰他那破房子的家，需要十分钟；从山腰那破房子的家走到山下，需要十分钟。向山上运东西还能用牛拉，向山下拉车子只能靠人扛。

转眼间，牟应国到了该结婚的年龄，爹娘攒了点钱，四处找媒人为他张罗婚事。可是，大山里的小伙子，未来就那么狭窄，哪个姑娘愿意跟他一起过苦日子呢？媒人前后介绍了五六个姑娘，当姑娘一听说吃水要到几公里外的沟里去挑，再看看牟应国家山上那破房子，最后都摇摇头走了。就这样，牟应国年纪越来越大，最后同住在大山里的一个姑娘结了婚。

他曾经想，这辈子就这样了。为了让家人过上好日子，牟应国夫妻俩起早贪黑地干着。然而，十几亩贫瘠的山地带给他们却是一次次的失望。漫长的冬季，这里寸草不生，面朝黄土背朝天的辛勤劳作，还满足不了一家人的温饱。就这样，牟应国一把饭一把土养大了四个娃。夏天，河水漫过独木桥时，他得一手拎一个娃送去上学。

牟应国从未想过有一天命运会在此改变。

六年前，风调雨顺，种植的马铃薯大丰收，当年价格上涨，看着即将要变成钱的马铃薯，牟应国开心极了。虽然省道距离村里只有几公里，但村里通往外面的土路又窄又弯，大车进不来，如何把马铃薯运出去成了一大难题。

经家人商议，最终用架子车一车车往出运。村委会也组织人员对坑洼道路进行了填补，可经过一趟趟的转运，原本个大、饱满的土豆不是蹭掉了皮，就是被磕出了坑，品相难看，只能贱卖。"靠天吃饭、行路难、吃水难，无产业是制约发展的瓶颈。"牟应国说，为此，他只能外出打零工，每年收入仅四五千元，勉强维系家庭开支，想要让留守在家的老人孩子享受好一点的医疗、教育资源，他已是心有余而力不足。

2017 年，开城镇对下青石村道路不畅、交通不便、信息闭塞的三组、四组、六组村民实施移民搬迁，这让牟应国看到了希望。

2018 年 12 月 3 日，是牟应国一家难忘的日子。一家人搬到了山下公路边的移民新村，新家是一座有三间明亮大瓦房的小院，水电路一应俱全，考虑到村民是冬天搬迁，镇政府还为每家配备了火炉、煤炭、棉门帘等过冬设施。这座总价14万的房子，他只花了1.8万，其余的都来自政府补贴。窗外，九头牛在新建的牛棚里哞哞叫。这座牛棚，当地政府补贴了1.2万。他掰着指头算，一头牛一年就能长成，至少卖1万元。让牟应国高兴的是，家里娃娃长大了，苦日子里熬出来的娃娃都很争气，老大、老二都开始挣钱了。

移民新村就像一个巨大的快进键，一下子就开启了牟应国和他的乡亲们的小康生活。牟应国住进宽敞明亮的新房，再也不用担心房子的安全问题，娃娃上学也近了，自来水、电、网络入户。四米宽的村道两边还安装了路灯，村部前的文化广场上，各种健身器材应有尽有。

到2014年，像牟应国这样的建档立卡贫困户，全村还有237户902人。经过易地移民搬迁、城区搬迁、危房改造，再通过金融扶贫贷款买进1200多头肉牛、1000多只母羊，村里面貌发生很大变化。

现在，所有的贫困户已经全部脱贫。

站在宽敞整洁的村道上，牟应国有种恍如隔世的感觉。曾经，幸福很远，如今，幸福就在眼前。

"日子一下就美啦！"牟应国咧嘴，止不住地笑。

二

晚秋的红耀乡，洋芋汇聚成了绿色的海洋。

熊志忠握着两枚大大的马铃薯，在秋收的天地里奔跑着，抑制不住心中的喜悦。

乡亲们在地里忙活，有些人已经将家里的腌菜坛子搬了出来。

腌菜也是西海固的一大习俗。

曾几何时，因为没有水，西海固的人就用刷子将菜上的尘土刷下来，然后直接腌制。

为了节约水，当地村民家家惜水如金，洗碗是奢侈的事情，吃完饭，主妇便用抹布直接将碗擦拭干净，摞起来，下次再用。天阴欲雨时，人们是不会躲在家里休息的。他们通常会穿上薄一点的衣服到地里，一边干活一边等雨。雨后回家，赶紧脱去衣服，把身体擦干，就算洗过澡了。

当地人把这叫作"趁雨"，一个"趁"字，透着辛酸，也透着无奈。

西海固本来就不适合人类生存。1920年，雪上加霜的8.9级海原大地震更使这片土地生灵涂炭，当时地广人稀的西海固竟有二十多万人口消失于一瞬。

这里是西吉县——西海固的"西"，便是指这里。碧波万顷的西吉震湖，是海原大地震后形成的美丽湖泊，世界第二大地震湖。湖水荡漾，可是解决不了西海固人吃水难的问题。

尽管这里不适合生存，尽管这里日子凄苦，但是面对着国家的生态移民政策，有些人还是不愿意搬迁。在大自然创造的艰苦的生存环境下，他们依然选择坚守，在这片属于自己的黄土地上，造林种草、固水治沙、荒山复耕……以自己独有的乐观和坚韧，就这样世世代代在这里生活着。在地方志里，"焦旱赤裸的远山""千山万壑的旱渴荒凉"的历史记载数不胜数。

环境的贫瘠是显而易见的。一望无际的黄土高原在这里进入尾声，巨大的山峰裸露着寒凉的脊梁，一座又一座山峰像被刀狠狠地切过，陡立着，裸露着，荒芜着。风，也像裹挟着许许多多把小刀子，一路狂歌，一路喧嚣，一路扫荡——穿过树林，削净了枝叶；掠过高峰，削平了山头。

贫困又是细微而具体的，比如饮水。一个村40多户人家，大部分都要去水沟里取水。夏天，为了不耽误白天干农活，天不亮就要去排队等。冬天，水沟结了冰，就得拄着铁锹上去，跪在冰面上，趴下用瓢一点点舀出来。

比如社会的空心化。在西海固，见到最多的是留守老人，夕阳下赶着羊群回家的老人，在屋檐下晒太阳的老人，他们的生活很简单，一件看不出颜色的棉衣，便守护一季寒冬，几片马铃薯、几块干馍馍，便是一顿美味餐食。

沙地里什么都不长，只有马铃薯能耐得住这道苦寒，一年四季，除了馍馍，就是马铃薯陪伴着人。马铃薯又叫洋芋，在西海固地区有悠久的食用传统。红军长征抵达固原时，红25军还曾教会单家集老百姓做粉条，至今被称作"红粉"。

艰苦岁月里,马铃薯填充着人们饥饿的胃,成为"救命蛋蛋",却也成为贫穷的象征。

在这里,马铃薯既是主粮,也是蔬菜,更是生活。

然而,今年的秋天,好像格外不同。

一望无际的洋芋田,在蓝天白云映衬下,格外开阔格外美丽。马铃薯田如万顷碧波,微风吹过,碧波荡漾。

熊志忠的脸上、身上都沾着新鲜的泥土,鞋子上还挂着新鲜的洋芋叶。他在小山一样的马铃薯堆里抓起两个硕大的马铃薯,脸上乐开了花:"今年马铃薯大丰收,历史上从没有过!"

这个秋天,熊志忠是这些年来最忙的。熊志忠家四百亩马铃薯喜获丰收。站在一望无际的田地里,熊志忠的心里充满了丰收的喜悦。今年收成好,即便请了二十多个人来帮忙,他也要亲自上手。

熊志忠是西吉县红耀乡小庄村党支部书记。农户们靠着马铃薯增收致富,熊志忠带着小庄村村民们所耕种的坡地更是三次创马铃薯单产全区最高纪录,被传为佳话。

过去果腹之物,怎么变成的致富法宝?

熊志忠的答案有些简单:"用科学理念种。"红耀乡位于西吉县西北部,这里高海拔、低气温,日照充足,昼夜温差大,自然环境恶劣,高寒干旱、土地广种薄收,村民们常年靠着几亩冬小麦和豌豆讨生活、填肚子,马铃薯亩产量从未超过五百公斤,只能算是农民勉强糊口的"洋芋蛋""救命薯"。熊志忠想到,高海拔、低气温,日照充足,昼夜温差大，这些正是马铃薯生长得天独厚的优势。马铃薯在西吉已有 300 多年种植历史。问题是，如何让小小的马铃薯不再受气候所限，而是为人所控、保质增量？从 2007 年起，他就开始摸索，那年秋天一场雨后，他给自家地里覆了地膜。政府免费给农户提供地膜，可大家都嫌麻烦。熊志忠一着急，找人开着自家三台四轮车，加满油后把全村 6900 亩地都覆盖了地膜。

西吉严重缺水，用这种方式，小庄村地里锁住了秋雨，也就是锁住了水。来年春天种下的马铃薯，长势就旺了。熊志忠抓起一个马铃薯，"你看我们种出来的，虫眼少、草眼少，外皮红润。为啥？我们琢磨多少年了！"

熊志忠可不是吹牛，在这片贫瘠的土地上，他于 2011 年、2014 年、2017 年三次打破宁夏回族自治区马铃薯单产纪录，亩产分别达到 5116.4 公斤、6162 公斤、6246.98 公斤。一亩地收上万斤马铃薯，过去想都不敢想。2018 年，熊志忠被自治区评为"十佳种植能手"。熊志忠将他的秘诀传授给乡亲们。村民们眼见心服，也都跟着他学技术学知识，如今熊志忠不用再自己给村民覆膜，他开了个回收旧地膜的站点，收多少旧的，就把政府补贴的新膜发多少给村民，种植、防污染两不误。

在熊志忠的带动下，整个红耀乡都重拾了种马铃薯的热情，今年全乡种了足足 5 万亩，整个西吉也都重拾了种马铃薯的热情，今年全县种了 85 万亩。

除了像熊志忠这样的带头人给力，西吉在科学种田上下了苦功夫，从种子到种植，都有专家亲自动手或是指挥。西吉硬是把老作物种出了新模样，成为中国马铃薯的主要产区，被誉为"中国马铃薯之乡"。

朝霞染红了天际，秋天的风格外醉人。这天，熊志忠又起了个大早，他要安排今年马铃薯全国销售的事务。现在，西吉马铃薯的名气大了，红耀乡的马铃薯开始供不应求。

熊志忠从车库里开出他的三轮车，这些年他就是驾驶着这辆三轮车走遍这里的山山水水。山路崎岖，地面凸凹不平，熊志忠好几次被地上的石子颠得几乎要跳起来。路上，他见到了正在忙碌的权振堂夫妇。夫妻俩种了40亩马铃薯，今年预计能出产十几万斤，按一斤6毛5算，今年收入能过十万。权振堂开着收割机在田里驶过，收割机上的大爪子不时在翻出一个又一个深红色的马铃薯，当地马铃薯大多是红皮，一个个新鲜的马铃薯躺在地里，像是一枚枚红宝石，散发着实实在在的馨香。

朝霞里，四辆满载马铃薯的大货车从西吉县红耀乡小庄村出发，迎着朝霞一路驶向四川、云南、贵州、陕西……

每天向四川、云南等市场发货100吨以上，连续销售5个多月。这些数字，都在熊志忠心里，他如数家珍。这几年，红耀乡小庄村的马铃薯连年喜获丰收，全村种植的5000亩马铃薯总产量1.25万吨，经过分拣窖藏反季节销售，在全国铺开了市场。尤其近年来，西吉调整发展思路，以供给侧结构调整为主线，聚焦市场需求调整产业发展思路，种薯繁育、淀粉加工、鲜薯外销、主食开发"四薯"并举，投入产业扶贫资金3亿多元，推动马铃薯产业向集群式、系列化、精深化发展。2020年，西吉县种植马铃薯80万亩，总产量160万吨，总产值17亿元。马铃薯从昔日的"救命蛋"，发展成研发、种植、加工、营销、文化、生态为一体的现代农业全产业链，托起当地群众的小康梦想，科学化、规模化、标准化种植延伸到千家万户，成为当地农民增收致富的主导产业之一。

西吉县现有人口约50万，占了固原三分之一。西吉，是宁夏人口第一大县，也是宁夏最后一个脱贫摘帽的国家级贫困县——成绩来之不易。

现在村里富裕了，走出去的年轻人开始陆陆续续回乡创业。熊志忠说，他现在思考的是，如何进一步推动小流域治理、人工旱造梯田，让西吉土地上一代又一代人与大自然的抗争变成扎扎实实的成果。

三

轰——

轰隆——

轰隆隆——

低沉的云几乎要触及山巅，响雷在云端翻滚着，一道道闪电陡然间从天而降，呼啸着劈开抱紧的云团。

在天上酝酿了几个时辰的雨，终于噼里啪啦地落下来了，黄豆粒一样的雨滴打在大地上，砸出了一团又一团黄褐色的灰尘，很快地又裹挟着灰尘变成了一团又一团的泥点。凉凉的秋雨，带着深秋的讯息，打湿了枝头红艳的枫叶，打湿了路边金黄的秋菊，打湿了田野和田野里的农人。

披着蓑衣的农夫倒是不急着避雨，他们温柔地拥抱着这暴戾的雨滴，互相点头，心有灵犀："这场雨一下，以后天气就该转冷了，记得加衣！"

马义杰的心里却无端地闪出了一句话："真是天凉好个秋啊！"

年纪不大、身材壮硕的马义杰同当地的乡亲们一样，脸晒得黝黑黝黑的，脸颊上印着两团别致的高原红。

马义杰穿着干净的白衬衫，看起来精神利落。"过去穷，加上咱们这又属于干旱区，老百姓从土里刨食，整日价想的就是多开荒多种点粮食。"想起过去，马义杰的脸上布满阴云，"到了秋天一刮风，满天黄土，衣服袖口和领口都是黑色的，哪里敢招呼这颜色？现在不一样了。"

这位年轻的 80 后，是泾源县新民乡党委书记。

泾源县位于六盘山下，泾水源头，因泾河发源于此而得名，素有"秦风咽喉、关陇要地"之称。

泾源是整个固原最不缺水的地方，去年降水量已经超过 1000 毫米，这数字已与南方部分省份十分相似。泾源县河流主要有泾河等大小河流 16 条，溪流 343 条，均属泾河水系。

如果说，因为有水，从面上看，泾源老百姓在整个固原生活水平相对较好，那么新民乡在泾源便可算是敢想敢干的"特区"。走进新民，大有"高呼天外客，此处有桃源"之感。

新民乡到处可见别致的盆景园区。马义杰站在秋雨中，打量着这高高低低错落有致的盆景。与西海固其他地区不同，马义杰思考的不仅是脱贫，还有致富。这些盆景便是他致富经里的得意之笔。盆景园区里遍是油松、云杉、樟子松，高高低低的微型树苗被钢丝扭成了千奇百怪的造型，有的似云朵，有的似华盖，有的婉约如美人，有的豪放又像剑客。良好的降雨条件，让泾源从世纪初开始，就将苗木作为支柱产业培养。脑子快、思路新的村民在尝到了树苗产业的好处之后，在干净整洁的房前屋后尝试种下各种从前没有种过的树。在这黄土高原之上，在泾源的大大小小村落，不时会看到一块块被围起的田地，地里种满了千奇百怪的树种。

可是，七八年前，这个支柱产业出现了滞销。到底是什么原因呢？马义杰心里着急，2019年，世界园艺博览会在北京举办，马义杰跑去参观调研，发现在各省展馆中，到处都可见油松的影子。去陕西杨凌、曲江看，发现当地早把油松做成了景观树，造型越怪卖价越高。这些树种在泾源举目皆是，乡亲们还嫌弃这树种七扭八歪，担心卖不上价呢！马义杰眼前一亮，泾源何不就从种植油松盆景开始？

他掰着指头给先算了一笔账，泾源的苗木，1.5米到2米高的卖十几块钱，再好一点的四五十块钱，但是做成造型，动辄成千上万。

可是问题是，乡亲们的观念陈旧保守，怎么说服他们？他暗暗地想，不是有句古语，桃李不言，下自成蹊吗？马义杰决定先干起来，做个示范。乡政府从老百姓手里收了一批树，请外地师傅来做造型，让本地一些护林员和青壮年现场当学徒，学着做造型。过去"大水漫灌"，房前屋后插空都种满了树，如今要开始做"绣花"功夫，向精细化种植要效益。

乡亲们嘴上不说什么，但是，马义杰的所作所为，大家早就看在眼里，盘算在心里。

贫困户禹三十在家一琢磨，从田里选了五十棵树，也开始做造型。自己不会，就请专家来指导。像这样的农户不在少数，大家伙手里都有几亩还没卖出去的树苗，万一这么卖能行，那可真成"摇钱树"了。

很快，新民乡的"摇钱树"长大了，第一棵"摇钱树"就卖出了单价三万元的高价，闻风而至的客户找上门来，同新民乡签订了三四千棵树的订单。

马义杰带领新民乡种出了"摇钱树"，整个固原都沸腾了。很快，固原开启了"四个一"工程。着力选准适宜当地的"一棵树、一枝花、一棵草、一株苗"，改变着这个西北城市只有云杉、油松、樟子松的面貌。从各地引来的树与花，只有在示范园里成功了，才向全市推广。从2018年开始，固原建成了57个500亩以上示范园，重点示范推广了86个新品种。

创新两个字在泾源随处可见，新政策赋能新知识新技能，从而造就了新的发展方式。

最让西海固百姓受益的，不仅是这里的百姓对于发展两个字的新认识，还有对于保护两个字的新理解。在"绿水青山就是金山银山"的观念指导下，西海固林区水源涵养能力大大提升，年降雨量增加，不仅让整个宁夏南部城乡都喝上了自来水，而且成为宁夏中南部引水工程的水源地，养育着陕、甘、宁三省区十三县一百八十多万人口。

四

请原谅
我至今羞于启齿
您干涸的肌肤仍衣不蔽体
请原谅
我于六年前一场毛毛雨里的走失
不是一个向母亲撒娇的孩子偷跑去玩耍
而是固执地留给了你背影
请原谅 西海固
我至今
仍在梦里听见你寂寞风中吼响的大秦腔
看见你苍老的肌肤上干裂的尘霜
以及触到离别多年你依旧荒芜贫瘠的土地
你知道
在异乡的我
至今仍在梦醒之后
我仍想
想深吻你布满皱纹的额头
想吮吸你早已干瘪的乳房

想徜徉在你粗糙干旱的怀抱

西海固啊 我的母亲

我的娘

我不想回头越走越远

却至今无法走出你的手掌

诗人李海宁在《西海固 我的母亲》中吟唱。他对故乡贫穷的痛彻心扉，何尝不是贫穷故乡的真实写照？干涸的西海固，贫瘠的西海固，贫穷的西海固，千沟万壑的西海固。然而，上天并没有因为它的贫穷而对它有着独特的眷顾。

西海固留给李海宁的深刻记忆，也是西海固留给世界的深刻印象。

中国降水量地图上，有一条400毫米等量降水线，这是农耕文明的生命线。在这条横跨东北与西南的降水线两边，通常一边半湿润、一边半干旱，一边是森林、一边是草原，一边是种植业、一边是畜牧业……西海固地区大部分区域，都在这条线附近，400毫米降水等值线将原州区、西吉大部、彭阳大部划归半干旱区，隆德、泾源、六盘山划归为半湿润区。彭阳年降水量350～550毫米，属于典型的温带半干旱大陆性季风气候。干旱造成这片地区缺乏植被覆盖，山坡裸露，风起时黄沙漫天。

在中国历史上，西海固是难以忘怀的存在。

一段残存明代长城遗址，静静伫立，讲述着这片土地的历史。强悍的风呼啸着，挟着天地的悲鸣。这是镇守边关的卧薪尝胆："十年驱驰海色寒，孤臣于此望宸銮。繁霜尽是心头血，洒向千峰秋叶丹。"这是沉吟在边塞诗的壮怀激烈："大漠孤烟直，长河落日圆。萧关逢候骑，都护在燕然。"这是终生思报国的宏肆奔放："秋到边城角声哀，烽火照高台。悲歌击筑，凭高酹酒，此兴悠哉。多情谁似南山月，特地暮云开。灞桥烟柳，曲江池馆，应待人来。"

历史上的西海固，雄峰环拱，深谷险阻，果然一个设关立隘的好地方。

黄沙里的西海固，十年九旱，千山万壑，土地贫瘠，放眼望去，全是一望无垠的荒凉黄土。

自 1920 年海原 8.5 级特大地震以来，西海固这片土地就背上了洗不掉的穷名声。恶劣的天气、贫瘠的土壤、薄弱的底子，阻挡着西海固摆脱贫困的脚程。

1982 年，党中央决定实施"三西"（宁夏西海固和甘肃定西、河西）扶贫开发计划，西海固首开有计划、有组织、大规模"开发式"扶贫的先河。至今，漫长的战役已持续近四十年。西海固人跟着党和政府，靠着勤劳与坚韧，硬是干出了今日这番新景象。

今天的西海固，已然变了模样。隆德、泾源、彭阳三县率先退出贫困县序列，2020 年，西吉县也终于脱贫摘帽。

今日长缨在手，何时缚住苍龙？

七十余年前，毛泽东红军翻越沟壑纵横、盘旋曲折的六盘山，结束二万五千里长征，迎来了中国革命的新转折，在此发出振聋发聩的一问。而今，这问题在新时代不断有着新的答案。中国共产党人，带领一代又一代西海固人艰难探索，终于彻底摘掉了穷帽子，迎来了胜利曙光。

六盘山上，秋色渐浓。天高云淡，望断南飞雁。

六盘山下，红旗漫卷西风。长缨在手，终于得缚苍龙！

2022年3月

霓　虹

——吉林和她的七种颜色

东经121°～131°，北纬40°～46°。

中国，吉林。

"吉林"，得名于满语旧名"吉林乌拉"，意为"沿江"。如果说中国的地图像一只昂首高歌的雄鸡，毫无疑问，吉林便是这只雄鸡明亮的眼眸。

没有到过吉林的人，或许以为吉林只有白山黑水的黑白两色。熟悉吉林的人知道，缤纷多彩、丰赡多姿才是吉林的本色——

吉林地貌形态差异明显，东南高、西北低，东部群山环抱，中部江河相济，西部草原广袤。大黑山自北向南将吉林分割为东部山地和中西部平原。数万年来，冰川、流水、季风，在这里侵腐、剥蚀、堆积、冲积，雕刻出山地、丘陵、台地、平原、盆地、漫滩、谷地、冲沟等丰富多样的流水地貌。远古时期，已有人类在这片辽阔肥沃的土地上繁衍生息。悠长而深情的岁月，在白山、松水、黑土留下了鲜明的印记。

没有到过吉林的人，或许以为吉林只是东北三省最低调的那个。熟悉吉林的人懂得，吉林担着国家边疆安全、粮食安全、生态安全、生物安全的重任——

朝鲜半岛、日本列岛、俄罗斯远东地区与中国东北构成的广大地理区域，便是大国力量交汇、为世界瞩目的东北亚，辐射中国、俄罗斯、日本、朝鲜、韩国、蒙古国等亚洲重要国家。吉林，恰在东北亚地理几何中心，边境线总长1452公里，是国家"一带一路"建设向北开放的重要窗口，是近海、靠俄、临朝的"金三角"。

走！何不一起去吉林？

（一）绛紫

中华蜂成群结队掠过天空，嗡嗡，嗡嗡，嗡嗡嗡，像一群轰炸机。

它们拼命地撞向宫彪家大瓦房明光锃亮的玻璃，发出咚咚咚的声音，又快速地弹开，仿佛节日的焰火依次炸响。

蜜蜂的背上印着清晰的金、黑色条纹。它们抖动翅膀，快速飞翔，远远望去，像是一枚枚燃烧着的炸弹。

宫彪种了整整一院子的紫罗兰和三色堇。原来，他常常将这两种花弄混，但现在不会了，尽管它们有着极为相似的长卵形叶片。绛紫色的是紫罗兰，金紫和白黄相间的是三色堇，紫罗兰绛紫的花朵同紫色的茎脉紧紧纠缠在一起，三色堇的花瓣则像一张沉思的小脸——眉毛、面颊、下巴，甚至还有闪烁的大眼睛和眼角的笑纹。时序早春，可是花朵比大地里的种子还着急，它们早早地发芽、吐蕊，努力地拔节生长，热烈地怒放着。紫罗兰和三色堇开得鲜艳茂盛，美丽的花瓣在空中欢快地舞蹈、跳跃，馥郁的香气萦绕在屋前屋后，院子似乎是落满了蝴蝶的蝴蝶谷。

蜜蜂就是被这些花朵吸引来的。

宫彪在心里啧啧称赞：蜜蜂真的是一种神奇的生物，虽然它们的队伍成千上万，却从来不会飞错巢穴，也从来没有搞错过分工；蜜蜂也是一种非常勤劳的动物，只要天气晴朗，从不会懈怠出工。

宫彪服侍母亲吃完早饭，收拾好母亲的碗筷，迈着轻快的步子走到窗前，抚摸着蜜蜂映在玻璃上的影子。小家伙们使劲地鼓着收获满满的肚子，抖动着全是密密麻麻花粉的小腿。它们仰起头，一晃一晃地摆动着触角，充满了欢喜，充满了骄傲。远处，一轮红日冉冉升起，柔柔的光线暖暖地照在宫彪的脸上，他情不自禁地笑了。他打开房门，走向蜂群。小蜜蜂并不惧怕他，它们停在空中或者埋首花蕊，无暇他顾。通榆的春天来得晚，可是，太阳却火辣辣的，热情洋溢。阳光映照在宫彪家的新房上，屋顶的红瓦泛着夺目的光辉。

宫彪起了个大早。一年半以前，他搬进了新房子，搬家的喜悦至今仍然回荡在心田，每天他都要早早起来，将这喜悦仔细回味一遍。

宫彪是边昭镇天宝村天宝屯人。边昭镇所在的通榆县，是国家扶贫开发重点县，也是吉林省两个深度贫困县之一，有建档立卡贫困户26138户，贫困人口多、经济条件差，危房改造量最多、任务最重、难度最大。宫彪的母亲，七十四岁的范淑芹，是这个屯的三星级贫困户。范淑芹年轻时就罹患类风湿关节炎，几十年过去，她的手脚严重变形，完全失去了劳动能力。屋漏偏逢连夜雨，十多年前，老伴儿一场大病离开了人世，家里只剩下她一个人。

范淑芹所住的房子，还是二十多年前建的两间土坯房。两个老人照顾自己尚有困难，哪里顾得上房子？宫彪的家也好不到哪儿去，房子里还住着妻子和两个孩子。老房子年久失修，屋里阴暗潮湿，墙皮一块一块脱落下来，一场雨、一场雪，对于这个家都是一场灾难。

破落的房屋，重病的婆婆，望不到尽头的绝望的生活……宫彪的妻子不堪眼前的艰苦，逼着宫彪在离婚协议上签了字，毅然决然地扔下丈夫、婆婆和两个孩子，离开了家。

那年，宫彪刚过四十岁。

不惑之年，人生却充满了困惑。生活的沉重，压得宫彪喘不过气来。

宫彪离婚后，范淑芹就很少说话了。宫彪在家，她像一尊石化的人像，不动不说不笑；宫彪不在家时，她便坐在炕沿儿上长吁短叹，叹自己连累了儿子，连累了家。几年下来，范淑芹的病情越来越严重，终于有一天，老人家倒在炕上再也起不来了。范淑芹失去了自理能力，吃喝拉撒全靠身边的儿子来照顾。

宫彪每天的时间不是靠分钟而是靠秒来计算的。瘫痪的母亲、上学的孩子，再加上地里的活计，宫彪如同一个沉重的陀螺，艰难地旋转着。

日出而作，日落而息，勤快的宫彪将屋里屋外、院里院外收拾得干干净净、井井有条。可是，还是有一件事，宫彪始终放心不下。医生反复告诫他，老太太这个病，怕风、怕冷、怕寒、怕湿。老人所住的老房子阴暗潮湿，一到冬天墙上总会挂满白霜，炕怎么烧屋里也暖和不起来。看着母亲痛苦地蜷缩在被子里，宫彪的心里说不出地难受。

一人生病，全家吃糠，这在通榆，不是孤例。

通榆，是吉林省内唯一一个半农半牧的县城。中华人民共和国成立前，县内多为游牧民族，以放牧为主。中华人民共和国成立后，通榆开始以养殖结合农业耕作为营生模式。

2019年5月，通榆县在精准识别贫困户的基础上，瞄准经济最困难、住房最危险的贫困户，全面调查走访、登记造册，将住房困难的贫困户全部纳入危房改造范围，不漏一户，范淑芹老人的房子由此也纳入了危房改造工程。

国家出钱给农民盖新房子了，这是宫彪做梦也没有想到的事情。盖了新房子，有了新的家，母亲再也不遭罪了，家里最难的事情终于有着落了。宫彪看着这做梦也想不到的事，乐得整宿整宿地睡不着觉，有时候，从梦里醒来还得掐掐自己的大腿，不敢相信好日子就这样来了。

五个月后，一个阳光灿烂的日子，宫彪将母亲从破旧的土坯房里抱了出来，搬进旁边的厢房。在对老房子进行一周的考察以后，危房改造施工队走进他家，开始打地基砌砖墙。半个月以后，一栋崭新的砖瓦房替代了又老又旧的土坯房。

"妈，咱们搬进新房子里啦！"

宫彪小心翼翼地抱起瘫痪多年的母亲，用被子包裹好，像抱着婴儿一般轻轻抱起来，走出厢房。沐浴着温暖柔和的阳光，宫彪大踏步走进了新家。

房前的紫罗兰和三色堇开得鲜艳茂盛，美丽的花瓣在空中欢快地舞蹈、跳跃。去年春天，宫彪试着在房前播下了花种，紫罗兰和三色堇便灿烂盛开。又是一年春好处，宫彪拿起仓房里的工具，兴高采烈地走出院门，准备去草场放牧。搬进新家那年，他还加入了村里的养牛合作社。时至今日，通榆的各个村屯，几乎家家户户都有牛羊。宫彪和伙伴们饲养的草原红牛，已经成为中国四大品种牛之一。

日子从此有了盼头的也远不止宫彪一家，宫彪的经历正是近些年通榆脱贫攻坚农村危房改造成果的缩影。在通榆全县共有 2 万余户同宫彪一样，深切感受着农村危房改造政策带来的幸福与喜悦。

2019 年，用 3 个月的时间就完成了 7223 户农村危房改造任务；2020 年，仅用 36 天完成了 1722 户危房改造任务。通榆创造了危房改造的奇迹，打造了危房改造"通榆速度"。5 年来，通榆县累计改造危房 24276 户，极大改善了农村群众居住条件，实现了住房安全率 100%、群众满意率 100% 的"双百目标"。

在通榆，一幢幢、一排排崭新漂亮的新瓦房已经成为这里的一道亮丽风景。

（二）蔚蓝

准备，出发！

凌晨3：00，漆黑一片。

松原的冬天，滴水成冰，呵气成霜。

"老把头"张文早早地穿上羊皮袄，戴好狗皮帽子，他的布满了皱纹和沧桑的脸，被严严实实地裹在皮帽子里。

推开门，一道寒冷的气浪冲进来，与房间里热烘烘的空气纠缠在一起。张文走出去，寒风刺骨，脸上却火辣辣的。他深深地吸了一口空气，一股凉气渗入心肺，呛得他咳嗽起来。

伙伴们正急不可耐地等候张文的到来。二十多名渔工都厚厚实实地穿着棉衣、棉裤、棉鞋、棉帽，戴着厚厚实实的耳罩、围脖，排成一队，像一排裹成粽子的机器人，张文不禁笑了。

尽管渔工们已认真检查过工具，张文仍然认真地将工具一一翻查、检验。他们坐上马爬犁，张文吆喝了一声，出发！十几辆拉着堆积如山渔网、绞盘的马爬犁，如长龙一般，奔向广阔的查干湖。

查干湖蒙古语为查干淖尔，意为"白色圣洁的湖"，位于松原前郭尔罗斯蒙古族自治县。因为松花江和嫩江的交汇，松原成为一个多湖泡之地。查干湖水域面积达60万亩，是吉林最大的湖泊，也是中国十大淡水湖之一。

张文的父亲就是渔工，祖父也是渔工，祖祖辈辈生活于此，富饶的查干湖就是他们唯一的生计。查干湖冬捕始于辽金时期，距今已有上千年的历史，敬畏自然的理念与捕鱼的技艺一同传承至今。查干湖鱼类有数百种之多，以胖头鱼、麻鲢鱼、鳡条鱼、嘎牙子鱼和大白鱼等最为闻名遐迩。

如今，张文已经当了二十多年"鱼把头"。

把，其实是"帮"，是指这一伙网的领头"帮头"，一伙人的领头人。中国北方的居住地常常有中原各处的人来此居住和走动，极有可能是他们往来之间将"帮"念成了"把"。也有人争议说，把，这个词可能出自我国东北少数民族语言，如蒙古族，他们常将英雄称作巴特尔、巴突儿、巴图，都是这个意思。蒙古语中的英雄，当然就是指民族的头人，于是逐渐演变成了"把头"之音。

"鱼把头"就是冬捕作业的领头人，冰上的"灵魂人物"。在渔工的眼里，"鱼把头"是他们心中公认的"好人"，有"神奇"的本领，能带领他们打到鱼。把头常常由"东家"指定或由小伙子们挑选，有些人早已在屯里出了名。"鱼把头"是捕鱼人的主心骨，特别是冬捕，这个人要从开始就被人心中默认他能带领这伙人打着鱼。

不到四十分钟，马爬犁车队依次抵达查干湖。张文带领大家小心翼翼行驶在冰封的湖面上。夜色正浓，高空的星星闪闪烁烁，像夏夜里的萤火虫。

张文驾驶马爬犁，在湖面上仔细勘查。冬捕开始前，查干湖的渔工要让沉睡了大半年的网从网库里"醒来"，举行"醒网"仪式，就是以真诚的心去唤醒亲密伙伴——网。查干湖渔民的性格，像极了冰碴子，硬朗而直接，这无比神圣的仪式，就是他们敬畏自然的表露。

张文咋就知道哪里有鱼？他开玩笑说，因为他懂网。其实，大家都知道，张文他能识冰，这是"鱼把头"之所以被称为"把头"的神奇本领，张文的绝活儿之一就是识冰。

四野一片漆黑，远方有野狼在嚎叫。张文打着手电筒一点一点地勘探，终于在湖中间的一处停下来——这里就是他选定的捕鱼的位置。"冬季，鱼群在冰下喜欢成群地聚集。由于鱼的聚堆往往使水涌动，冰面上的雪便微微起鼓，这种冰面是有鱼群的征兆。"张文说。听着简单，做起来可是不那么简单。识冰，就是会看冰的颜色。有鱼群的冰层上往往结有数个气泡，气泡密集的方向是鱼群游动的方位，这样的冰层颜色发灰。还有就是会听冰下的声音，俗话称"听冰声"，把耳朵贴在冰面上，通过水流声，分辨出鱼群的位置。

几十年来，"老老把头"祖父、"老把头"父亲口传"身"授，扎扎实实地教会了张文不少绝活儿。张文继承了祖父和父亲的老手艺，同时也与查干湖融为一体，四季的迁移、湖水的境况、风霜雨雪的毫厘变化，他都明察秋毫，"鱼把头"有了孙悟空一样的火眼金睛，才能对神秘的查干湖、对冰面下的鱼群了如指掌。

张文镇定自若地指挥渔工们丈量冰眼距离和位置，大家每两个人一组凿冰、布网。渔工怀抱着二十多公斤重的冰镩，像神笔马良抱着神笔在冰封的湖面作画，这是他们"镩冰""炸冰"的工具。镩上白霜凝结将寒光反射到远方。

渔工们先凿开一个直径一点五米左右的大冰眼，这叫作"下网眼"之后用"冰镩"钻出近百个直径四十多厘米的冰眼。冬捕时一趟网由九十六块网组成，总长度为两千米，渔工用十一米长的穿杆带动渔网，将渔网顺入水中，跑水线的渔工娴熟地将渔网由上个冰眼制导到下个冰眼，最终让大网在冰下展开。布好的网，在湖面是看不到的，可是如果在水面之下就会发现，整整一平方公里的水域已经全部被这张大网合围起来。

晨光微曦，冰封的湖面如同战场，岸边已经有人聚拢，等待着渔猎部落的战斗成绩。巨大的渔网到达出网口，便由空网变成了"实网"。所谓"实"，不仅是虚实的实，也是"红"。也就是说，日出以后，这样的网可以开始"起网"，渔工们称其为"日头冒红网"，这就意味着这个渔猎部落今年将迎来大丰收。

太阳升起来了，在朝霞中露出红彤彤的面庞。霎时，万道金光透过云层，在冰面上染出一道道霞光。银白色的查干湖一眼望不到边，一个又一个冰窟窿下是蔚蓝的湖水，远远望去如同一只只闪烁的眼睛。张文和渔工们守候在大网四周。四匹健硕的骏马拉着机械绞盘打转，随着绞盘的转动，马轮子拉着网上的大绦，千米大网从冰湖内徐徐升起，冰面上泛起了水汽。岸边的人们越聚越多，他们紧紧盯着大网。渐渐地，朦胧的水汽之中，一条大鱼突然跃出水面，又一条大鱼跃出水面……鲤鱼、草根、胖头、麻鲢、鳡条、大白鱼，好多种湖鱼活蹦乱跳地在湖面腾空而起，好不热闹！

万尾鲜鱼,热腾腾地在冰湖上起舞——这"冰湖腾鱼"早已成为松原的一大盛景。随着一条条大鱼的跳跃翻腾,岸边的人们发出惊呼——这一网,已注定丰收。他们飞快地跑来,请求张文同意同鱼儿合影拍照,张文笑着一一允诺。

蔚蓝的天空、银白的冰面、金色的阳光、五彩的人群……相机将这时间定格在这一天、这一刻。查干湖,充满着收获的喜悦。

此时此刻,大网和绞盘上飞溅的湖水已经将张文和渔工们的外衣淋湿,湿衣服在寒风中迅速冻成冰壳,他们瞬间变成了一个一个移动的"冰雕"。

2006年、2009年,查干湖冬捕分别以单网冰下捕捞10.45万公斤和16.8万公斤两次创吉尼斯世界纪录。如今,每一年单网捕捞的重量都在刷新上一年的纪录。"可是,我们不能涸泽而渔,要给子孙留下生机。"张文说着,指挥渔工们将小一些的鱼重新放回湖里,"等你们长大了再见。"

而今,查干湖冬捕已经成为国家级非物质文化遗产。在久远的岁月中,一代又一代渔民们保护了自然,又依赖自然得到了生存。人类需要传承的,正是这种文化遗产。查干湖冰雪渔猎已经成为吉林省的标志性文化活动,更是"冰天雪地也是金山银山"的生动实践,依湖而居的松原百姓办起了渔家乐、农家乐,喜滋滋地过着幸福美满的日子。

（三）雪白

清晨，潘晟昱便动身赶赴莫莫格湿地。

如常的一天开始了。

芦花摇曳，嫩水潺潺。浮动的晨霞和蔼蔼的月波交替升起，排列整齐的白杨树忧郁地俯瞰众生。湿地边缘鸟群留下的脚印深深浅浅、匍匐向前。白鹤成群结队，在潮湿的空气中高蹈轻歌。袅袅炊烟里，村民日出而作日落而息。数不清的日日夜夜过去了，而这里仿佛一切都未发生。

那些延伸在湿地里蜿蜒曲折的小路，那些横亘在松嫩平原上的大小湖泡，那些任凭雨打风吹依旧高挂在枝头的鸟巢，那些深埋在湿地之下沉睡了多年的岁月……这些，都写满了潘晟昱无比熟悉、无比亲切的故事。

大兴安岭由东北向西南绵延起伏，在镇赉留下连绵起伏的漫岗地，浅水滩、荒草坡，波涛汹涌的嫩江和温柔涌动的洮儿河在此交汇，江河沿岸形成了广袤肥沃的冲积平原——这便是物华天宝的莫莫格。莫莫格国家级自然保护区分布在镇赉县多个乡镇，据说光绪元年（1875），蒙古族人游牧到此，发现了这里的美丽和安详，遂在此安营。莫莫格，在蒙古语里就是"行头"。

冬天的残冰还没有消融，潘晟昱的老朋友便都急不可耐地赶回来了——五千余只白鹤、灰鹤、白枕鹤，数万只大雁、野鸭等水鸟在此停歇、休养、补给——莫莫格迎来了候鸟北归高峰。

放眼望去，鹤舞莺飞，上下颉颃，生机盎然。潘晟昱拿出望远镜，支好三脚架，将长焦镜头对准了湿地里的鸟群。他这辈子最得意的就是定格镜头里的这些美丽生灵。

潘晟昱原本是一名摄影爱好者。这些年，河湖连通让莫莫格不再缺水，加上当地生态保护工作做得好，以前的荒地变成了湿地，大量候鸟回归。2003年，潘晟昱萌生了生态摄影的念头，于是他开始以这些候鸟为对象拍摄。渐渐地，他发现，莫莫格竟然有不少世界罕见的珍贵鸟种。专家告诉他，在他的家乡莫莫格国家级自然保护区里，最珍稀、最重要的要数白鹤。潘晟昱一听，来了兴趣。他和朋友一起，驱车前往白鹤湖，据说那里有五千公顷的水面，白鹤经常在此聚集。

第一次见到白鹤，潘晟昱还闹了不少笑话。从前的莫莫格湿地，贫瘠干涸，潘晟昱长这么大，没见过白鹤，远远看到鹤群在那里逡巡，他高兴极了，端起相机就拍。等到他把照片放大细看，才知道那是农民家里饲养的大白鹅。还有一次，潘晟昱远远看见莫莫格湿地里大群白鹅，等车靠近，"大白鹅"惊飞起来，那长长的脖颈、长长的腿，那骄傲的神态、迅捷的身姿——潘晟昱这才意识到这是鹤，赶紧按下快门，匆忙之中没有设置好快门速度，导致照片拍虚了。

现在对这些鸟类，潘晟昱可是如数家珍，甚至还没等鸟儿亮出翅膀，他便能够脱口而出它们的名字，白鹤更成了潘晟昱相机里的嘉宾：一只雪白的白鹤站立在湖边，像一位亭亭玉立的少女，展现着婉约的风姿，超凡脱俗；湖面上，一群白鹤轻轻掠过，它们伸长脖颈，扇动着美丽的翅膀，宛如仙女在舞动长袖飞翔；白鹤在空中排着整齐的"V"形或"Y"形飞过，远远望去，飘飘然如仙人潇洒飘逸，高傲的身姿婀娜动人、令人陶醉。

每年三月，白鹤从越冬地江西鄱阳湖北迁，来到镇赉停歇；五月，启程到北极圈里的雅库特地区繁殖；九月，再由雅库特飞还——全程一万余公里。而处于嫩江和洮儿河交汇处、适宜水鸟栖息繁殖的莫莫格湿地，正是白鹤漫长迁徙途中的重要"驿站"。每当用相机捕捉到白鹤振翅时那些肉眼看不到的丰满羽翼、美丽长喙，看到它们无拘无束地欢歌、翱翔，潘晟昱的心里就充满了感动。白鹤的一生历经迁徙和磨难，每一年要经历万里跋涉的艰苦太不容易，"鸟"生不易。但是不论经历怎样的磨砺，它们同人一样，遵循群体规则，尊重手足之情，更对幸福生活充满向往和追求。越是对鸟类多了解一分，潘晟昱就越觉得应该倾心尽力记录它们，更要倾心尽力保护它们。

近二十年来，潘晟昱用相机记录下白鹤在莫莫格湿地停歇的珍贵瞬间，并在全国各大媒体发表了大量稿件和图片，呼吁人们爱护生态、关注白鹤。2010年11月，中国野生动物保护协会授予镇赉县"中国白鹤之乡"荣誉称号，2018年潘晟昱和他的护飞队获得了中国野生动物保护协会的表彰。

现在，潘晟昱不仅拍鸟，还被聘为中国野生动物保护协会科学考察委员会常务委员、吉林白城护飞队队长。爱鸟、懂鸟、拍鸟、护鸟……潘晟昱肩上的担子更重了，他的名声越来越响亮，哪里有鸟受伤了，哪里又发现新的鸟群了，哪里的鸟有什么不对劲了……大家都第一时间想到潘晟昱。

"这个鸟叔,不干人事,净干鸟事。"刚开始时,还有些人不理解潘晟昱,他们认为,鸟嘛,又不是人,哪儿都有,管得了这只还管得了那只?管得了这些还管得了那些?这玩意儿管它干啥?潘晟昱就想办法给他们做工作。

——白鹤,它们自古以来就是我们的吉祥鸟,在中国象征着长寿、福瑞。全世界白鹤只有几千只,在很多国家已经灭绝了,只有中国、俄罗斯等国家能见到它们的倩影。白鹤原来喜欢留恋的印度、伊朗、阿富汗……几乎绝迹。白鹤对环境非常挑剔,只栖息于开阔的平原沼泽草地、苔原沼泽和大的湖泊岸边,及浅水沼泽地带,在中国,它们也仅仅选择了吉林镇赉、辽宁法库、河北北戴河……作为迁徙的中途停歇地。因为白鹤选择了镇赉,选择了莫莫格,所以我们这里被称为"中国白鹤之乡"。

——白鹤非常机警,非常胆小,稍有动静,立刻起飞。白鹤是世界濒临灭绝的动物之一,它们濒危的最重要的原因就是栖息地遭受破坏和改变。此外,人类的非法捕杀、外来引入种群竞争、自身繁殖成活率低、国际性的环境污染,都会让它们数量锐减。白鹤属于国家二级保护动物,猎杀白鹤最高将会处以10年以上有期徒刑,并处罚金或没收财产。

——莫莫格,是白鹤眷恋的土地,全世界百分之九十的白鹤都会在这里停留。这对我们是多么大的信任!人类与动物同处地球村,是解不开、打不散的生命共同体,我们只有把这里的环境营造得温馨舒适、绿意盎然,它们才会选择来我们这里栖息。

几年来很多对立者、旁观者变成了志愿者，志愿者又去给更多的人做工作。越来越多的人明白了，这种有专属迁徙通道、每年春秋在莫莫格停留的白鹤，是非常珍贵的鸟种。这样一来，村民的态度就转为支持："白鹤，这是家乡的宝贵资源，任何人都不能祸害，每一个人都应该保护白鹤！"以前质疑的人没有了疑问，以前不懂的人变成了宣讲员，村民们不仅帮助潘晟昱宣传、巡查，还同潘晟昱一道，组建了近两百人的"白城护飞志愿者团队"。每年春秋两季，护飞队员便开始了"护飞"的忙碌。只要发现白鹤等候鸟到来，他们就会赶到湿地驻守，队员们把大部分的精力都放在了护飞上，伴朝晖、沐夕阳，用心用情去守护这群精灵，为它们的停歇、繁衍保驾护航。

现在，越来越多的人叫潘晟昱"鸟叔"，潘晟昱也坦然接受："我就要做一个爱管鸟事的'鸟叔'，我很开心！"潘晟昱觉得，这个外号让更多人知道他在干什么，可以带动其他人一起关注、关心、保护野生动物，宣传效果就像倒金字塔一样，一天比一天高，参与的人越来越多："在我们镇赉，绿水青山、冰天雪地都是金山银山！"

（四）桃红

一夜之间，盛开的桃花炸响了沃野。

春风浩浩荡荡，带着君临天下的豪迈；春风旖旎摇曳，带着烟视媚行的羞涩——驻足在如云一般盛开的桃花之间。

春风一度，桃花十里。可爱的宁馨儿在枝叶间伸着懒腰，围绕着树干大口呼吸，张开僵硬的翅膀，吐芽，生长，蔓延，像蝴蝶一样不断地蜕变，一层层地从冰封的寒冬里挣扎出来，舒展开蜷缩了几个月的身子，用更多的颜色装点身姿，直到春雷轰然炸响，哗啦啦地便漫天遍野地肆意开放。

"桃花坞里桃花庵，桃花庵里桃花仙。桃花仙人种桃树，又摘桃花换酒钱。酒醒只在花前坐，酒醉还来花下眠。半醒半醉日复日，花落花开年复年。"唐寅的诗在春风里生长，同桃花一样开遍山岗，开遍沃野。

田垄边那几十株桃花开得最好，像打翻了画家的调色盘，粉红色的花朵云一般散落在桃树上，晨雾一样迷离，朝霞一般璀璨，将站在桃树下的人们的面孔照得亮亮堂堂。他们穿着整齐的蓝灰色工装，整齐地排成一队。排在队首的潘修强已经年过半百，健硕，敦厚，笃实。同样的工装穿在他的身上，像是有着一种特别神圣的仪式感，领口系得妥妥帖帖，袖口卷到臂弯，好像随时准备出发去参加一个重要的会谈或者会议。潘修强不时走进旁边的蓝白色"大临"——大型临时建筑里，对着大屏幕发布指令："解锁——各项数据正常——起飞！"无人机拍摄的实时镜头在大屏幕上清晰可见：高天阔云之下，灰白色的地块散落分布，而靠近"大临"附近的地块，却呈现出象征着生命力的黑褐色。

潘修强是中科佰澳格霖农业发展有限公司董事长。五年前，他带领团队从脚下这块土地起步，开始了盐碱地改良和现代农业综合开发的尝试。

白城大安，位于吉林省西部松嫩平原腹地。嫩江，自大兴安岭伊利呼勒山麓发源，由北向南，一泻千里，在大安台地转向东南，形成了广袤的科尔沁草原。"科尔沁"，蒙古语的意思是"弓箭手"。原始的泉河，原始的植被，原始的天空，原始的风味，平坦而又柔软的天然绿茵场，写满了美丽的传说、动人的故事。仰天远望，云在游，风在摇；闭眼倾听，鸟在叫，羊在唱。大自然倾尽其伟力，在这里创作了一首优美的田园交响曲。

然而，这里却是吉林历史上最贫瘠的地区，也是白城历史上盐碱地最为集中的地区——全市203万亩耕地之中，盐碱地面积达174万亩。松嫩平原缺少河道，草场每年的蒸发量远远大于降水量，多年来风化、碱化、沙化形成了大面积盐碱地，成为制约农村发展的瓶颈。"夏天水汪汪，冬春白茫茫，只长盐蓬草，不长棉和粮。"盐碱滩上世世代代传唱的歌谣，诉说着黑土地的辛酸。

辽阔的沃土，只能这样任其盐碱化吗？在黑土地土生土长的潘修强偏偏不信邪。一次偶然的机会，从事医药行业的潘修强赴欧美考察，"智慧农业"这个概念吸引了他的目光，他敏锐地感觉到未来中国农业的市场是巨大的，未来中国农业也会有天翻地覆的变化，这是中国农业方向！

2016年，潘修强带领团队从智慧农业入手，在大安盐碱地这片战场上开展生态型土地整治攻坚战。

究竟是什么神奇的力量让"盐碱地"变成"鱼米乡"？

盐碱地号称是地球的"癌症",治理难度之大,超出常人的想象。潘修强说,改良必须以降低土壤的盐分为主,只有将盐分降低,才能根治顽疾,解决水稻生长的生理性障碍。中科佰澳采取以水洗为主,辅助改良剂和生物菌剂等的方式,总结了一套系统的技术措施,根据苏打盐碱地土壤遇水易溶、水干成块易裂的特性,中科佰澳进行了田间道路、上水渠和泄水渠的设计,既可同时满足种植、农机和水利等几方面的需求,又能方便田间管理、运输和现代化农业机械作业,采用单排单灌设计方式,保证上水和排水的畅通,减少后续维护,满足水稻种植需要。与此同时,主要改良土壤的种植层,淡化表层大约20厘米的深度,达到满足水稻正常生长需求,从而降低改良成本。团队研发了专用袖式水龙带,彻底解决了上水对渠道的冲刷,避免了因盐碱土特性导致的渠道塌方,也减少了水分的蒸发和用水量,节省了看水的人工投入。

通过这种"淡化表层"和"熟化耕层",经过改良的盐碱地pH值从11降至8.5以下,盐分降到0.3%左右,土壤有机质提高2%以上。整理后的水田每块3亩,平整度达到正负2厘米,渠系方田化,适合大型机械作业,耙地后达到"寸水不漏泥",有利于控草和上水管理。基地工程质量好,成了远近闻名的标杆性工程,减少了后期田间管理人员,降低成本,减小了劳动强度,完全满足了水稻的种植需求。

智慧农业,首先需要的是大量的智能化装备。潘修强首先着手研发京东云的一个农业管理系统。未来土地的管理者可能不是从事农业的农民,单是通过这个京东云系统,就会把他变成一个合格的新农人,包括管理系统、控制水利。"我感觉中国未来的农业会有天翻地覆的变化,农民承包地'三权分置'以后会出现很多农业托管公司,也就是说,这块土地属于某个人,但实际种植、管理、产品销售等,都由专业人士来运营。"潘修强说,"我们就是这样的专业人士。我们可以对整个村落、整个乡镇甚至整个县域的土地进行托管运营,根据土地的不同性质进行不同的运营,比如过去一个农场种十几种二十种蔬菜,托管运营后上千亩甚至上万亩土地只进行单一品种种植,在单一品种上做到极致,之后进行不同距离城市的农产品配送,这样就实现了农业经济效益的最大化。"

大安有外来地表水,可以在盐碱地上种水田。潘修强估算,国家最缺水田用地指标,一公顷水田指标可在国家平台上给当地政府奖补240万元。有数据显示,大安未来盐碱地可开发面积在吉林省是最多的,大概有3万公顷,如果能把这3万公顷土地都纳入国家奖补平台,可以为吉林省增加将近700亿元财政收入,将为保证国家粮食安全做出巨大贡献。

可是,这毕竟还只是一个美丽的愿景,能实现吗?有人疑惑。

潘修强信心满满:"能实现!人人肩上重担挑,秋后产量见分晓。过去咱这地方是'盐碱卤水硝,吃鱼河里捞',谁也不敢种地。这几年,我们让农民放心种上了水田,盐碱地新开垦的水田亩产已达到1000多斤。我们已经成功对6.5万亩盐碱地完成改造,让这些土地长出了深受市场欢迎的弱碱性水稻。这样算来，为国家新增耕地37500亩，今年和明年会给大安市新增财政收入60亿元。"此外，潘修强团队还对土地实施精细化的田间管理和现代化农业机械作业，采取养鸭、养蟹的种养结合方式，建立绿色生态链。"古人说，春江水暖鸭先知。在我们这里，春江水暖，鸭蟹先知。"潘修强笑呵呵地说。春江水暖，鸭蟹先知，这是吉林西部盐碱地治理改良的真实写照。

藏粮于地、藏粮于技，才能让"盐碱地"变成"鱼米乡"。只有这样，才能实现黑土地脱贫致富、乡村振兴、跨越发展的巨大飞跃。

测量湿度、风速、土壤温度……桃花林里，穿着蓝灰色工装的人们正在紧张忙碌，记录试验数据。远处，有人引吭高歌自编的小曲——

阡陌虫声远，沟渠水皱疏。
老牛哞语诉荒芜，羸弱变丰腴。
又道谁家女子，改换新妆如此。
秋来贵客沐清风，平仄诵葱茏。

新农业的引领者，造福地方的践行者，生态环境的守护者——这是中科佰澳格霖农业的定位。中科佰澳格霖把"让世界的盐碱地变为沃野良田"作为企业愿景，擘画了美好未来。2018年，与袁隆平院士团队合作，建立了东北三省唯一的袁隆平院士实验基地，共同培育抗盐碱的水稻品种，探索品种改良方法。与中国农业大学、吉林省农科院、吉林农业大学等多家院校建立了合作关系，借助高科技平台，打造集盐碱地研发、试验和示范于一体的综合基地。

潘修强拿起手机，打开"云监工"。互联网的那头，白城市网红大楼的带货主播正卖力吆喝："三系稻花香，透亮、甘甜，实在是香啊！"

桃花坞里桃花庵，桃花庵里桃花仙。

桃花林下的黑土地，正在从冰封中渐渐苏醒。

（五）碧绿

世界一下子静下来，日子一下子静下来。

于德江走在山林里。

天地寂静，山野寂静，四周只有他的脚步声。

远处传来一声嘶鸣，是马鹿还是黑熊，抑或是东北虎？路边，一只狍子横穿而过，看见他，猛地站住，立起胖胖的身子，竖起弯弯的犄角，瞪着他同他对峙，冰天雪地里格外醒目。于德江笑了，傻狍子果然是只傻狍子，真的是傻透了。他常常在路边捡到被车撞伤的狍子，它们不怕人，见到人就这样傻傻地站住，呆呆地与人对峙，可是，这小傻瓜的血肉之躯能挡得住大汽车的钢铁骨架吗？

小年过了，山里愈发冷清。还有六天就要到除夕了，于德江掰着手指数着。不，不能掰手指，零下30℃的气温，滴水成冰，裸露的皮肤转瞬间被冻伤。他穿着厚厚的棉衣，可还是挡不住山里刺骨的冷风，雪花落在他的脸上、肩上、身上，越积越厚。他用厚厚的围脖裹住了面孔，他呼出的气息在眉毛、睫毛上结出厚厚的冰霜，他想象着自己的模样，就像一个会走路的雪人。小时候，他一看到下雪就欢呼雀跃，跑出去打雪仗、滚雪球、堆雪人，在雪人的头上插着一根胡萝卜，每到这时，雪工程就完工了。现在，他和雪人之间，只差一根胡萝卜。

于德江在心里数着——

一、二、三、四、五、六，六、五、四、三、二、一；
一、二、三、四、五，五、四、三、二、一；
一、二、三、四，四、三、二、一；
一、二、三，三、二、一；
一、二，二、一；
一，一；
一；
一；
…………

数着，数着，年，就这样来了。

每一年的这个时候，他都会这样数着天数，就像牙牙学语的孩子在学数数。

一个人的年，一个人的家。

除夕终于到了，像往年一样，于德江给自己包了三十个酸菜馅饺子。他小心翼翼地将饺子倒进沸腾的大铁锅，等锅里的水沸腾加进冷水，再次沸腾再次加进冷水，第三次沸腾，饺子便可以捞出来了。一个饺子皮儿都没破，好兆头！于德江得意地看着自己的杰作，倒了一杯老白干奖励自己，对着镜子，祝福里面的那个自己："德江，新年快乐！"

一个人的家，一个人的年。

长白山维东保护管理站站长于德江不是没有家。他的家，在大山外，而他的岗位，在深山里。某一年的除夕，寂寞的于德江在日记里写道："过年了，我也想家，此时家里正在热热闹闹地准备着年夜饭吧？烟花有多绚烂，我的心里就有多牵挂，想念着母亲的一手好菜，想念着父亲理解的微笑，想念着当兵的儿子也在岗位坚守，也想念着妻子温暖的拥抱。"

不，准确地说，于德江的家，在大山里。他是守山人，长白山林海中的九座保护管理站，就是守山人的家。起伏的群山、茂密的林海是大山的繁华，挺拔的白桦、黝绿的松林是大山的热闹，神秘的野兽、翱翔的飞鸟是大山的喧嚣，曼妙的青苔、淙淙的林泉是大山的荣耀，可是，于德江的生活与繁华无关，与热闹、喧嚣、荣耀都无关。

他只有寂寞，寂寞是他每日的工作，寂寞是他的一切。

于德江还有许多好听的绰号——森林卫士，林海哨兵。士也好，兵也罢，于德江却没有军装、没有工装，更没有职称。他有的，是对大山无尽的爱。

长白山，地跨安图、抚松、长白三个县，是大自然留给吉林的永世财富。1960年,经国家批准建立长白山自然保护区。以天池为中心,南、西和北三面围成长白山自然保护区,总面积196465公顷,野生动物1588种,野生植物2806种,树木蓄积量超4400万立方米。

长白山从山麓到山顶,随着海拔的升高,呈现出针阔叶混交林带、针叶林带、岳桦林带和高山苔原带四个植物垂直分布带,呈现出"一山有四季,十里不同天"的景色。万顷原始森林里草木森森,鹿鸣鸟啭,瑞气氤氲,这是地球上保存完好庞大的原始森林系统,森林覆盖率高达85%,被誉为中国东北"生态绿肺"。

这片广袤的原始森林,这个数千种野生动植物生存的天堂,二十世纪八十年代被联合国教科文组织批准加入"人与生物圈"保护区网,成为世界自然保留地。长白山还是松花江、图们江、鸭绿江的三江之源。生态环境优越,天然水系丰富,让长白山之水天下闻名,与阿尔卑斯山和高加索山一并被公认为"世界三大黄金水源"。

天地有大美,奇绝长白山。
百兽栖息地,千鸟竞飞林。

这是来到长白山的文人墨客为长白山吟咏的诗歌,写得真好。于德江将它们牢牢记在心里,以后在山里遇到游客可以这样对他们夸耀。

于德江对长白山的每一棵树、每一座峰、每一条河、每一个故事都如数家珍。老一辈守山人告诉他，远古时期水神共工与火神祝融争战，共工兵败，气急之下用头怒撞不周山的擎天之柱。天柱崩溃导致天庭塌陷，天河水从天豁峰处灌入人间导致洪水泛滥，女娲娘娘为民福祉，在大荒之中不咸山无稽崖下烈焰冲天、岩浆翻滚的巨大火山口中，炼出炼成了高经12丈、方经24丈的顽石36501块。女娲用了36500块五色石，堵住了缺口，只单单剩了一块未用，留了个小小的豁口，叫天庭之水缓缓地流下沃灌人间，形成了通天乘槎河，又斩下龟足把倒塌的天边支撑起来。那无用之石便遗弃在青埂峰下，就是今天的长白山，那水便是长白山天池。这块补天石后来还演绎了一场悲金悼玉的红楼梦，这些都是后话。

传说天庭之水沃灌的长白山天池里还住着上古神兽，清代《长白山江岗志略》这样记述："自天池中有一怪物浮出水面，金黄色，头大如盆，方顶有角，长项多须，猎人以为是龙。"这些年来，长白山越来越名播遐迩，各个国家的科学家争先恐后来到长白山，在这里开展试验。他们发现，天池是火山喷发形成的高山湖泊，四周被十六座群峰拱护，这里草木不生，自然环境险恶。奇怪的是，一般高山湖水中极少有机质及浮游生物，科学家在乘槎河里却不断发现生命体的存在。这些生命是如何在高寒险恶的环境生存下来，又进化到生物链顶端的？这真令人百思不得其解，连科学家也没有答案。

于德江将他对长白山的爱融入了每一天。

长白山无限风光的背后，是无数个于德江这样的守山人的无私奉献。他的职责只有上限，没有下限：防火、防盗、防风、防沙、防虫、防病、防害、防止游人走失……守护长白山没有捷径，多巡查，多防范，才是硬道理。一座山、一条路、一段坡，于德江对这里比对山外的家里都熟悉。每一寸土地都需要他用脚步丈量。守山人有多苦？于德江说不出来，他只知道，自己每天要在烈日暴晒或者风暴肆虐中穿越数十公里的泥泞丛林，一路上还要遭遇蚊虫叮咬、野兽袭击。有一种害虫叫草爬子，每年春夏都在偷偷"骚扰"守山人。巡山时，草爬子悄悄落到人的身上，潜伏下来。于德江被草爬子叮咬不是一次两次、一天两天的事了，有时候满身红肿，随之高烧不止，曾经有同伴因此得了森林脑炎，差一点见了阎王。这些年好了，有了预防草爬子叮咬的疫苗，于德江的心里踏实了许多。

长白山自然保护管理中心现有五百余名守山人，这就是奔波深山林海的于德江的同伴们。他们都有一个朴素的名字——管护员。他们还有许多骄傲的称谓——千里眼、铁脚板、活地图。这是对他们的最高赞誉："千里眼"是瞭望塔上的瞭望员，十五座瞭望塔，辐射全区80%的区域；"铁脚板"是每一位守山人的称呼，每年他们巡护里程高达十二万公里；"活地图"是在夸他们对山里地形了如指掌，即使没有GPS，他们也不会迷失在深山林海。

守山人的岗位在山里，每次巡山，所有的衣食住行都要自给自足。上山前，必须备好半个月的给养，而且要自己背到山上来。春季进山时,山路上厚厚的积雪还未融化,从山下走到山上,衣裤已被积雪和汗水填满。到了山上,凛冽的风瞬间便将人牢牢地冻住。瞭望台海拔高,温度低,瞭望员大都患有高血压,治疗的前提就是远离高海拔低温处的生活,可是岗位上怎么能没有人呢?

最艰难的是遭遇风暴,气温陡降。于德江记得有一次,他和同伴在巡山路上遇到天气突变,所带粮食不足,只好每天减少一顿饭。大雪封山,积雪半人之深,上山、下山都只能爬行,短短几公里路,于德江和他的伙伴们要爬上十几个小时,他们的手上开出了"血花"。突来的困难延缓了行程,背囊的食物已尽,寒冷加上饥饿,他们靠积雪充饥,完成了任务。

于德江走在山林里,四野寂寞,天地寂寞。

他就这样走啊,走啊,走啊。

长白山的绿水青山,正是于德江这样的守山人一步步走出来的。

2020年,长白山自然保护区建区60周年,一代代守山人成为庆典的主角。60年来,他们顶风冒雨、趴冰卧雪、风餐露宿,在茫茫林海中昼夜巡护,走遍了长白山的山山水水、沟沟岔岔,累计巡护里程4000多万公里,可绕地球1000圈。他们用双足换得"铁脚板",用坚守练就"千里眼",用经验绘成"活地图"。一家三代人、一门三兄弟护山守山的故事薪火相传,淬炼出"天然天成、尚德尚美、创业创新、自立自强"长白山精神。

这是一座有着神祇守护的神圣山峰。其实，无数个于德江才是守护着这神山圣水的神祇。是的，在这里，每一棵大树都有记忆，每一条河流都有历史，每一座山峰都有故事，它们绵密而悠长，汇成了长白山的传说。

松涛阵阵，流水潺潺，峰峦叠嶂，如果你俯身倾听，你会听到——岁月，正在低声讲述着守护者的不老传奇。

（六）金黄

月光如水，映照无眠。

蔡雪一个人走在田埂上。风，掠过她的长发，吹拂她的裙裾，鼓荡她的思绪。

稻田里，成熟的稻穗笑弯了腰，一个又一个笑弯了腰的稻穗汇成了波涛汹涌的稻浪。蔡雪温柔地用手抚摸着随风高蹈的稻穗，稻穗更加温柔地回应着她的抚摸。月光照在她的脸上、她的肩上，镌刻出她雕塑般的身影。她像一个在大海中遨游的小人鱼，痴痴地寻找海底失落的光。蔡雪痴痴地想，也许，我的命运就是在某个清晨，化作泡沫，浮上海面，在咸涩的海水和泪水中挥别我永远的挚爱。

夜色浓重，晨露生凉，田野寂静如洗。远处的凤凰山低伏着山脊，像一队队枕戈待旦的武士。秋蝉高鸣着，在枝叶间低低地掠过。溪河静静流过，温驯、沉默，经过一个转弯，又一个转弯，不期然地发出一声低吼，又一声低吼，之后又是无尽的温驯和沉默。萤火虫停泊在水面的腐叶上，远远地漂来，撞到另一片腐叶，打了个转，继续前进，照亮了好长的一段水程。

早秋的清晨，天还没有亮，月光水银一般倾泻而下，薄雾生凉。蔡雪在田埂上走着，夜晚在她的脚步声中轰然作响。

这两个月，一桩接一桩的好事让蔡雪兴奋得睡不着觉。

年纪轻轻的蔡雪，两次上了央视新闻联播。一次是在总理主持召开的座谈会上，蔡雪畅谈自己大学毕业返乡创业的体会，就完善乡村振兴人才激励机制提出建议；一次是在《吉林：用实干作答以发展求变》新闻报道中，蔡雪在镜头前侃侃而谈："我去过日本、韩国和欧盟考察农业，亲眼看到越是生产规模化、机械化程度高的合作社，其产品在市场上也就越有竞争力。"这让新型职业农民典型和大学生返乡创业典型、90后青年蔡雪，与她代言的知名品牌舒兰大米一道声名远扬。

2013年，蔡雪大学毕业。与她的同龄人一样，她首先选择了北上广深这样的大城市。就在同学们还在观望犹豫的时候，蔡雪很快就以聪明伶俐、勤奋踏实成为公司的骨干，不久便被提拔为上海一家公司的中层负责人。

然而，她的命运在一次回舒兰探亲中发生了转变。

蔡雪在南方吃不惯当地的米，回到家里，她发现，因为有着独特的地理位置和自然气候的优势，舒兰大米格外米香四溢，唇齿留香。然而，这么好的大米为什么卖不到南方？酒香也怕巷子深，稻米市场竞争格外激烈，舒兰大米在市场上得不到认可。销路决定出路，舒兰大米的销路不畅，怎么会有出路？怎样才能打开舒兰大米的销售渠道呢？蔡雪陷入了沉思。

与其临渊羡鱼，不如退而结网。蔡雪决定辞掉公司的职务，回家乡创业。

公司的同事们听说了，都跑来劝她，他们舍不得她，更不理解她，不明白她何以这么毅然决然。年纪轻轻，前途无量，美好的未来在向蔡雪招手，难道这一切说放弃就都放弃了？蔡雪却吃了秤砣铁了心，她试图说服同事："我不懂水稻种植，销售经验也是微乎其微，但是我想为家乡做点有意义的事，让一成不变的家乡换个样子。"蔡雪忘不了小时候看着父亲光脚在稻田里劳作的场景，那是她童年的美好记忆，她有责任让父亲、让乡亲都过上幸福生活。

辞别南方，回到舒兰，已经是2014年的8月。蔡雪说干就干，不到一个月时间，便同父亲在溪河镇双印通村注册成立了舒兰市农丰水稻专业合作社——只有两个人的合作社。

舒兰位于长白山余脉向松嫩平原过渡地带，舒兰多为冲积水稻土、草甸型水稻土，独特的地理位置给予了舒兰独特的禀赋，肥沃的土壤让水稻在舒兰历史中成了不可替代的元素，历史上舒兰是黑土地的"黄金水稻带"，盛产有名的舒兰贡米。

蔡雪发现，成就好的大米，不仅需要好的土壤资源，还需要好的水系资源。在南方乡村，江河湖泊星罗棋布，水系发达。北方却干旱少水，水稻一般采用抽水灌溉，可是，地下水的水温较低不利于农作物生长。舒兰则不同于一般的北方地区，发达的天然水系完美地解决了灌溉问题，同时，水系远离人口聚居区，周边没有大型工矿企业，这让舒兰大米的质量得到了极大保证。

这一年，蔡雪报名参加了新型职业农民培育工程。其间，她被舒兰市推荐，随同吉林省的考察团赴日本考察当地农业。日本农业的"一村一品"产业、管理、销售模式等，让她受益匪浅。

这些让蔡雪深深受益，也给予她极大的信心，她准备把舒兰大米做成高端产品，推出舒兰高端大米品牌"三莲"。蔡雪的想法和干劲感染了村里的乡亲，不久，五十多户农民加入了她的合作社，合作社负责统一采购、种植、销售。蔡雪担任理事长，负责打造品牌和对外销售。

蔡雪的"三莲"大米与众不同：以物理、生物方式除虫取代了农药除虫；以稻田养鸭、蟹、鱼，及人工除草的方式取代农药除草；以在大量施有机肥的基础上合理配方施肥的方式，取代原本化肥施肥方式；在防病上，由生物制剂取代原来的化学制剂……这些成就了现在多样化的舒兰大米。

优质大米生产出来了，如何打开市场？从免费送做赞助获得客户的认可到现在渐渐形成了一个健全的销售网络。就这样，蔡雪在一二线城市中成立了自己的品牌专卖店，在北京、上海、江苏、浙江、山东等地不断发展经销商代理商，展开大宗团购采买。跑展会，完善线上线下销售网络，蔡雪忙得不亦乐乎。

尽管才二十几岁，但蔡雪在上海见过大世面，是个"点子大王"。

——2016年，蔡雪先后赴日本、韩国、欧洲等地考察学习，并参加了吉林省青年农场主培训班。

——2017年开始，蔡雪尝试以水稻文化为主题，发展观光农业。采用24小时物联网全程可追溯体系，结合稻田观光、水稻文化、农事体验等环节，向着现代化的稻田综合体目标前进。

——2018年，舒兰市农丰水稻专业合作社理事长蔡雪还与"中港食品安全交流协会"建立"有机水稻种植合作基地"，让"一亩田"私人农场项目进驻香港。

——依托父亲的舒兰市吉米粮食有限责任公司，蔡雪建立了"公司＋基地＋农民"的经营模式，让每户社员平均增收6000多元，平均为每户农民创造工资性收益1万多元。

经过五年的发展，蔡雪的农丰水稻专业合作社拥有土地7000亩，涵盖2个乡镇的4个村，带动了146位村民就业，发展成为集新技术推广、稻米加工、销售于一体的专业合作组织。"三莲"牌有机大米也由单一品种发展成有机稻花香、生态长粒香、珍珠米和杂粮等系列产品。

如今，随着蔡雪知名度的提升，来舒兰调研考察的人越来越多了，交流、演讲越来越多，但是蔡雪做好大米、卖好大米的初心依然不变。线上线下融合发展、开大米社区店、加入银行团购会员平台……蔡雪正在一步步建设着自己的"大米帝国"。

被全国妇联授予"全国巾帼建功标兵"荣誉称号、入围第十一届"全国农村青年致富带头"名单、成为首届吉林市十大农村创业创新明星……蔡雪厚厚的荣誉簿上不断增添新的篇章。

站在新的起点,蔡雪给自己定了一个"小目标":做好电商、组建专业的营销团队、发展好家庭农场。时间过半,任务完成亦过半,北京、上海、昆山、杭州、宁波、香港,数万公里的飞行距离,"空中飞人"蔡雪从不喊累,全身心的付出换来的是雪片一样的订单。蔡雪挥洒着汗水,谱写着一曲青春之歌。

蔡雪的雄心或者野心可不只在舒兰。她知道,吉林省是农业大省,是著名的大"粮仓",地处世界"黄金玉米带""黄金水稻带"。金黄的稻田里,有着她的梦想,也有着她的蓝图。

天渐渐亮了,雾气愈发浓重。凤凰山青黛色的轮廓退到了遥远的背景中,与天色融为一体。溪河水汨汨流淌,沉默、坚韧。秋蝉累了,停止了嘶鸣。萤火虫也累了,隐身在晨光里。仲秋的早晨宁静而熨帖。

蔡雪一个人走在田埂上,不知疲倦。她清瘦的背影就像一棵挂着饱满稻穗的稻子。看着夜色渐渐褪去、天光渐渐变白,蔡雪的心里充满了喜悦。从北京回到舒兰,她心里的那个梦愈加清晰了。

蔡雪俯下身来,抚摸着随风舞蹈的稻穗,稻穗争先恐后回应她的抚摸,与她喃喃私语。蔡雪听得懂它们在说什么,她知道,自己的选择是对的,这种怀抱着收获的踏实感觉,就是幸福。

晨曦里，金黄的稻穗随风摇摆，远远看去，像一片金色的海洋，不，比波涛汹涌的大海还要壮观。滚滚稻浪将大地染成一片金黄，将天空染成一片金黄，这殷实的、蓬勃的、浩荡的金黄，向蔡雪呼喊着成熟的喜悦。田野里，弥漫着稻子的馨香。聪明的鸟儿已经捷足先登了，它们在稻田里捡食脱落的稻粒，用尖尖的长喙剥开沉甸甸的稻穗外壳，洁白的米粒跃然眼前。

远处，数十辆联合收割机整齐地停放在路旁，穿着制服的驾驶员正在忙着出工前的检测。蔡雪知道，充实而繁忙的一天，又要开始了。

（七）油黑

入伏了，太阳烤得大地火辣辣的。

一望无际的庄稼地里，一人多高的玉米已经结棒。一排排玉米秆像一个个威武的士兵，笔直地挺立着。微风吹过，绿得发亮的叶子随风摆动，发出扑扑簌簌的响声，如同轰然作响的命运交响曲。

王贵满在地里走得急，汗水顺着他黝黑的脸颊小雨似的流下来，湿透了他的衣衫和挂在脖子上的毛巾。他不时将毛巾拉下来，使劲地擦着脸上的汗，拧干了，又挂回脖子上。王贵满眯着眼睛，穿梭在庄稼地里，一边疾走一边打量着脚下的黑土地，时而查看玉米结棒情况，时而弯腰薅起一棵玉米秆，查看玉米的根须。看到玉米将根深深地扎进土里，他的脸上露出了笑容。看到玉米的根须盘成脸盆大的一坨，他的脸色陡然阴沉起来。

作为四平市梨树县农业农村局副局长，王贵满明白，那是因为下面的土地发黄、变硬、板结、退化了。

他蹲下来，抓起地里一把已经板结退化的土块，用力一攥，手里的土块渐渐碎掉，海沙般从指缝间流下来。黑土不仅变成了黄土，还失去了黏性。

令人痛心、忧心的"黑土之殇"！

王贵满1979年从梨树考入延边农学院农学系，毕业回到家乡从事农技推广工作。一晃四十年过去了，他的生命始终围绕着黑土地，黑土地的每一分成长、每一分疼痛都牵扯着他，让他为之歌唱、为之忧伤。

耕地，是四平粮食生产的"命根子"；四平，是吉林粮食生产的"大后方"。四平市梨树县历来是"一两黑土二两油，守着黑土不愁粮"，肥沃的土地插根筷子都能发芽，耕地面积达400多万亩，粮食总产量多年保持在50亿斤以上，名列全国粮食生产十强县。

但是，高产背后却是黑土地的长期透支。二十世纪五十年代，由于粮食生产的需要，我们开始对东北黑土区进行大规模的垦殖，自然草甸变成了良田。过度开垦加速黑土地的水土流失，大量肥沃黑土层消失；地表裸露，春季风蚀，吹带走大量表层土壤，导致黑土肥沃表层变薄；秸秆离田、有机物投入减少、频繁耕翻等造成黑土地有机质含量降低；土壤有机质含量降低导致一系列土壤性质的恶化，最终导致黑土地退化。此后几十年来，由于大量使用化肥农药，黑土地耕作层土遭受更加严重破坏，"二两油"变成了"破皮黄"。

王贵满看到一份报告，东北黑土地近六十年土壤有机质含量平均下降1/3，部分地区下降1/2。他做了个研究，发现东北可耕作黑土层的平均厚度只有30厘米，比开垦之初整整减少了40厘米。

"黑土之殇"让王贵满格外忧心如焚。

可是，怎样才能停止黑土地退化的脚步？

王贵满想，当务之急要停止使用化肥农药。以前用农家肥，秸秆经过家畜的消化，转换成粪肥回到地里，种地又养地。秸秆，从来都是农民的宝，可是这么个好东西竟然被抛弃了。大量使用化肥后，毫无用处的秸秆被烧掉了，农家肥换成了化肥农药，黑土的营养就这么一点点流失了。

黑土地的养分没有了，黑土地的灵魂在哪里？

这问题让王贵满神不守舍，魂牵梦萦。

是否可以尝试秸秆覆盖还田？这成了王贵满的心病。他一头钻进实验室，不停地研究、试验，最后确认秸秆覆盖还田是养地护地最经济有效的方式。王贵满知道，黑土地保护是个历史性大课题，单靠县农技推广站的人远远不够，必须广泛推广、达成共识。他各方联络，终于说服了中国科学院、中国农业大学、吉林省农科院等高校和科研机构的几十位专家学者，请他们来梨树现场观摩。

2007年，梨树高家村一块225亩的"破皮黄"地块，成为"秸秆全覆盖"试验田——面对重重质疑,王贵满坚定地相信,这就是能治他"心病"的"心药"。

在这块试验田里,围绕玉米秸秆全覆盖,中科院、中国农业大学和吉林省农科院的研究人员,尝试采用宽窄行的种植模式:窄行两垄玉米间隔40厘米,宽行间隔80厘米,上面覆盖秸秆;第二年,80厘米的宽行中间取40厘米种植玉米,上年的窄行变宽行堆秸秆。在这个过程中,秸秆全部还田覆盖地表,耕作次数减到最少,让秸秆有时间慢慢腐烂。

原本试验计划十年初见成效,可是短短几年,"秸秆全覆盖"的效果逐渐显现,"破皮黄"渐渐变得油黑油黑。中国农业大学科研团队监测显示,试验田保水能力相当于增加40至50厘米降水,减少土壤流失百分之八十左右。全秸秆覆盖免耕五年后,土壤有机质增加百分之二十左右,每平方米蚯蚓的数量达一百二十多条,是常规垄作的六倍。

如今这块地,踩上去脚感松软,当年的"破皮黄"成了实打实的高产田。事实证明,"秸秆全覆盖还田",保墒、护土、抗倒伏,还能增加土壤有机质,促进土壤黑土层形成。

事实证明,这项技术不仅可以培肥地力实现节本增效,还有效地解决了水土流失和因秸秆焚烧引发的环保问题,为吉林、更为东北地区耕作制度改革提供了最佳解决方案。

"梨树模式"一炮而红。

王贵满的身份更多了:中国农业大学吉林梨树试验站副站长、吉林梨树农业技术推广总站站长。

借助黑土保护试点项目建设,梨树绿色农业发展正向"绿色+智慧"迈进，秸秆覆盖、条带休耕、机械化种植，一次作业即可完成清理秸秆、开沟、施肥、播种、覆土、镇压等工序。而今，从中国农业大学梨树实验站，到村头地边的"科技小院"，来自各大高校、科研机构的二百余位科研人员常年在梨树搞科研。自2015年举办首届"梨树黑土地论坛"至今，已有包括十一位院士在内的国内外一百六十余位专家做客梨树，为保护黑土地支招。

然而，王贵满深深知道，黑土地保护的道路还很长、很长。

黑土是世界公认的最肥沃的土壤，是大自然对人类的恩赐。在温带湿润或半湿润气候草甸植被下形成的黑土地之所以"黑"，就在于它覆盖着一层黑色的腐殖质，有机质含量高，土质疏松，最适宜耕作。可是，黑土的形成却极为缓慢。在自然条件下，形成一厘米厚的黑土层，需要两百至四百年。

全世界黑土片区仅存四块，分别位于乌克兰第聂伯河畔、美国密西西比河流域、中国东北平原，以及南美洲阿根廷连至乌拉圭的潘帕斯草原。黑土区是东北粮食生产的核心基地，吉林的黑土地尤为珍贵。

2018年3月30日，《吉林省黑土地保护条例》正式公布，从7月1日起施行，明确了黑土地保护的责任主体、保护措施、监督管理制度等，为黑土地保护提供了硬支撑。

吉林为全国做出了表率。今年，国家出台了《东北黑土地保护性耕作行动计划实施指导意见》，当中提出，力争到2025年，东北地区保护性耕作面积达到一亿四千万亩，占东北适宜区域耕地总面积的百分之七十。

要加强农业与科技融合,加强农业科技创新,科研人员要把论文写在大地上,让农民用最好的技术种出最好的粮食。

王贵满的"梨树模式"迎来了"高光时刻"。

2020年7月,习近平总书记来到吉林考察。东北是世界三大黑土区之一,是"黄金玉米带""大豆之乡",黑土高产丰产,同时也面临着土地肥力透支的问题。习近平强调,要采取有效措施,保护好黑土地这一"耕地中的大熊猫"。王贵满为此高兴得合不拢嘴,实践证明了他的试验结果,抓好黑土地保护性耕作和稳定粮食生产相得益彰。

好消息接踵而至。吉林做出决定,2021年投入11.2亿元财政资金将保护性耕作技术推广至2800万亩,新建高标准农田500万亩。

让王贵满倍感欣慰的是,今年3月29日,中国科学院与吉林省人民政府签署框架协议,共同启动"黑土粮仓"科技会战。这是中科院在系统总结"黄淮海""渤海粮仓"等农业科技攻关重大任务后,针对东北地区黑土地退化严重、地力透支等威胁国家粮食安全和生态安全的重大问题,启动的又一项重大科技攻关任务。

今年,王贵满已经六十岁了。

花甲之年,他却谋划着更大的事业。

黑土地,这让王贵满无比眷恋又倾洒了青春和心血的黑土地,是他事业的灯塔,也是他生命的港湾。他鼓动着风帆在这里停泊,又将鼓动着风帆从这里鸣笛起航。

（八）七彩

绛紫、蔚蓝、雪白、桃红、碧绿、金黄、油黑……这才是七彩吉林的缤纷色彩。可是，七种颜色又怎能概括得了吉林的丰富与曼妙？

——吉林，缤纷多彩、丰赡多姿。地处世界黄金玉米带、黄金水稻带的吉林，耕地面积703万公顷，人均耕地3.05亩，是全国平均水平的两倍以上。2020年，吉林粮食产量达到760.6亿斤，连续八年保持在700亿斤以上，粮食调出量居全国第三位，是当之无愧的国家粮仓、国家饭碗。

——吉林，接续奋斗，勇毅顽强。截至2021年5月，吉林的八个国家扶贫开发重点县、七个省定贫困县全部摘帽，1489个贫困村全部出列，现行标准下七十万贫困人口全部脱贫，贫困地区居民可支配收入均高于全省平均水平，脱贫人口家庭人均纯收入年均增长23.4%。

——吉林，披荆斩棘，砥砺前行。在吉林，10.2万脱贫户通过改造危房搬新家、1.4万脱贫群众参加易地搬迁挪新窝，过上了安居乐业的新生活；5000个因地制宜的脱贫产业项目，实现了所有脱贫人口精准受益。

贫困，自古是人类的顽疾；富裕，是人类永恒的愿景。减除贫困、全面小康是人类的共同理想。千百年来，无数百姓"久困于贫，冀以小康"，无数仁人志士为了解决贫困问题，进行了艰难的尝试和探索，然而，道阻且长。而今，这些在吉林已经变为现实，一场历史上规模空前、力度最大、惠及人口最多的脱贫攻坚，全面小康的战役已经取得了全面的胜利，绝对贫困问题得到了历史性的解决。

如果你以为吉林只有黑白两色，那你就错了。吉林从来不单调，却务实低调。农耕文化、游牧文化、渔猎文化让这里有着历史的回声，国家粮仓、大国重器、绿色屏障更让这里充满未来的畅想。

红橙黄绿青蓝紫，谁持彩练当空舞？

答案是——

七彩吉林。

2022年8月

苟利国家生死以

伫立山头,山风呼啸,记忆在僵冷的时光中温润地苏醒,行伍列列,恍若踏歌而来,歌声激荡,应和群山的伟岸与苍莽。

时间退回到 70 多年前,腾冲战役结束一个月之后,布威尔·里维斯中校步行来到腾冲。沿着废墟瓦砾,他再也找不到腾冲旧日的繁荣。曝尸的气味刺鼻,破碎的屋顶孤独坍塌。穿过锯齿状的孔洞,葡萄藤和其他攀缘植物开始生长。他捡起一顶日本钢盔,它所保护的头颅早已被击得粉碎,连接头颅的尸体横卧一旁,除了腰带,其他部分已难以辨认。三株粉红色的牵牛花,已经在这个腐烂发臭的胸口上发芽开花。

时间无情流逝,折戟沉沙铁未销,大自然已经开始选择遗忘,面对重生。然而,中国人民用血泪书写的历史,永远只有重生,没有死亡。

兵者,国之大事,死生之地,存亡之道。1945 年 7 月 7 日,为纪念在滇西抗战中英勇牺牲的中国和盟军官兵,"国殇墓园"在云南腾冲落成。这里,不仅是爱国人士纪念反法西斯战争的高地，更是缅怀为国牺牲的民族英雄的精神圣地。

岁月如白驹过隙，70载倏忽而逝。在纪念滇西抗战70周年的时刻，我们从腾冲出发，重返历史，以纪念为民族解放冲锋陷阵、流血献身的英勇将士和伟大人民。

一

北纬25°01′，东经98°28′。出腾冲，沿高黎贡山山脉蜿蜒北行。

60公里之外，来凤山北麓、史迪威公路西侧，一座沉默的火山傲然耸立，一片蓊郁的山林肃穆寂静。海拔仅仅1600米的小团山，在这里，安葬着中国远征军第二十集团军阵亡将士忠骸的墓冢群落。

> 出不入兮往不反，平原忽兮路超远。带长剑兮挟秦弓，首身离兮心不惩。诚既勇兮又以武，终刚强兮不可凌。身既死兮神以灵，子魂魄兮为鬼雄。

2300年前，楚大夫屈原慷慨叹息。楚怀王、楚顷襄王之世，任谗弃德，背约忘亲，以至天怒人怨，国蹙兵亡，徒使壮士横尸膏野，以快敌人之意。屈原悲伤至极，乃作《九歌·国殇》，恸悼楚士。戴震曾注释道："殇之义二——男女未冠笄而死者，谓之殇；在外而死者，谓之殇。殇之言伤也。国殇，死国事，则所以别于二者之殇也。"国殇，由是成为死国事者的民族挽歌。

1945年，在抗日战争进行得如火如荼的时刻，腾冲人民春燕衔泥一般，一砖一瓦，将凝聚国人血泪和骄傲的"国殇墓园"艰难垒成。

手捧洁白的菊花花束，沿着小团山拾级而上，只听得耳边山风猎猎、松涛阵阵，历史的寒意扑面而来，岁月的悲壮重返眼前。

72行，3346块墓碑。

每一块墓碑上，都深深镌刻着烈士的姓名和军衔。一横一竖，一撇一捺，抚摸着墓碑上那凌厉的笔锋，仿佛听得到大地深处低沉的怒吼，听得到沉睡官兵血脉偾张的心跳。一座座墓碑，如扇形从山底拱列至山顶，恍惚间，似有无数个灵魂从碑中破石而出，由石碑幻化为列队的士兵，在晨练、在出操、在冲锋、在进攻、在诀别。缓步行至山顶，阴云瞬间密布，高原的雨，霎时而至倾盆，凄厉的冬雨中，小团山变为70年前的战场，悲壮的呼号响彻耳畔，惨烈的厮杀犹在眼前。知情的人说，每个墓碑下面，其实并没有遗骨，有的，是一个巨大的骨灰合葬墓穴。当年，在战场上，数万官兵血染沙场，却只找到3346位士兵的残肢断骸，他们甚至连名字都未曾留下，只好被集体炼化。

苟利国家生死以，岂因祸福避趋之。

纪念碑如同一把直抵天庭的长剑，凌风而立，扬眉出鞘。这柄用民族精神铸成的利剑，挑落了骄狂的太阳旗，攻破了日本军队战无不胜的神话，铸造了中国军队的英勇精魂和中国人民的浩气长歌。

二

惨绝人寰的战斗结束了,而消亡则刚刚苏醒。每一幢建筑、每一个生物都遭到了空前彻底的毁灭。死亡的波涛冲刷洗礼着这座古城,拍打着城北、城西的墙垣。"在《死亡的日本人和牵牛花——腾冲挽歌》中,美国陆军航空队布威尔·里维斯中校回忆。

这场战役,就是滇西抗战中最著名的腾冲之战。

位于滇缅边境的腾冲古城,最早在《史记》中被记载为"乘象国",亦称"滇越",据说"滇"字的古音也读作"腾"。腾冲,西汉属益州郡,东汉属永昌郡,唐宋时期由南诏大理国治理,元代改为腾冲府。明代王骥三征麓川,平定后留数万兵建筑腾冲石城,以为边防。此后数百年间,明清两朝相继于此设立府、司、卫、所、州、道、厅。民国时期,腾冲始设县治。

腾冲,以其独特的地理优势,被史地学家誉为"极边第一城",徐霞客称其为"迤西所无"。自昆明经永昌、腾冲而至缅甸、印度,乃至中东地区的贸易路线历史悠久,腾冲作为中国茶马古道的藩篱重镇不可小觑。由于特殊的地理位置,腾冲也历来是兵家重地,明、清两朝,这里陆续修筑了八关、九隘、七十七碉,腾冲要塞,有"三宣门户,八关锁钥"之称。方志学家在史书中记载,这片"崇山峻岭之间的区域"，历年来绝少兵祸。

然而，70余年前，这"崇山峻岭之间"的"绝少兵祸"之地，却遭遇了中国历史上最惨重的兵燹之灾。那一天，腾冲死了。

我们沿着岁月的河道缓缓追溯，血和泪的寂寥比时间更沉重。

1941年12月，太平洋战争爆发。日本觊觎中国，以40万兵力入侵东南亚六国，从泰国取道缅甸进入滇西，试图从这里打开缺口。

1942年3月，为了防止日军从西南大后方入侵，十万精锐之师第一次出国远征，旨在御敌于国门之外。至此，滇缅抗战正式拉开序幕。

1942年4月，缅甸全境沦陷，日军封锁滇缅公路，中国海岸线完全中断。5月3日，日军自缅甸入侵滇西，怒江以西的大部分领土沦入敌手。5月7日，昆明行营第二旅少将旅长兼腾龙边区行政监督龙绳武率军弃城而走，县长邱天培携印出逃。

5月10日，腾冲沦陷。

日军冲入腾冲县城,犹如一群凶残的野兽,烧、杀、淫、掠，无恶不作，无所不用其极。在这块不足6000平方公里的土地上，4500多名村民失去生命，45个村寨和9个集市燃起冲天大火，24000幢房屋被夷为平地……人类历史的这一页，以暴力和耻辱上演。

1944年5月11日，一个普通的夏日。为了配合驻印军缅北反攻作战,中国远征军四万余人渡过怒江,仰攻高黎贡山,腾冲战役就此打响。

战斗整整持续了 4 个月,中国军队的官兵仅仅凭着一腔热血,一次又一次冲锋,一个又一个死去,一个团的士兵打光了,另一个团毫不犹豫地冲上去。尸体填满了山间,血水和着泥水流到山下,凝固成鲜艳的旗帜。终于将日军全部歼灭。

9 月 14 日,腾冲光复——这是抗战以来全国沦陷区中第一个被光复的县城,创造了中国军队正面战场全歼入侵之敌的辉煌战绩。

此时腾冲城内,已无一片完整的房舍和堤坝,无一片完整的围栏和草甸,城内的战斗是白刃战,一房一屋地争斗、一寸一寸地挪动,战事异常艰难,惨烈的巷战让中国远征军付出了惨重的牺牲。

这场战役,历时 859 个日日夜夜,损失惨重,满城废墟,被后世称为"焦土之战"。

三

一份长长的名单——

戴安澜、齐学启、胡义宾、凌则民、柳树人、洪行、闵季连、李竹林……

名单上，是在滇西战役中牺牲的将军，他们来自全国各地，正当盛年，只为了一个目的——把日寇赶出家园。他们的名字，就是一部生动的中国抗战史：生不同时，死甘同穴。

列于这份名单第一位的，是被日军称为"战神"的戴安澜。5月26日，二百师行至茅邦，戴安澜以身殉国。毛泽东哀叹不已，慷慨题写挽诗"外侮需人御，将军赋采薇。师称机械化，勇夺虎罴威。浴血东瓜守，驱倭棠吉归。沙场竟殒命，壮志也无违"。

在这份名单后面，还有仅仅存留姓名的士兵，他们叫王光明、张道德、李德贵、幸永善、刘金生、毛富有、田国华、龙子坤……遥想当年，尚在襁褓之中时，他们的父母该是对他们寄予了怎样的期待，才给他们起下了这样祈福祝愿的名字，然而，天不遂人愿，他们和他们的名字、他们的幸福就这样远离故土，静静地躺在冰冷的石碑之下。在这些琳琅的名字之外，还有很多尚不及枪高的十几岁的娃娃兵，他们死去时，连名字都未曾留下，他们的伙伴叫他们石头、二狗、狗蛋、小山、黑子……他们真实的名字，已经同那场战争一道，烟消云散。

一腔热血勤珍重，洒去犹能化碧涛。腾冲抗战胜利结束后，腾冲将牺牲的远征军将士遗骨火化，举行了本地有史以来最大的一次水陆法会，将他们安葬此地。一碑，一罐，一把骨灰，当时的埋葬方式保留至今，骨灰按照原作战部队序列——70多年，他们保持着原有的队形，庄严排列，凝重肃立。

他们就这样长眠地下，威武挺立，傲而不屈，壮心填海，苦胆忧天。长长的甬道遥无尽头，高高的台阶直冲云端。烈士虽已远逝，英魂依然长存，他们的墓碑仍如同一支支整装待发的队伍，永远守卫着中国的安宁和祥和。

四

腾冲城内，还有一块时任腾冲县县长张问德的墓碑。

1943年8月底，占领腾冲的日军头目田岛寿嗣给张问德写了一信，信中假意表示他关心腾冲人民的"饥寒冻馁"，约请张问德到县小西乡董官村董氏宗祠会谈，"共同解决双方民生之困难问题"。对于这份名为"关心"、实则诱降的来函，张问德义正词严，表示拒绝，这就是广为传诵的《答田岛书》。

这篇署名"大中华民国云南省腾冲县县长张问德"的《答田岛书》，全文不足千字，然而，字字掷地有声。

在《答田岛书》中，张问德严厉地写道："以余为中国之一公民，且为腾冲地方政府之一官吏，由于余之责任与良心，对于阁下所提出之任何计划，均无考虑之必要与可能。然余愿使阁下解除腾冲人民痛苦之善意能以伸张，则余所能供献于阁下者，仅有请阁下及其同僚全部返回东京。使腾冲人民永离枪刺胁迫生活之痛苦，而自漂泊之地返回故乡，于断井颓垣之上重建其乐园。"

这封信写于1943年9月12日，恰是滇西乃至全国抗日战争进行得最激烈和最艰苦的时刻。腾冲沦陷已一年有余，百姓饱受兵燹荼毒，哀鸿遍野，张问德以如刀之笔凛然写道："凡此均属腾冲人民之痛苦。余愿坦直向阁下说明——此种痛苦均系阁下及其同僚所赐予，此种赐予，均属罪行。由于人民之尊严生命，余仅能对此种罪行予以谴责，而于遭受痛苦之人民更寄予衷心之同情。"

为将之道，当先治心；为官之道，当先问德。这封大义凛然的书信寄出后，《中央日报》《大公报》等各大报纸纷纷转载，轰动一时，极大地提振了中国民众对日寇抗战到底的决心和志气。腾冲光复以后，张问德挂冠而去，只留下对腾冲人民的一片丹心。

但是，腾冲没有忘记他，中国没有忘记他。1957年张问德逝世，在他的身后，人们送给他四个字——"忠恤千秋"。

刑天舞干戚，猛志固常在。

张问德是宁折不弯的腾冲的一个缩影，正是无数的张问德，造就了腾冲的胜利，构筑了中华的脊梁。

五

腾冲战役的胜利，解除了中国抗战西线战场的威胁，极大地鼓舞了全民抗战的士气。结合中国驻印军在缅甸密支那战役的伟大胜利，中印公路得以从印度雷多—缅甸密支那—腾冲—昆明的便捷通道向祖国大后方源源不断运送国际援华物资，奠定了抗日战争取得最后胜利的物质、精神基础。

70多年过去了，鲜血灌溉的山野开满了寂静的花朵，古巷中挤满了喧闹的人群，石城里，鲜花饼店前排着长长的队伍，年轻恋人用玫瑰般的味道祝福爱情的未来，一切已经复归寂静，一切仿佛没有发生。然而，腾冲没有忘记，铜钟上的弹痕未平，石墙边的废墟犹在，银杏的叶子在料峭寒风中转绿为黄，被炸弹炸断的柳树又长出了新的枝丫，在风雨中摇曳，"国殇墓园"挤挤挨挨的，是深黄浅白的菊花，恬淡甘洌的芬芳溢满山谷，寸寸山河寸寸金——腾冲，永远不会忘记。

在滇缅战役中，与腾冲一道共赴死亡之战的，还有同古、仁安羌、胡康河谷、孟拱河谷、密支那、松山、龙陵、八莫、腊戍……每一个热血横流的战场，都是中国人心头的一道裂谷，每一刻由生命换来的静谧，中国人都不会忘记。

时间退回到 70 多年前，腾冲战役结束一个月之后，布威尔·里维斯中校步行来到腾冲。沿着废墟瓦砾，他再也找不到腾冲旧日的繁荣。曝尸的气味刺鼻，破碎的屋顶孤独坍塌。穿过锯齿状的孔洞，葡萄藤和其他攀缘植物开始生长。他捡起一顶日本钢盔，它所保护的头颅早已被击得粉碎，连接头颅的尸体横卧一旁，除了腰带，其他部分已难以辨认。三株粉红色的牵牛花，已经在这个腐烂发臭的胸口上发芽开花。

时间无情流逝，折戟沉沙铁未销，大自然已经开始选择遗忘，面对重生。然而，中国人民用血泪书写的历史，永远只有重生，没有死亡。

前事不忘，后事之师。

原载于 2014 年 12 月 11 日《人民日报》

山山记水程

——李贽在晚明

"啪！"

一滴血滴在地上。

"啪！"

又一滴血滴在地上。

"啪，啪，啪，啪……"

血流像一根凝重的红丝线，不，红丝线比这要纤细得多，这分明是一条曾经丰盈现已濒临干涸的溪流，曾经鼓荡的生命，正渐渐变成无限的哀婉和叹息。

血，滴在冰冷的地面上。

死神在不远处纵声大笑。他常年游走在监狱的高墙之内，看惯了刽子手砍下犯人的头颅，麻利得如探囊取物。他不相信这个衣衫褴褛、像乞丐一样的糟老头子能挺多久。可是，这一次，他竟然在这里等了整整两天。这个苟延残喘的躯壳里到底有着怎样顽强的意志？他揣摩不透。李贽躺在冰冷的地面上，他用最后残余的力气凝视着死神，以及死神身后遥远的远方。巴掌大的窗口里，只有巴掌大的蓝天，枯索的双眸里，满是慈悲和傲岸。这不屈服的眼神，逼得死神偃旗息鼓，节节败退。死神怀着从未有过的惊恐向后张望，仿佛自己的身后，还站着另一个死神。

李贽早已说不出话来，他的喉咙被割断了，伤口溃烂得像残败的罂粟，腐败的气息游荡在这残败的躯体里。苍蝇嗡嗡叫着一群一群地飞过来，吃得脑满肠肥。血，快要流尽了，从喷涌而出，到干涸如斯。

前不久，有消息传到狱中，某个内阁大臣建议，既然不能将李贽处以死刑，不妨将其递解回原籍，借以羞辱之。李贽闻之大怒："我年七十六，作客平生，死即死耳，何以归为！"

士可杀，不可辱！

两天前，李贽要侍者取来剃刀为他剃头。花白的头发披散着，如同废弃的麻绳，他要理一理这三千烦恼丝。可是，侍者未曾料到，稍不留意，李贽便抢过剃刀用力割开了咽喉。他已经年逾古稀，狱中的粗茶淡饭、离群索居，耗尽了他最后的元气，包括力气，否则，他会一剑毙命，哪怕剑锋指向自己。

颈上血流喷涌而出，整整两天，血流不止。

朝廷无人过问，只有年轻的侍者守在身边，痛哭不止。

"和尚，痛否？"侍者握住他干枯的手，颤抖地问他。

"不痛——"李贽气若游丝。

"和尚何自割？"侍者哽咽。

李贽黯然神伤，他已经说不出话来。

李贽用尽力气，牵过侍者的手，在掌中一笔一画写道："七十老翁何所求！"

袁宏道记载，李贽在自刎后两天，方才死去。

血泊中辗转两日，这究竟是怎样撕心裂肺的痛苦？悲恸中一心向死，这又该是怎样一往无前的决绝？袁宏道不敢想象，只能饱蘸笔墨，奋力写下两个大字："遂绝"。

遂！绝！

李贽的慷慨刚烈，尽在这真气淋漓的两个字中。

李贽想要用自己枯瘦的双肩托住黑暗的闸门，放久被压抑的人到宽阔光明的地方去，可是，过于沉重的闸门却非李贽的双肩所能承受。这一刻，这黑暗的闸门终于重重地落了下来。

天寒夜长，风气萧索。鸿雁于征，草木黄落。

一颗耀眼的流星，划破暗夜沉沉的天际，倏尔陨落。

（一）志士在沟壑，勇士丧其元

将头临白刃，一似斩春风。

其实，李贽早就准备好了，将"荣死诏狱"作为最后归宿。

多少个贫病交加的惨淡黄昏，多少个辗转反侧的不眠之夜，多少个彻夜参悟的饮露清晨……李贽拖着孱弱的身躯，在逼仄的狱室里走着，椎心泣血，思绪万千。

他要以死明志，用死来了结这场官司。是的，士可杀，不可辱！

万历三十年（1602）的春天，乍暖还寒，御河桥边的冰凌开始融化，棋盘街旁的杨柳开始吐绿。可是，春的讯息藏不住北京城的波诡云谲、杀机四伏。

一场政治阴谋在悄悄酝酿着,这阴谋直指李贽和他的异端思想,株连他的朋友们,扫荡他的追随者,甚至祸及利玛窦之类西方传教士。

从都察院礼科给事中张问达向万历皇帝神宗上疏弹劾李贽、要求逮捕高僧达观,到礼部尚书冯琦上疏焚毁道释之书、厉行科场禁约,再到礼部上疏要求驱逐西方传教士,这些事,都紧锣密鼓地发生在二月下旬到三月之间短短一个月内。有明一朝逾二百年矣,政治机器运转得如此高效、如此整齐划一,这或许还是第一次。

去年的这个时候,曾经写《焚书辨》声讨李贽的蔡毅中在辛丑科的会试中了进士,被选为翰林院庶吉士。蔡毅中心中恨恨,他的老师耿定向对李贽太多隐忍,现在,他终于有机会了,他要效法孔子诛少正卯,要置李贽于死地而后快。

于是,各种流言蜚语开始在京师流传,其中之一就是李贽公然著书诋毁内阁首辅沈一贯。沈一贯闻知此事,大光其火,却苦于找不到李贽的把柄。他思虑再三,决定以"辨异端以正文体"为名,发动一场清除以李贽为代表的思想异端的政治运动,先从李贽下手,再逮捕高僧达观,进而驱逐利玛窦等西方传教士。

如果你认为,迫害李贽的都是宵小之徒,那你就错了。

在这个向李贽投出匕首和刀剑的队伍中,不仅有观风派,有保守派,有激进派,而且有担当社会进步的贤达先驱、治世能臣。

张问达，东林党中享有盛名的君子之一。《明史》记载，张问达，与东林领袖顾宪成乃同乡。万历十一年（1583）中进士，历官知县、刑科给事中、工科给事中、吏科给事中、右佥都御史巡抚湖广、吏部尚书等职。当万历皇帝派矿监税史对商民进行掠夺时，张问达上疏"陈矿税之害"，为民请命。万历三十年十月，他又乘天上出现星变之机，再次上疏请"尽罢矿税"。巡抚湖广时，正值万历皇帝大兴土木建造宫殿，要湖广出资420万两皇木银两费，张问达又"多方结局，民免重困久之"。

闰二月乙卯（廿二日）这天，张问达呈送的这份奏疏便摆在了神宗的案头——

> 李贽壮岁为官，晚年削发，近又刻《藏书》《焚书》《卓吾大德》等书。流行海内，惑乱人心。以吕不韦、李园为智谋，以李斯为才力，以冯道为吏隐，以卓文君为善择佳偶，以司马光论桑弘羊欺武帝为可笑，以秦始皇为千古一帝，以孔子之是非为不足据。狂诞悖戾，未易枚举大都刺谬不经不可不毁者也。
>
> 尤可恨者，寄居麻城，肆行不简，与无良辈游于庵拉妓女白昼同浴，勾引士人妻女入庵讲法，至有携衾枕而宿庵观者，一境如狂。又作《观音问》一书，所谓观音者，皆士人妻女也。而后生小子，喜其猖狂放肆，相率煽惑，至于明劫人财，强搂人妇，同于禽兽而不足恤。迩来缙绅大夫，亦有捧咒念佛，奉僧膜拜，手持数珠，

以为律戒，室悬妙像，以为皈依，不知遵孔子家法，而溺意于禅教沙门者，往往出矣。

康丕扬，以贤能著称，先后任宝坻县知县、密云县知县、山西道监察御史监管河东盐政、辽阳巡按兼学政，后署理两淮盐课。他中进士后，先于万历二十二年（1594）任宝坻县（现宝坻区）知县，后调密云县（现密云区）知县。他在宝坻、密云六年间，清理垦田，裁撤县内不必要的建设项目，施行清丈土地安置回乡灾民，平反冤假错案，重修白檀书院。万历二十七年（1599），康丕扬在赴京等待重新安排职务期间，根据密云的战略地位与地形，写出《千秋镜源》六十卷，为山海关一带的治乱和战备，提出诸多颇有建树的见解。

万历三十年三月乙丑（初三日），山西道监察御史康丕扬向神宗递上了参劾李贽及僧人达观的奏疏——

僧达观狡黠善辩，工于笔术，动作大气魄以动士大夫。……数年以来遍历吴、越，究其主念，总在京师。……深山尽可习静，安用都门？而必恋恋长安，与缙绅日为伍者何耶？昨逮问李贽，往在留都，曾与此奴并时倡议。而今一经被逮，一在漏网，恐亦无以服贽心者，望并置于法，追赃遣解，严谕厂卫五城查明党众，尽行驱逐不报。

如此密集的箭矢让李贽无处躲藏。神宗见张问达、康丕扬等人奏疏，批复道——

> 李贽敢倡乱道，惑世诬民，便令厂卫五城严拿治罪。其书籍以刊未刊者，令所在官司尽搜烧毁，不许存留。如有党徒曲庇私藏，该科及各有司访参奏来，并治罪。

李贽旋即被捕入狱。他已经做好了准备，可是他还是没有料到，他将在狱中度过人生的至暗时刻。袁中道在《李温陵传》中记录了李贽被捕时的情况——

> 至是逮者至邸舍，匆匆公以问马公。马公曰："卫士至。"公力疾起，行数步，大声曰："是为我也。为我取门片来！"遂卧其上，疾呼曰："速行！我罪人也，不宜留。"马公愿从。公曰："逐臣不入城，制也。且君有老父在。"马公曰："朝廷以先生为妖人，我藏妖人者也。死则俱死耳。终不令先生往而己独留。"马公卒同行。至通州城外，都门之牍尼马公行者纷至，其仆数十人，奉其父命，泣留之。马公不听，竟与公偕。明日，大金吾置讯，侍者掖而入，卧于阶上。金吾曰："若何以妄著书？"公曰："罪人著书甚多，具在，于圣教有益无损。"大金吾笑其崛强，狱竟无所置词，大略止回籍耳。

落难狱中一个月，李贽陆续写下《系中八绝》，不妨看看他在这八首诗背后的情感历程。第一首题为《老病始苏》：

"名山大壑登临遍，独此垣中未入门。病间始知身在系，几回白日几黄昏。"遍历名山大川，却独独未曾独进入过监狱的大门。刚刚入狱的李贽，将坐牢也视为人生的体验，这是何等的超然！然而，随着时间的流逝，李贽在狱中愈来愈绝望，他用《不是好汉》为第八首题名："志士不忘在沟壑，勇士不忘丧其元。我今不死更何待，愿早一命归黄泉。"

从第一首的超拔淡薄，到第八首的唯求速死，难以想象中间经历了怎样的情感变迁。时间，像一把钝刀，一下又一下，割着他的感觉，也割着他的灵魂。走笔至此，李贽已经明白，寄希望于皇恩浩荡，那无异于白日做梦。他下定决心——

以身殉道，唯求速死。

李贽的学说使他处于万历年间中国社会时代矛盾的焦点上，这就是——继续维护传统的泛道德主义、用"死的"来拖住"活的"？还是冲破传统的泛道德主义、用"新的"突破"旧的"、替朝气蓬勃地创造自己的新生活的人们打开一条新路？

破旧不堪的青布直身宽大长衣，早已看不出原来的颜色，边角磨圆了的黑色纱罗四角方巾，折叠得整整齐齐，码放在一边。原以为对人生还有所留恋，可是，这些天写完这部《九正易因》最后一个字，李贽明白了，"未甘即死"是因为这部著作还未完成。周文王的《易经》、孔子的《易传》，被后人穿凿附会道不成文理，如此这般，何谈修身齐家治国平天下？现在，书稿终于完成，他此生了无遗憾。

可是，《九正易因》撰成，李贽的病却更重了。他写过一篇谈论生死的短文,题目叫《五死篇》,列举了人的五种死法:"人有五死,惟是程婴、公孙杵臼之死,纪信、栾布之死,聂政之死,屈平之死,乃为天下第一等好死。"为义而死,死得壮烈。谈到自己的死,他写道:"第余老矣,欲如以前五者,又不可得矣。……英雄汉子,无所泄怒,既无知己可死,吾将死于不知己者以泄怒也。"李贽对即将到来的死亡早有预感,"春来多病,急欲辞世",二月初五,他提笔写下遗言——

倘一旦死,急择城外高阜,向南开作一坑:长一丈,阔五尺,深至六尺即止。既如是深,如是阔,如是长矣,然复就中复掘二尺五寸深土,长不过六尺有半,阔不过二尺五寸,以安予魄。既掘深了二尺五寸,则用芦席五张填平其下,而安我其上,此岂有一毫不清净者哉!我心安焉,即为乐土,勿太俗气,摇动人言,急于好看,以伤我之本心也。虽马诚实老能为厚终之具,然终不如安余心之为愈矣。此是余第一要紧言语。我气已散,即当穿此安魄之坑。

未入坑时,且阁我魄于板上,用余在身衣服即止,不可换新衣等,使我体魄不安。但面上加一掩面,头照旧安枕,而加一白布中单总盖上下,用裹脚布廿字交缠其上。以得力四人平平扶出,待五更初开门时寂寂抬出,到于圹所,即可妆置芦席之上,而板复抬回以还主人矣。既安了体魄,上加二三十根椽子横阁其上。阁了,仍用芦席五张铺于椽子之上，即起放下原土，筑实使平，更加浮土，使可望而知其为卓吾子之魄也。周围栽以树木，墓前立一石碑，题曰："李卓吾先生之墓"。字四尺大，可托焦漪园书之，想彼亦必无吝。

遗言如此冷静，仿佛不是在谈论自己，而是谈论旁人的日常琐事，却读来让人五内俱焚。李贽担心自己的死给大家平添烦恼，在遗言中特地叮嘱，用五张芦席安顿我的魂魄就可以了，不要用板材，不要用棺木，落葬的时候穿着平时的旧衣服即可，不需要更换新衣。甚至，他还不忘提醒朋友，一定记得将抬尸骨的木板还给主人。他了无挂碍，不希望朋友们因为他的离去而痛苦，更不希望自己的离开给朋友们留下任何烦扰，"我心安焉，即为乐土"。

遗言行至后半部，李贽愈加冷静、清醒："我生时不著亲人相随，没后亦不待亲人看守，此理易明。"他希望干干净净，了此一生，生生死死都无牵挂。在遗言的结尾，李贽又反复叮嘱："幸勿移易我一字一句！……幸听之！幸听之！"

呜呼！卓吾远矣！

一生犹在，乱山深处，寂寞溪桥岸。

（二）回头十万里，举目九重城

原来，万历三十年对李贽的迫害，只是万历二十八年

（1600）那场迫害的继续。

今天，我们站在五百年历史的这端，发现李贽回湖北麻城，无疑是一个重大失策。但是身处彼岸，他怎会料想，一时间，上下左右前后的势力竟然合谋对他动手？他年老多病，赶回麻城，原本只想找个偏远僻静的地方聊度余年。

这样看来，或许这不是李贽的失策，而是他在劫难逃。

这一年，李贽寓居南京永庆寺，此间，他还编辑了《阳明先生道学钞》八卷、《阳明先生年谱》二卷。对于这件工作，他至为得意，骄傲地写道："我于《阳明先生年谱》，至妙至妙，不可形容，恨远隔，不得尔与方师(方时化)同一绝倒。"

好朋友都力劝李贽不要回麻城。远在北京的袁宏道致信南京好友，请他们一定留住李贽，不要离开南京："弟谓卓老南中既相宜，不必撦掇去湖上也。亭州（麻城）人虽多，有相知如弱侯老师者乎？山水有如栖霞、牛首者乎？房舍有如天界、报恩者乎？一郡巾簪是不相容，老年人岂能堪此？愿公为此老长计，幸勿造次。"

在南京的那几个月，或许是李贽风烛残年里最欢喜的时光。这期间，六十八卷本《藏书》付刻，他还见到了诸多新老朋友：杨起元、焦竑、马经纶、潘士藻、梅国桢、汤显祖、佘永宁、吴世征、李登、李朱山、吴远庵、徐及、无念、程浑之、方沆、曹鲁川、杨定山、袁文炜……这是一份长长的名单，李贽与朋友往来应和，切磋琢磨。二十一年前，他曾寓居南京，那时，他还鲜为人知，而此时，他已是名震四方的大学者。

未几,河漕总督刘东星以漕务的身份巡河到南京,将李贽接到山东济宁,寓居济宁漕署。在这里,李贽受到刘星东的礼遇,却也受到更多人的攻击。著名闽派诗人、博物学家谢肇淛大肆挞伐:"近时闽李贽,先仕宦至太守,而后削发为僧,又不居山寺,而遨游四方,以干权贵,人多畏其口而善待之。拥传出入,髡首坐肩舆,张黄盖,前后呵殿。余时在山东,李方客司空刘东星之门,意气张甚,郡县大夫莫敢与均茵伏。"他毫不吝惜笔墨,以表达对李贽的极度反感,"余甚恶之,不与通。"

这一次,向李贽频频出击的又是正人君子。万历四十年(1612)——李贽逝后十年,天大旱,谢肇淛上疏神宗为民请命。他痛陈宦官搜刮民众的行为,指责国家诸多浪费的弊端,语气恳切。神宗虽然感其诚,传旨嘉奖,但是最终还没有采纳他的谏言。天启元年(1621)谢肇淛任广西右布政使,他痛恨吏治腐败至极,屡屡力挽时弊。他设法抑制土司的权力,增兵边境,以抵御安南侵扰,整顿盐政,发展经济。

这个谢肇淛,可谓博学多才,更是爱憎分明。他与李贽一样,同为闽中翘楚,叙年齿,他还年少李贽四十岁。也是这个谢肇淛,却也不顾乡谊与人伦,眼里就容不下一个落拓的书生,频频向李贽发难,频频向李贽投出利刃和各种污言秽语。一个耿直博学的人,不能容忍他的耿直博学的前辈,这到底是因为什么?

正是在这个时候,李贽准备取道潞河回麻城。他知道,麻城人还记恨着他,随时想滋生是非。他出游在外的时候,就叮嘱守院众僧关门闭户，慎而又慎，可是这些年，还是有人不停到龙湖芝佛院寻衅滋事。

李贽是带着病回到麻城的。此次回来，李贽原想安心编书著述，完成选注《法华经》、编辑《言善篇》、继续改正《易因》。自落发至今已有十多年了，朝朝暮暮唯有僧众相伴，他们随他奔波劳碌，驱驰万里，吃了太多的苦，他实在难以忘记他们的友情，李贽想给跟随自己多年的这些朋友和弟子留下点什么。他在《与友人》中写道："俾每夕严寒或月窗风檐之下长歌数首，积久而富，不但心地开明，即令心地不明，胸中有数百篇文字，口头有十万首诗书，亦足以惊世而骇俗，不谬为服侍李老子一二十年也……"

可是，他发现，麻城开始出现"僧尼宣淫"的风言风语，也有人开始称他为"说法教主"。这到底是怎么回事？他写信给焦竑辩解——

> 生未尝说法，亦无说法处；不敢以教人为己任，而况敢以教主自任乎？……关门闭户，著书甚多，不暇接人，亦不暇去教人，今以此四字加我，真惭愧矣！

他曾经一再抨击耿定向及一些以救世自命的大人先生的好为人师，却从不愿以导师自居。也曾经有人要追随他，他觉得其人有骨有志，方才予以启发开导，当然，这都是出于友情，怎么能称为"说法教主"呢？他不接受。

紧接着，又有风声传出，因为李贽诲淫诲盗，官方要将他递解回原籍福建泉州，以免他危害风气教化。李贽无疑也听到了这些风声，在同一封给焦竑的信中，他写道："若其人不宜居于麻城以害麻城，宁可使之居于本乡以害本乡乎？是身在此乡，便忘却彼乡之受害，仁人君子不如是也……"他更不接受。

李贽不接受，可是，这些需要他接受吗？他想讲理，可是，他又跟谁讲理去呢？

焦竑回信中以诗寄情，邀请李贽再往南京相聚："独往真何事，重过会可期。白门遗址在，相为理茅茨。"

然而，还没等李贽思考，又一件大事发生了。这年冬天的一个深夜，龙湖芝佛院燃起了熊熊大火，顷刻间，下院、上院、塔屋……全部被大火吞噬。人们在大火中奔跑、逃命。有人说，这是新上任的湖广按察司金事冯应京放的火。冯应京，他的确是最大的嫌疑人，甫一到任，便扬言要"毁龙湖寺，寘从游者法"。冯应京放火烧了龙湖的芝佛院，砸毁了李贽为百年之后准备的藏骨塔，抓住寺中的小沙弥，要他们交代妖僧李贽现藏何处，又下令麻城县学行查李贽是否藏匿在杨定见等人家中。墙倒众人推，当地的暴民趁机作案，一时间，麻城乱作一团。

此时，李贽还是享受着四品官员待遇的社会名流，为何麻城人敢蔑视王法、向李贽施暴？我们发现，这纷繁复杂的事件背后，还藏着心思缜密的铁腕人物冯应京。

冯应京，安徽人，进士出身，累官至湖广监察御史。冯应京出任湖广按察司金事时，遇税监陈奉是当地一霸，在这里百般搜刮，甚至掘坟毁屋，剖孕妇，溺婴儿。受害者上诉，从者万人，哭声动地。然而此案却一直被纵容包庇。陈奉也试图将黄金放在食物中贿赂冯应京，被其揭露。陈奉恼羞成怒，焚民居，碎民尸，湖广巡抚支可大不敢出声，冯应京却大义凛然，上疏列陈奉十大罪。此案最后以冯应京被捕入狱结束，令人感叹的是，冯应京于狱中著书，朝夕不倦。他死后，赠太常少卿，谥"恭节"。

冯应京，一个眼里容不得沙子的好官，那些在他治下企图发横财的土豪恶棍，听闻他的名字，纷纷逃窜。"绳贪墨，催奸豪"，一时间，冯应京"风采大著"。

又一个正人君子、治世能臣！这些被封建体制裹挟，又推动着体制巨轮的正人君子、治世能臣，一次又一次冲出帷帐，向试图挑战体制的李贽射出暗箭，充当了剿杀叛逆者的凶手。

李贽在哪里？

更多的朋友们冲出来，试图替他挡住时代的暗箭。在火灾之前，麻城城关及四乡已经有人张贴《驱李贽文》，扬言为麻城人除害。一年前，北通州前御史马经纶在京郊结识了李贽，担心他的安危，致信湖广当局："卓吾今何在？弟盖奉之寓商城黄蘖山中耳。"他得知李贽在麻城的遭遇，立即南下冒雪入楚，想要迎接李贽到通州。

倔强的李贽岂肯服输远去？他来到离麻城不远的商城，在无念和尚所在的黄蘖山法眼寺暂避一时，随时准备回湖广讨回公道。正是在商城，李贽写下了反对盲从、提倡独立思考的《圣教小引》，重申他对于孔子的态度，"果有定见，则参前倚衡，皆见夫子；忠信笃敬，行乎蛮貊决矣，而又何患于楚乎？"也就是，无论处在什么场合都可以见到孔子，不论是南北边远地区还是楚地，都可以通行忠实信用、诚恳恭敬。

然而，这一年十二月，武昌爆发了历史上少见的城市民变，李贽的生命历程就此改变。

万历二十九年（1601）春，李贽依依惜别了相交二十多年的无念和尚，在心中默默辞别所有与他相濡以沫、相知相敬的"此间相识人"，离开湖广，北上通州。

一路跟随李贽的有不少老朋友。马经纶、新安汪本钶、麻城杨定见，以及僧众十余人。杨定见家中还有堂上老母、枕边妻子，曾因窝藏李贽受到县学的追查，李贽不想再连累他和他的家人，执意请他返回麻城。杨定见依依不舍，执手相望泪眼。沿途不时有久慕李贽之名的学人士子拜会、加入。李贽感慨——

岁晚登黄山，言此是蓬瀛。
我为何病来，君胡自商城？
惭非白莲社，误作苦寒行。
赠我七言古，写君雪里青。
古木倚孤竹，相将结岁盟。

麻城，是李贽前世注定的心灵故乡，也是他此生归不得的地方。这次惜别，李贽有多少哀恸，多少无奈，已经无从得知了。可是，他一定知道，这一辈子，他不会再有机会回到这里了。像他这般志存高远的人，从来都是四海为家的吧！

（三）古来聪听者，或别有知音

上一次从麻城龙湖踏上北往山西的道路，还是万历二十四年（1596）的秋天。入楚十六年以来，这是李贽第一次离开湖广。

毕竟是七十高龄的人了，每一次启程长途跋涉，李贽都深感悲凉，老来病多，形销骨立，留给他的时间不多了，他的诗里充满了"三秋度沁水，九月到西天"的彻骨之寒。这年秋天，他在《秋怀》中吟咏——

> 白尽余生发，单存不老心。
> 栖栖非学楚，切切为交深。
> 远梦悲风送，秋怀落木吟。
> 古来聪听者，或别有知音。

三年前——万历二十一年（1593）春，李贽从武昌回到麻城。

正是在麻城的龙湖芝佛院，李贽好友、浙江道监察御史梅国桢的三女梅澹然落发为尼。梅澹然称李贽为"卓吾师"，李贽也尊称其为"澹然师"。梅澹然可谓李贽的红颜知己，他在不久前回复她的信中谈及自己治学的志向和感受，不愿意再钻故纸堆。又说，自己年老体衰，病苦渐多，希望早日回到麻城，麻城是他的第二故乡，哪怕他死也要死在麻城。如今，他在武昌完成了《藏书》的修订，终于回来了。

梅国桢为澹然落发事，特地从北京赶回麻城。李贽亦自觉去日无多，开始思考身后事。他请梅国桢为自己的藏骨塔作记，梅国桢欣然命笔，作《书卓吾和尚塔》。梅国桢在文中说："卓吾之爱其身可谓至矣。余窃怪世人之爱其身者，必享富厚之乐，有妻子之奉，以快意生前，而后为生后计。卓吾捐家屋，守枯寂，厌甘毳，就恶□（原文缺字），且精洁其藏，而又不比于牛眠马鬣之习尚也。卓吾可以寻常比拟乎？余亦不知所为书矣。"

就在世人皆"快意生前，而后为生后计"之时，李贽却坚持"捐家屋，守枯寂，厌甘毳，就恶□"，这是怎样一个苦行僧，怎样一个逆行者！

可是，也正是这样的坚忍执着，李贽又成为某些人的眼中钉，麻城掀起了一轮又一轮迫害李贽的风暴。这些人，这些事，李贽都看在眼里，"改岁以来，老病日侵"，他豫立戒约，以使侍者日后有所遵循。李贽的《豫约》共有六条，前五条是戒律式的约言，后一条是自述生平。其中《感慨平生》一文，是后世研究李贽的重要文献。在这部分，他申诉为官的艰难处境，"来而迎，去而送；出分金，摆酒席；出轴金，贺寿旦。一毫不谨，失其欢心"；总结"缘我平生不爱属人管"的桀骜性格，是以"宁飘流四外，不归家也"——

> 虽然，余之多事亦已极矣。余惟以不受管束之故，受尽磨难，一生坎坷，将大地为墨，难尽写也。

朱熹、苏轼、苏辙、邵雍、司马迁这些大儒的命运给了李贽巨大的鼓励，"晦庵婺源人，而终身延平；苏子瞻兄弟俱眉州人，而一葬郏县，一葬颍州。不特是也，邵康节范阳人也，司马君实陕西夏县（夏阳，今陕西韩城南）人也，而皆终身流寓洛阳，与白乐天本太原人而流寓居洛一矣。""盖世未有不是大贤高品而能流寓者"，这个世界上就没有品行不清净高洁而流落他乡的贤者，此时，李贽回望自己的一生，悲喜交集——那些磨难曲折，那些崎岖坎坷，纵使以大地为墨，又怎能书写得明白？他叹息说："我愿尔等勿哀，又愿尔等心哀，心哀是真哀也。真哀自难止，人安能止？"

《藏书》的写作、修订是个巨大的工程，李贽好像放下了背在身上的巨石，松了一大口气。他在给焦竑的信中写道——

> 今不敢谓此书诸传皆为妥当，但以其是非堪为当前人出气而已。

《藏书》不藏。《藏书》未经刊印，便在师友间广为传抄阅读，万历二十八年在南京公开刊印，更如巨石投水，波浪滔天，一时"金陵盛行"，洛阳纸贵，"海内又以快意而歌呼读之"(陈仁锡《无梦园集》)。尽管李贽自言:"藏书者何,言此书但可自怡,不可示人,故名曰藏书也。"可是,天真的李贽不知道,这又怎么可能?

得知李贽回到麻城,"公安三袁"袁氏三兄弟宗道、宏道、中道开心不已,他们立即邀请朋友王以明、龚散木一行五人自荆州泛舟而下,前往龙湖拜访李贽。

这一天,正值端午,皓月当空,李贽与袁氏三兄弟、王以明、龚散木六人在堂上饮酒赏。李贽兴致大发,道:"今日饮酒无以为乐,请诸君各言生平像何人。"

袁宗道在三兄弟中最长,他沉默了一会儿,说:"我最爱苏东坡,但我又不像他,我看自己还是最像白居易吧!"

王以明接着袁宗道说:"庄周。"明朝开国二百余年,崇尚儒家之道,老庄之学一度荒凉。李贽曾著《庄子解》,他对庄子"以真为贵"的精神气质大为赞赏。可是,庄子所贵之真,是万物的本相和人的自然本性,而王以明与庄子之间仍差距甚远。李贽坦率地说:"庄子太高了,你且说个近似的。如果说是庄子的话,恐怕你还不知道他的学说的着落处。"

李贽又问袁宏道。袁宏道说:"我最喜欢竹林七贤中的嵇康。"李贽想了想说:"似乎也不大像。"

于是李贽便问袁氏三兄弟中最小的袁中道,中道大笑回答说:"我从来只爱齐人,家有一妻一妾,又终日觅得有酒肉。"对这玩世不恭的回答,李贽并不以为忤逆。他评点道:"你却有廉耻,不会说像古书中说的那个齐国人,白日在外乞讨，晚上回家哄妻妾说是整日与达官贵人在一起喝酒吃肉。我看，你最是谨慎周密。你的疯癫放浪，都是装出来的，诸位不要信他。"大家都大笑，开怀不已。

李贽再问龚散木，散木说："我最爱李太白。"

少顷，李贽半是顽皮半是认真地说："诸位来评一评我，如何？"袁宗道说："李耳。"李贽连连否认："我怎么能跟老子相比呢？"袁中道说："你就是盗跖。"李贽闻之大笑："盗跖也不容易啊！昔日在黄安时，亦有友人对我说，你就是林道乾，是泉州的大海盗，横行各郡县，无人敢惹。你们了解林道乾吗？他亦有趣。有一次他回到家中，被官兵团团围住，他照样与众人高饮不顾。到了天亮，官兵打杀进去，却不见了他的踪影。你们看，他戏耍朝廷命官如同小儿，亦算胆大包天了！"

袁宏道则说，李贽还是像东汉时的太学生领袖李膺。

接着，李贽请众人互评，又为这次"龙湖雅会"做了总结："袁宗道气量像黄书度，学识似管宁；袁宏道像刘禹锡和柳宗元，他二人相扶相持，柳宗元被放逐到柳州，刘禹锡则被放逐到更僻远的播州，柳宗元要求以柳州换播州，可见其患难真情；袁中道像袁彦通，一掷百万，倚马万言。"李贽又说，"凡我辈人——这一点情，古今高人个个有之；若无此一点情，便是禽兽。"

李贽也不客气地品评自己："我骨气也像李膺，然李膺事，我却有极不肯做的。"东汉李膺以天下名教之是非为己任，被视为传统的伦理至上主义者。李贽认为李膺虽有骨气，但是自己绝对不会像李贽那样维护名教。袁中道闻之,说:"古人有者,我不必有;我所有者,古人未必有。大约风神气骨,略有相肖处耳。"李贽很欣慰,高兴地回答:"善。"

五月十五的龙湖,夜凉如水,月映四野。众人谈兴甚浓,话语遂长。不觉时光流逝,已是夜半时分,寒意入骨生凉,六人方才散去。

这场前无古人后无来者的"龙湖雅会",被袁中道记录在《柞林纪潭》中,今人得以一窥究竟。正是缘于这次"龙湖雅会",让李贽对"公安三袁"有了足够的了解和认知:袁宗道沉稳忠实,袁宏道、袁中道二人英武奇特,不愧为天下名士。但是若论魄力,袁宏道迥绝于世,是真英灵男儿也!也正缘于这次"龙湖雅会",李贽发现,袁宏道有能力从哲理的高度把握自己的学识精髓,可以交付重任。

在李贽离经叛道思想的启迪下,袁宏道视野大开,"始知一向掇拾陈言,株守俗见,死于古人语下,一段精光不得披露"。从此,他决心改变诗文创作之风,"能为心师,不师于心;能转古人,不为古转。发为语言,一一从胸襟流出"。他受李贽"童心说"影响,在《叙小修诗》一文中提出公安派的文学主张"性灵说",在文风凋敝的晚明,举起了文学革新运动的旗帜,自此卓然独立。

这一天,李贽终于准备离开他无比眷恋,又无比伤心的麻城了。金秋九月,金桂飘香,李贽抵达山西沁水。也就是在这里,李贽在回复朋友的回答时第一次提到了自己的结局——"荣死诏狱"。"吾当蒙利益于不知我者,得荣死诏狱,可以成就此生。"言罢,拊掌大笑,"那时名满天下,快活快活!"

谁料想,此言一语成谶。

在山西,李贽真正感到茫然无归的痛苦,可是,他决意无怨无悔。此间,他听闻焦竑被贬为行人,继而被谪为福建福宁州同知,写信劝慰——

世间戏场耳,戏文演得好和歹,一时总散。何必太认真乎。……余又见觇笔亦有甚说得好者:"乐中有忧,忧中有乐。"夫当乐时,众人方以为乐,而至人独以为忧;正当忧时,众人皆以为忧,而至人乃以为乐。此非反人情之常也,盖祸福常相倚伏,惟至人真见倚伏之机,故宁处忧而不肯处乐。人见以为愚,而不知至人得此微权,是以终身常乐而不忧耳,所谓落便宜处得便宜是也。

人生如戏,聚散有时。

李贽天生异禀,冰雪聪明,他明明看懂了这些,掏心掏肺地劝导焦竑,在信的结尾还贴心地问:"兄以为然否?"可是,他却在自己的戏场里入戏太深,愁肠百结,以致付出生命的代价。

刊刻《藏书》时,李贽在《藏书·世纪列传总目前论》中,反复强调写作动机——人人都有不同的是非标准,"人之是非,初无定质。人之是非人也,亦无定论。无定论,则此是彼非,并育而不相害。无定论,则是此非彼,亦并行而不相悖矣。"在书中，他提出疑问："后三代，汉唐宋是也，中间千百余年而独无是非者，岂其代无是非哉？"并做出结论："咸以孔子之是非为是非，故未尝有是非耳。"

历史就像一盘大棋，风云变幻，高手云集，千百年来，这些高手将孔子学说打造为封建道德理论的基石。可是，李贽偏偏不以孔子之是非为是非。不仅不以孔子之是非为是非，还按照自己的理解和判断，对千百年来的人物重新做了评估和分类——从来都认为是"草寇"的陈胜、项羽、公孙述、窦建德、李密，李贽将他们堂而皇之地列入了《世纪》里，与唐太宗、汉武帝等并列。他将评语也重新做了修正：称誉陈胜"古所未有"、项羽"自是千古英雄"；秦始皇"自是千古一帝"，然焚书坑儒，终致覆灭；而汉惠帝呢？仅作附录，因为"无可纪"。他还在《大臣传》中《容人大臣传》末评论："后儒不识好恶之理，一旦操人之国，务择君子而去小人，以为得好恶之正也。夫天有阴阳，地有柔刚，人有君子，小人何可无也。君子固有才矣，小人独无才乎？君子固乐于向用矣，彼小人者独肯甘心老死于黄馘乎？是皆不可以无所而使之有不平之恨也。"将人作为他出发点，只有人的现实才是真正的现实。这就是李贽的学术之道。

他自信《藏书》定是"万世治平之书，经筵当以进读，科场当以选士"，而他，会在这本书中获得永生。自春秋战国时期百家争鸣时代结束，西汉"罢黜百家，独尊儒术"，此后千百年来封建伦理秩序井然，中国思想文化定于儒教，李贽偏要捅破这严严密密的天空，大喊一声："执一便是害道！"

这还了得？怎容他如此大逆不道！

（四）寂寞从人谩，疏狂一老身

"天下嗜卓吾者，祸卓吾者也。"

《藏书》刊刻之后，秉性耿直、富贵显赫的翰林院编修陈仁锡在他的《无梦园集》中这样写道。

若干年后，恰是这个陈仁锡，协助崇祯皇帝朱由检除掉了魏忠贤，惩治了阉党。明王朝建国历二百七十余年，也许，这样的人和事，都是最后的光辉了。

翰林院编修之后，陈仁锡以右春坊右中允出任武举会试主考官，升为国子监司业，再直经筵讲官，以预修神宗、光宗二朝实录，升右谕德，直至黯然退场。

回到这部书，陈仁锡在其中记录了很多亲身经历的有趣事情，涉猎颇广，所记颇详，包括契丹国情、边防地理，屯田茶海，卷端有他手绘的《山海关内外边图》。此部书还被列入了清朝的《禁书总目》《违碍书目》。也是在这部书中，他如此评价李贽和身边的林林总总。离经叛道、肆无忌惮的《藏书》在知识文化界越是受到欢迎，就越是引起卫道者的恐慌。

聪明如李贽者，怎会不知道"嗜卓吾者"与"祸卓吾者"都是何许人也？

越来越多的人走进了他的朋友圈，相知的心灵不需要手臂就可以相拥。可也有越来越多的人加入了猎杀他的队伍，他们虎视眈眈，气势汹汹，枕戈待旦，等待着李贽走进他们精心织就的天罗地网。对那些磊落君子譬如耿定理的哥哥耿定向者，李贽不惜用一辈子时间与他论战。可是，对于那些鸡鸣狗盗的宵小之徒，李贽直接抛出白眼，把不屑写在脸上，最大的蔑视就是连眼珠都不错一错。

自万历十八年（1590）始，整整八年时间，他一直在四处避难，自麻城到武昌，从武昌到汉阳，由汉阳到武昌，又自武汉赴麻城，从麻城至沁水，由沁水到大同。

其实，早在万历十六年（1588），李贽便住进了龙湖芝佛院。这次搬家，他希望躲开那些让他烦恼的人。

龙湖，这端的是个好地方！李贽开心极了，他兴冲冲地在《初居湖上》一诗中写道："迁居为买邻"。

四年后——万历二十年（1592），公安三袁同访龙湖。在《龙湖》中，袁宗道对这里怡情养性的风物大加赞赏："万山瀑流，雷奔而下，与溪中石骨相触，水力不胜石，激而为潭。潭深十余丈，望之深青，如有龙眠，而土之附石者，因而夤缘得存。突兀一拳，中央峙立，青树红阁，隐见其上，亦奇观也。"他发现自己被美景所惑，忘记来意，自嘲道："余本问法而来，初非有意山水，且谓麻城僻邑，当与屠陵、石首伯仲，不意其泉石幽奇至此也。"

龙湖，距麻城三十里，依山傍水，风光旖旎。此时，李贽已逾耳顺之年，在芝佛寺这个简朴的寺院，他找到了家的感觉。李贽将芝佛院右边的"聚佛楼"做起居的精舍，在"寒碧楼"侧辟一洞为藏书所，"闭门下键，日以读书为事"，准备在这里安居乐业、了此残生了。

李贽不仅把芝佛院当作了家，还像煞有介事地做起了主人。袁中道评价这个爱干净、有洁癖、性耿直，志合则不以山海为远、道不同则不相为谋的老头儿说："性爱扫地，数人缚帚不给。衿裙浣洗，极其鲜洁，拭面拂身，有同水淫。不喜俗客，客不获辞而至，但一交手，即令之远坐，嫌其臭秽。其忻赏者，镇日言笑，意所不契。寂无一语。滑稽排遣，冲口而发，既能解颐，亦可刺骨。"

这是怎样一个视书如命，为书而生亦为书而死的人？他读书如痴，他能为之哭，也能为之笑。他的朋友周友山记录了他读书的趣事：手捧书卷，常常读着读着就感动不已，"感激流涕"。

李贽将自己的读书观写成了一篇《读书乐》——

天生龙湖，以待卓吾。天生卓吾，乃在龙湖。
龙湖卓吾，其乐何如。四时读书，不知其余。
读书伊何，会我者多。一与心会，自笑自歌。
歌吟不已，继以呼呵。恸哭呼呵，涕泗滂沱。
歌匪无因，书中有人。我观其人，实获我心。
哭匪无因，空潭无人。未见其人，实劳我心。
弃置莫读，束之高屋。怡性养神，辍歌送哭。
何必读书，然后为乐。乍闻此言，若悯不谷。
束书不观，吾何以欢。怡性养神，正在此间。

> 世界何窄，方册何宽。千圣万贤，与公何冤。
> 有身无家，有首无发。死者是身，朽者是骨。
> 此独不朽，愿与偕殁。倚啸丛中，声震林鹊。
> 歌哭相从，其乐无穷，寸阴可惜，曷敢从容！

尽管书中没有黄金屋，也没有颜如玉，却有歌哭相从，李贽乐在其中，其乐无穷。

麻城，李贽把生命中思维最活跃、生命最旺盛的岁月交付给了这里，《说书》《焚书》《藏书》的个别单篇文章相继在麻城刻行。他在《自刻〈说书〉序》说："以此书有关于圣学，有关于治平之大道……倘有大贤君子欲讲修、齐、治、平之学者，则余之《说书》，其可一日不呈于目乎？"他在《焚书自序》写道——

> 独《说书》四十四篇，真为可喜，发圣言之精蕴，阐日用之平常，可使读者一过目便知入圣之无难，出世之非假也。信如传注，则是欲入而闭之门，非以诱人，实以绝人矣，乌乎可！其为说，原于刊朋友作时文，故《说书》亦佑时文，然不佑者故多也。

为何取名《藏书》《焚书》呢？李贽说——

> 自有书四种：一曰《藏书》，上下数千年是非，未易肉眼视也，故欲藏之，言当藏于山中以待后世子云也。

一曰《焚书》，则答知己书问，所言颇切近世学者膏肓，既中其痼疾，则必欲杀我矣，故欲焚之，言当焚而弃之，不可留也。《焚书》之后又有别录，名为《老苦》，虽同是《焚书》，而另为卷目，则欲焚者焚此矣。

《焚书》收录他万历十八年以前所写的书信、杂著、史论、诗歌等。李贽之所以不顾"逆耳者必杀"的危险，毅然决定在麻城刻行书稿，因为他认定此书是"人人之心"，必将存之长久。而这些，会是将那些宵小之徒照出原形的。

麻城，也将李贽一生中最好的知音留在这里。只要李贽开坛讲学，不管哪座寺庙，不管哪个衙门，不论是庙堂之上还是江湖之远，官员、商贾、僧人、樵夫、农民，甚至连女子也勇敢地推开锈住了的闺门，他们纷纷跑来听李贽讲课，一时间，满城空巷，路无拾遗。

李贽寓居龙湖，可他还惦记着外面的世界。万历二十年，李贽接到朋友陆思山来信，始知二月间发生了震撼朝野的"西事"——宁夏兵变。临近三月，朝廷多次接到倭寇"谋犯天朝"的告急情报，此是李贽所言"东事"。东西夹击，朝廷焦头烂额。李贽虽处江湖之远，却心忧天下。

对于这一东一西的紧急情况，李贽和刘星东的看法并不相同。《续焚书》收录了这篇《西征奏议后语》——

> 刘子明（东星字）宦楚时，时过余。一日见邸报，东西二边并来报警，余谓子明："二俱报警，孰为稍急？"

子明曰:"东事似急。"盖习闻向者倭奴海上横行之毒也。余谓:"东事尚缓,西正急耳。朝廷设以公任西事,当若何?"子明徐徐言曰:"招而抚之是已。"余时嘿然。子明曰:"于子若何?"余即曰:"剿除之。无俾遗种也。"子明时亦嘿然,遂散去。

然而,这一次,李贽或是错了。

西事,也就是宁夏兵变,从二月己酉(十八日)开始,到九月壬申(十六日)才平定。东事,则越演越烈。

16世纪中期,日本除时常寇掠明朝沿海外,还不断地侵扰朝鲜。朝鲜迫不得已,乃派兵将其根据地对马岛肃清。嗣后日本又要求与朝鲜通商,但受到了严格限制。丰臣秀吉在平定各部诸侯,统一日本后,便开始积极整顿内政。丰臣秀吉是一个毫不掩饰野心的人,在给小妾浅野氏的信中说:"在我有生存之年,誓将明之领土纳入我之版图。"

几千年来,朝鲜是中国东边的屏障,丰臣秀吉侵略中国必须先摧毁朝鲜,万历二十年一月,丰臣秀吉正式发布命令出征朝鲜。五月,日军十数万大军挥师越过对马岛,进犯朝鲜,攻陷王京(汉城,今首尔),准备进一步侵略中国。朝鲜国王弃城北奔鸭绿江边义州,遣使向明廷求救。七月,神宗派副总兵祖承训率师援朝。

这场历史上著名的抗日援朝战争,历经七年时间,最后以中朝联军的胜利而告终。

历史何其相似乃尔?三百余年后,这一幕又以另一种方式重演。

宁夏兵变事态日渐严重，朝廷天天在征兵选将，李贽也为此焦虑不已。浙江道监察御史梅国桢上疏，推荐李如松为总兵官，表示自己愿以御史监军。四月十七日，梅国桢获准以建军前往宁夏平叛。李贽听到这个消息，"喜见眉睫"，走告刘东星，对平叛充满信心。

李贽对"西事"格外关注，又愤而写下《二十分识》和《因记往事》，两篇文章，表达对"国事"和"人才"的迫切关心。

有二十分见识，便能成就得十分才，盖有此见识，则虽只有五六分才料，便成十分矣。

有二十分见识，便能使发得十分胆，盖识见既大，虽只有四五分胆，亦成十分去矣。是才与胆皆因识见而后充者也。空有其才而无其胆，则有所怯而不敢；空有其胆而无其才，则不过冥行妄作之人耳。盖才胆实由识而济，故天下唯识为难。有其识，则虽四五分才与胆，皆可建立而成事也。然天下又有因才而生胆者，有因胆而发才者，又未可以一概也。然则识也、才也、胆也，非但学道为然，举凡出世处世，治国治家，以至于平治天下，总不能舍此矣，故曰"智者不惑，仁者不忧，勇者不惧"。智即识，仁即才，勇即胆。蜀之谯周，以识胜者也。姜伯约以胆胜，而无识，故事不成而身死；费祎以才胜而识次之，故事亦未成而身死，此可以观英杰作用之大略矣。三者俱全，学道则有三教大圣人在，经世则有吕尚、管夷吾、张子房在。空山岑寂，长夜无声，偶论及此，亦一快也。怀林在旁，起而问曰："和尚于此三者何缺？"余谓我有五分胆，三分才，二十分识，故处世仅仅得免于祸。若在参禅学道之辈，我有二十分胆，十分才，五分识，不敢比于释迦老子明矣。若出词为经，落笔惊人，我有二十分识，二十分才，二十分胆。呜呼！足矣，我安得不快乐！虽无可语者，而林能以是为问，亦是空谷足音也，安得而不快也！

在《因记往事》中，李贽更加愤慨地写道——

嗟乎！平居无事，只解打恭作揖，终日匡坐，同于泥塑，以为杂念不起，便是真实大圣大贤人矣。其稍学奸诈者，又挽入良知讲席，以阴博高官，一旦有警，则面面相觑，绝无人色，甚至互相推委，以为能明哲。盖因国家专用此等辈，故临时无人可用，又弃置此等辈有才有胆有识之者而不录，又从而弥缝禁锢之，以为必乱天下，则虽欲不作贼，其势自不可尔。

设国家能用之为郡守令尹，又何止足当胜兵三十万人已耶！又设用之为虎臣武将，则阃外之事可得专之，朝廷自然无四顾之忧矣。唯举世颠倒，故使豪杰抱不平之恨，英雄怀罔措之戚，直驱之使为盗也。余方以为痛恨，而大头巾乃以为戏；余方以为惭愧，而大头巾乃以为讥：天下何时太平乎？故因论及才识胆，遂复记忆前十余年之语。吁！必如林道乾，乃可谓有二十分才，二十分胆者也。

李贽在这篇文章中不惜笔墨称赞巨盗林道乾横行海上三十余年至今犹安然无恙，"其才识过人，胆气压乎群类""有二十分才，二十分胆"。他又说："设使以林道乾当郡守二千石之任，则虽海上再出一林道乾，亦决不敢肆，设以李卓老权替海上之林道乾，吾知此为郡守林道乾者，可不数日而即擒杀李卓老，不用损一兵费一矢为也。"

如此狂妄之言，也只有李贽说得出来。

今天，我们已经很难想象李贽在当时的一言一行所引起的震荡，更难以想象他所遭受的来自方方面面的巨大压力。毫无疑问的是，不论是在思想道德、在知识建构，还是在公共舆论上，他都引发大明王朝前所未有的山崩地裂、山呼海啸。

（五）不见舍利佛，复隐知是谁

万历十六年夏，大饥。

六月，苏州、松江（今上海）等府大旱，太湖水涸。

九月，甘肃兵变。

十二月，吏科给事中李沂上疏，极言神宗贪财坏法。神宗震怒说，将李沂廷杖六十，削职为民。

年底，工匠刘汝国领导农民起义，自称"顺天安民王"。

有明一朝，山崩地裂、山呼海啸时时浮现。这一年，格外不太平。

然而，这一年，对李贽来说，却是自得自重、收获满满的一年。他从维摩庵搬到芝佛院，生活变得简单、富足。春夏之间，李贽写成了他的《藏书》初稿，评说数千年历史，"颠倒千万世之是非"。袁中道在《李温陵传》记录道："与僧无念、周友山、丘坦之、杨定见聚，闭门下键，日以读书为事。……所读书皆抄写为善本，东国之秘语，西方之灵文，《离骚》，马、班之篇，陶、谢、柳、杜之诗，下至稗官小说之奇，宋元名人之曲，雪藤丹笔，逐字雠校，肌擘理分，时出新意，其为文不阡不陌，抒其胸中之独见，精光凛凛，不可迫视。诗不多作，大有神境。"

这一年，还有一件事，一件今天看来小得不能再小的事，在当时却引起了轩然大波。

时令已是夏季，万历十六年麻城的夏天格外酷热。抄录完书稿，李贽派人专程送到南京请焦竑审阅并为之作序。完成了这件大事，李贽顿时觉得轻松许多。这个夏天，李贽以"有饭吃而受热，比空腹受热者"总好过些为理由，为暑热辩护，为自己解凉。可是完成了这件大事以后，他发现，毒日愈发当空，溽热愈发难耐。

这一日，李贽只觉得热得头皮发痒，浑身难受。汗臭蒸腾，头屑飞扬，这让李贽难以忍受。搔而复痒，痒而复搔，不胜其烦，李贽自觉秽不可当。他是个有洁癖的人，此情此景，更是难受。放眼望去，侍候他的无念和尚弟子在剃头，不禁眼睛一亮。李贽叫来侍者，命其为自己落发。

侍者手艺不凡，转瞬之间，李贽就剃了个干净利落的光头，自是凉快了许多，也痛快了许多。

李贽在《与曾继泉》中谈到落发的原因——

> 其所以落发者，则因家中闲杂人等时时望我归去，又时时不远千里来迫我，以俗事强我，故我剃发以示不归，俗事亦决然不肯与理也。又此间无见识人多以异端目我，故我遂为异端以成彼竖子之名。兼此数者，陡然去发，非其心也。

李贽在给焦竑的复信中，也谈到了毅然落发的原因，那就是"今世俗子与一切假道学，共以异端目我，我谓不如遂为异端，免彼等以虚名加我，何如？"简单说来，就是——既然你们把我看作异端，我就索性做出异端的样子让你们看看！

落发之后，李贽反复总结自己落发原因，可见这在当时的的确确是一件天大等事。他说，自己落发的另一个原因是不愿受地方官的管束，他在《感慨平生》中写道，落发实在是不得已的事情——

> 缘我平生不爱属人管。夫人生出世，此身便属人管了。幼时不必言；从训蒙师时又不必言；既长而入学，即属师父与提学宗师管矣；入官，即为官管矣。弃官回家，

即属本府本县公祖父母管矣。来而迎，去而送；出分金，摆酒席；出轴金，贺寿旦。一毫不谨，失其欢心，则祸患立至，其为管束至入木埋下土未已也，管束得更苦矣。我是以宁飘流四外，不归家也。其访友朋求知己之心虽切，然已亮天下无有知我者；只以不愿属人管一节，既弃官，又不肯回家，乃其本心实意。

李贽描述了一幅人们无不生活在枷锁之中的近乎恐怖的画面，而这些，恰恰这些又正是儒家仁义道德的基本内容，李贽断然落发，是他的"本心实意"，他虽然落发，却并未受戒，照样可以吃肉喝酒，照样可以用"本心实意"说些似乎是疯疯癫癫的真话。所以，他在这篇文章的结尾写道："故兼书四字，而后作客之意与不属管束之情畅然明白，然终不如落发出家之为愈。盖落发则虽麻城本地之人亦自不受父母管束，况别省之人哉！"

李贽落发的事情惊动了好朋友。袁中道在李贽落发的第二年见到了他，为他的形象大吃一惊，他认真记录下这件事道："岁己丑（万历十七年，1589），余初见老子（李贽）于龙湖。时麻城二三友人俱在，老子秃头带须而出，一举手便就席。……余曰：'如先生者，发去须在，犹是剥落不尽。'老子曰：'吾宁有意剥落乎？去夏头热，吾手搔白发，秽不可当，偶见侍者方剥落，使试除之，除而快焉，遂以为常。'爰以手拂须，曰：'此物不碍，故得存耳。'众皆大笑而别。"任情适性，率意而为，这就是李贽。

李贽落发的事情不仅惊动了好友，还惊动了那些暗地里张开罗网伺机而动的人，从堂堂四品知府变成闹市中的一个狂禅，这简直是丑闻，简直是骇人听闻！

李贽又一次为旧势力所不容。数千年来，中国男人以长发盘于头顶。那个时候，长发有着特殊的象征意义，特别是男人，甚至把头发看得比生命还重要，头可断，发不可断。

知县邓鼎石亲自登门恳请李贽留发，他是如此情真意切，以致"泣涕甚哀"，他是一县之长，是父母官，有责任维护本地"风化"。为了说服李贽，邓鼎石甚至抬出他的老母亲，说此行是"奉母命"劝"李老伯"蓄发："你若说我乍闻此事，整整一天不吃饭，饭来也吞咽不下，李老伯必定会留发的。你若能劝得李老伯蓄发，我便说你是个真孝子，是个第一好官。"

可是，李贽不为所动。

他落发的原因是复杂的，面对他落发的外部环境更加复杂。然而，李贽不想因为重重压力退缩，将自己打扮成一个殉道者："实则以年纪老大，不多时居人世故耳"，此话甚真。他既有任情适性不惹事不怕事的一面，也有深谋远虑计较利害，终以余年不多，一无所求，决计豁出去老命一搏。

其实，李贽的所作所为与他的思想观念是密切联系的，这就是他的"童心说"。何为"童心"？李贽说——

> 夫童心者，真心也。若以童心为不可，是以真心为不可也。夫童心者，绝假纯真，最初一念之本心也。若

失却童心，便失却真心；失却真心，便失却真人。人而非真，全不复有初矣。童子者，人之初也；童心者，心之初也。

李贽用他的"童心"来生活，便有了他的"任情适性"，落发自然。他将这种观念用在了文学思想，便有了他的"标新立异"，自成一格。他在《童心说》中这样写道——

诗何必古选，文何必先秦。降而为六朝，变而为近体，又变而为传奇，变而为院本，为杂剧，为《西厢》，为《水浒传》，为今之举子业，大贤言圣人之道，皆古今至文，不可得而时势先后论也。故吾因是而有感于童心者之自文也，更说甚么六经，更说甚么《语》《孟》乎？

李贽有一个知识渊博、学养深厚的隐士朋友叫作周晖。李贽辞世八年后，周晖从其稿本《尚白斋客谈》中精选相关内容，编成了四卷本《金陵琐事》，记录了那个时代各种趣人趣事。他在《金陵琐事》中写道："（李贽）常云'宇宙内有五大部文章：汉有司马子长《史记》，唐有杜子美集，宋有苏子瞻集，元有施耐庵《水浒传》，明有李献吉集。'余谓：'《弇州山人四部稿》更较弘博。'卓吾曰：'不如献吉之古。'"

李贽认为，天下有五大名著，分别是司马迁的《史记》、杜甫的诗集、苏东坡的文集、施耐庵的《水浒传》、明朝李梦阳的诗文集,他将此并称为"五大"。

以此"童心"而论古人文章,李贽极为推崇苏轼。他在给焦竑的《复焦弱侯》一文中说:"苏长公何如人,故其文章自然惊天动地。世人不知,只以文章称之,不知文章直彼余事耳,世未有其人不能卓立而能文章垂不朽者。"从前,人们只会夸东坡文章写得惊天动地,其实他们不知道,与文章相比,苏东坡其人更是卓然不群。只有顶天立地的人物,才能写出来永垂不朽的文章。

更有意思的是,李贽把历史上的大诗人分成"狂者"和"狷者"两类,且引一段如下——

> 李谪仙、王摩诘,诗人之狂也;杜子美、孟浩然,诗人之狷也。韩退之文之狷,柳宗元文之狂,是又不可不知也。汉氏两司马,一在前可称狂,一在后可称狷。狂者不轨于道,而狷者几圣矣。

李贽还把苏轼和苏辙两兄弟分为了两类,他认为苏轼是"狂者",而苏辙是"狷者"。李贽推崇杜甫,他认为杜甫有真性情,并且说杜甫的人格比其诗更好。当年李贽在杜陵池畔写过《南池二首》——

> 济漯相将日暮时,此间乃有杜陵池。
> 三春花鸟犹堪赏,千古文章只自知。

水入南池读古碑，任城为客此何时。

从前只为作诗苦，留得惊人杜甫诗。

李贽把杜甫的诗视为千古文章，并且以"惊人"来形容杜甫的诗作，可见其对杜甫是何等的夸赞。同时他还认为古人中只有谢灵运、李白和苏轼能够称为"风流人物"，他在《藏书·苏轼》中写道："古今风流，宋有子瞻，唐有太白，晋有东山，本无几也。必如三子，始可称人龙，始可称国士，始可称万夫之雄。用之则为虎，措国家于磐石；不用则为祥麟，为威凤。天下后世，但有悲伤感叹悔不与之同时者耳。孰谓风流容易耶？"这三人，真可谓"人中龙"。

人是不是总会活成自己偶像的样子？此时的李贽，也许不会想到，短短五年之后，他将要与朋友们在麻城有一场惊天动地的"龙湖雅集"，在群星璀璨、酣畅淋漓的夜晚，他们纵评天下，臧否古今。他更不会知道，在他身后的某一天，袁中道在《跋李氏遗书》中写了一句掷地有声的话——

卓吾李先生，今之子瞻也。

袁中道将李贽与苏东坡做了全面的比较，得出结论："才与趣，不及子瞻；而识力、胆力，不啻过之。"

李贽虽然有"童心"，逼视道貌岸然的虚伪，欣赏返璞归真的朴拙，但是以他的智慧和聪敏，他也有看透人生的一面，他在《评三国志演义》中称——

曹家戏文方完，刘家戏子又上场矣，真可发一大笑也。虽然，自开辟以来，哪一处不是戏场，哪一人不是戏子，哪一事不是戏文，并我今日批评《三国志》，亦是戏文内一出也。呵呵！

人生如戏，戏如人生，所以一切都用不着认真。所以不难理解他落发之后，何以一如既往喝酒吃肉。这就是李贽的"童心"，于是，他在《焚书》中感慨："出家为何？为求出世也。"

由此，琼州守周思久评价李贽和耿定理"天台重名教，卓吾识真机"。天台指的是耿定理，卓吾自然是李贽。周思久解释说，"重名教"就是"以继往开来为重"，"识真机"就是"以任真自得为趣"。

不管怎样，李贽落发后的心情是复杂的，却也是平静的，宛如一场暴风雨过后，大地一片安宁，万物一片安详。可是，这安静的背后，焉知不是又一场暴风雨即将来临？

（六）歌罢击唾壶，旁人说狂夫

最令人不解的是，姚安知府李贽在官运亨通的时候决定辞官。

李贽的生命里，也许注定了一场暴风雨接着另一场暴风雨。

第一场暴风雨是什么时候开始的？李贽已经不记得了。可是，让历史刻骨铭心的那场暴风雨，发生在万历八年（1580）的春天。

三月，李贽在云南姚安府的任期即将满三年。再稍待一些时日，他即可有望升迁。官场的秘诀就是一个字，"熬"，熬过了山重水复，就迎来了柳暗花明，最终将抵达前程似锦。这个时候，全中国的官吏加起来还不到两万人，李贽已经是四品知府，像他这样四品以上的官员不足五千人，可谓凤毛麟角。在平常人眼里，跻身这样的群体，是多么荣耀、多么尊贵啊！

初春的滇北，已是春意盎然。奔放不羁的九重葛开遍山野，五彩缤纷的虞美人高傲圣洁，晚风吹拂，残霞似血。

李贽身穿粗布便衣，在姚安府衙署庭院的小路上，焦虑地踱步。此时，他站在生命的十字路口，未来的路该怎么走？他有两个选择——顺着原来的路安然走下去，是高官厚禄、光宗耀祖，也是卑躬屈膝、放弃自我；转身离开，走向自由自在、无拘无束的世界，迎来的是随心所欲，却也可能走向清贫、苦难、凶险，甚至死亡。他时而彷徨，时而坚定，时而蹙眉沉思，时而果决坚毅。

自出仕以来，迭经世事变故，如今已是知天命之年，可是，天命何在？对清议辩学，与众人相左，就已经危险重重；见于之行，施之于政，与上官衙门尽相违逆，就更加巢幕游釜，祸变莫测。

况且，朝廷如今的制度有个不成文的规定，非进士出身不入翰林院，非翰林院士不入内阁。李贽不过是举人出身，纵然"既有大才，又能不避祸害，身当其任，勇以行之，而不得一第，则无凭，虽惜才，其如之何！"加之，"才有巨细，巨才方可称才也。有巨才矣，而肯任事者尤难。"如李贽这般千里马，又从不见所谓伯乐，如此这般，徒唤奈何！

在递交这份辞呈之前，他再三权衡，这决定是否明智。往事一幕幕闪现，让他心痛不已。云南地方官吏至今提起云南布政使徐樾之死，仍让他齿寒心凉。徐樾年轻时即追随王阳明的心学。王阳明的弟子、泰州学派创始人王艮对徐樾极为欣赏，曾对内人说："彼五子乃尔所生，是儿乃我所生。"将徐樾视为亲生。王艮考察徐樾前后达十一年之久，逝世前授徐樾以大成之学。可是，如此这般天降大任之才，却死于非命。嘉靖年间，元江府土舍那鉴杀土知府那宪，攻州劫县，诱杀了前往议降的徐樾，姚安土官高鸹往救时亦战死，世宗兴兵讨伐不克，便允许那鉴纳象赎罪。时人作歌谣唱道："可怜二品承宣使，只值元江象八条。"如徐樾者，不过如此，人在乱世，犹能奈何，行路难，行路难，多歧路，今安在？

历尽万般红尘劫，犹如寒风再拂面。

李贽下定决心，不再犹豫。这天，正值侍御刘维巡按楚雄，李贽谢却簿书，封了府库，携家离开姚安到楚雄去见刘维，"乞侍御公一言以去"，要求刘维批准他辞官退休。

刘维却不同意："姚安守，贤者也。贤者而去之，吾不忍。非所以为国，不可以为风，吾不敢以为言。即欲去，不两月，所为上其绩而以荣名终也，不其无恨于李君乎？"

李贽回答:"非其任而居之,是旷官也,贽不敢也。需满以幸恩,是贪荣也,贽不为也。名声闻于朝矣而去之,是钓名也,贽不能也。去即去耳,何能顾其他?"

刘维坚持不允。

既如此,执拗的李贽独自去了大理的鸡足山,在那里静静地读佛经。

李贽去意已决,刘维知道已经难以挽回,便将他的辞呈上交朝廷,终获批准,得致其仕。此时,已是七月。

李贽得知,如释重负,他性爱山水,在云南的奇山异水中肆意地徜徉数月,尽览滇中之胜。浮世万千,繁花落尽,可是,李贽的心中却依然有花开花落的声音。一朵,一朵,又一朵,在无人的山间静静开放、轻轻飘落。

有客开青眼,无人问落花。暖风熏细草,凉月照晴沙。

万历九年(1581)春,李贽由云南而至四川,买舟东下,直奔湖广黄安。

很多年后,李贽追忆这段往事说,他总是与顶头上司发生矛盾,甚至发生冲突。他之所以弃官而去,本质上是他"不愿受人管束""居官怕束缚"的缘故。云南巡抚王凝是个下流之辈,不足以为道,李贽与他顶顶撞撞,势在必然,理所必至。然而,李贽的另一位顶头上司骆守道,与李贽最为相知。这个人有水平,有能力,有操守,文章也写得不错,而且踏实能干。但是,李贽终不免与他发生了冲突,李贽总结说,原因就在于,"渠(骆守道)过于刻厉,故遂不免成触也。渠初以我为清苦敬我,终反以我为无用而作意害我,则知有己不知有人，今古之号为大贤君子，往往然也。"

李贽信奉的是佛老之治，他对当时官场的"君子之治"相当反感，这是他不为世间所容的根本原因。而他之所以有"归老名山"的想法，与他的出身和经历有着极大的关联。李贽曾写道："独余连生四男三女，惟留一女在耳。……惟此一件人生大事未能明了，心下时时烦懑，故遂弃官入楚，事善知识以求少得。"辞官这年，李贽已经五十三岁，他的妻子黄宜人也是个淡泊名利、甘守贫困的人，她愿与他一道同隐深山，支持他辞官回家。很多年后，黄宜人辞世，耿定力在为她作的墓表中讲述了这段故事："卓吾艾年拔绂，家无田宅，俸余仅仅供朝夕。宜人甘贫，约同隐深山。"有此贤妻拔绂相助，与他相依为命，这也是李贽的福气吧？可是，"冀缺与梁鸿，何人可比踪。丈夫志四海，恨汝不能从。"李贽一生含辛茹苦，四海为家，抛头颅洒热血亦在所不惜，却独对妻子有着亏欠。

李贽辞官这年的早些时候，巡按刘维报请上司奖励群吏，李贽为姚州知府罗琪写作《论政篇》，表达他的政治理念。在这篇文章中，他坚决反对"本诸身"的"君子之治"，提倡"因乎人""因性牖民"的"至人之治"。李贽认为，一切有条教之繁和刑法之施，有智愚贤不肖之别和君子小人之分，导民使争的，都是"君子之治"的恶果。而"至人之治"则不然，"因其政不易其俗，顺其性不拂其能"，无须求新知于耳目，也无须加之以桎梏，"恒顺于民"，社会自然可以治理得很好。基于这种理念，李贽治姚安三年，"一切持简易，任自然"，就是这种理论的具体实践。

这篇《论政篇》，引发了骆守道的极大憎恶和反对。他迅速写出了《续论政篇》与李贽辩争："使君儒者而尤好佛老，宜其说如此，无语刺史素不谙佛老说，礼乐刑政，未敢以桎梏视之也。"信仰之异催生了人性之恶。

李贽说，自己不能像汉朝的东方朔那样含垢忍辱、游戏仕途，又不能做到中庸之道、八面玲珑，所以为官二十余年，"贪禄而不能忍诟，其得免于虎口，亦天之幸耳！"所以，这官是决然不能做下去了。

回想三年前，李贽初来姚安，但见承历代之乱、当兵事之后的边塞，满目疮痍，哀鸿遍野。面对贫瘠的土地、凋敝的民生、惊慌失措的百姓，李贽将他的施政纲领放在了一个字上：宽。至道无为，至治无声，至教无言。此时此刻，他想到的是尚宽大、务简易、循自然、不知而治、休养生息。从这样的观念出发，李贽在姚安府任上，"律设大法，礼顺人情"，尽可能息事宁人，化干戈为玉帛，让边塞的各民族百姓和睦相处，宽厚安定。

如此这般，姚安终于有了宝贵的三年时间，这三年里，百姓休养生息，地方局势稳定，军民各安其业。

回顾在云南为官的经历，李贽最怀念当时在云南任洱海道佥事的顾养谦。顾养谦是南直隶通州（江苏南通）人，比李贽小十岁。万历六年（1578），顾养谦调任云南佥事，与李贽相识。当时，李贽正在与云南巡抚王凝、参政骆守道发生冲突，以致云南的官场里，无人不痛斥李贽、无人敢搭理李贽，这时候，作为李贽直接上司的顾养谦，却不顾一切与李贽成为挚友，给李贽以最大的安慰和支持。这些支持如此重要，以致王凝、骆守道企图加害李贽的阴谋最终流产。

朝廷批准李贽辞官的消息传出，顾养谦正在北京。听到此事，他立即动身，赶赴云南，一路打听李贽的行踪，希望能在李贽向东行进的道路上与他相会。这种深厚的友谊在等级森严的官场，非常难得，也让李贽终生难忘。直到生命的最后一刻，李贽仍然对顾养谦充满感激。李贽辞世之前，他曾经在给顾养谦的信中，无比感激地写道："其并时诸上官，又谁是不恶我者？非公则某为滇中人，终不复出矣。"在另一封信中，他写道："求师访友，未尝置怀，而第一念实在通海。"通海就是南通，是顾养谦的家乡。

李贽写给顾养谦的信，是他心迹的真实体现。他在云南官场的处境可谓相当险恶，如果不是顾养谦的帮助，他真可能生死未卜，因为他得罪的是云南巡抚和云南参政。因为有了顾养谦的帮助，他才得以从险境中脱身，而且还有了升官的机会。可是，李贽厌恶了这一切，这一次却坚决不干了。

李贽为人，清廉简朴，狷介疏狂，爱憎分明。他在姚安府三年，姚安大治，而他自己，"禄俸之外，了无长物"，深得百姓爱戴。此番离开姚安，老百姓对他恋恋不舍，"士民攀卧道间，车不得发。车中仅图书数卷。巡按刘维及藩臬两司汇集当时士绅名人赠言为《高尚册》，以彰其志。佥事都御史顾养谦亦撰序以赠。"清贫如李贽者，仅有一车书卷相随，这已是他生命中最大的财富了。

李贽的好朋友方沆写作《送李卓吾致仕归里》三首，道尽李贽其人其志其事，其中一首道："歌罢当尊击唾壶，旁人指点说狂夫。休言离别寻常事，万古乾坤一事无。"

然而，并不是所有的人都夹道欢送，那些王凝、骆守道之流伺机猎杀李贽的人早就虎视眈眈，暗藏杀机了。穿越五百年的时光，这股杀气至今未散。

可是，李贽义无反顾地走了。他要把所有的白日还给太阳，把所有的夜晚还给星河，把所有的春光还给绿野，把所有的肃杀还给昨天，期待明天——

胸中藏丘壑，笔下有山河。

（七）听政有余闲，做官无别物

李贽幼年丧母，很小的时候就随父亲辗转于大海之上，颠沛流离中勉强糊口。七岁的时候，李贽开始随父亲读书歌诗，学习礼文。父亲名钟秀，号白斋。白斋先生是位有名的塾师，李贽在文中称："吾大人何如人哉？身长七尺，目不苟视，虽至贫，辄时时脱吾董母太宜人簪珥以急朋友之婚，吾董母不禁也。此岂可以世俗胸腹窥测而预贺之哉！"白斋先生闲暇时，便送李贽到训蒙之馆读书，李贽聪慧好学，每学必有斩获。

嘉靖十七年（1538），十二岁的李贽写出了《老农老圃论》，不满孔子对学生樊迟问农事的指责，把孔子视种田人为"小人"的言论大大挖苦了一番，轰动乡里。《卓吾论略滇中作》记载——

> 年十二，试《老农老圃论》，居士曰："吾时已知樊迟之问，在荷蓧丈人间。然而上大人丘乙已不忍也，故曰'小人哉，樊须也。'则可知矣。"论成，遂为同学所称。众谓"白斋公有子矣"。居士曰："吾时虽幼，早已知如此臆说未足为吾大人有子贺，且彼贺意亦太鄙浅，不合于理。此谓吾利口能言，至长大或能作文词，博夺人间富与贵，以救贱贫耳，不知吾大人不为也。吾大人何如人哉？身长七尺，目不苟视，虽至贫，辄时时脱吾董母太宜人簪珥以急朋友之婚，吾董母不禁也。此岂可以世俗胸腹窥测而预贺之哉！"

十二岁的孩子，能写出这样有见地的文章，实属不易。这篇习作，得到了父亲的赞扬，亲友们也纷纷祝贺李贽父亲："白斋公有子矣！"泉州，海上丝绸之路的起点，马可·波罗笔下的刺桐城，她的包容、开放、文明、进步，白斋先生坦荡的胸怀、自由的意志、乐善好施的精神，都给李贽以人生宝贵的启蒙。李贽晚年回忆自己幼时性格，说道："余自幼倔强难化，不信学，不信道，不信仙、释，故见道人则恶，见僧则恶，见道学先生则尤恶。"

青年时代的李贽，"糊口四方，靡日不逐时事奔走。"他"糊口四方"的地点和职业今天已经无从考证。二十一岁，李贽迎娶十五岁的黄宜人，妻子温厚、贤惠。

二十六岁，李贽参加福建乡试，中黄昇耀榜举人。次年春，李贽在京参加会试，不第而归。三年后，李贽又在北京参加会试，再次不第而归。尽管如此，李贽却对科举制度充满厌恶。《卓吾论略》记载——

稍长，复愤愤，读传注不省，不能契朱夫子深心。因自怪。欲弃置不事。而闲甚，无以消岁日。乃叹曰："此直戏耳。但剽窃得滥目足矣，主司岂一一能通孔圣精蕴者耶！"因取时文尖新可爱玩者，日诵数篇，临场得五百。题旨下，但作缮写眷录生，即高中矣。

这一年，李贽已经三十岁，而立之年，他厌倦了八股文章、科举制度，于是向吏部提出申请，就任河南卫辉府教谕——

吾初意乞一官，得江南便地，不意走共城万里，反遗父忧。虽然，共城，宋李之才宦游地也，有邵尧夫安乐窝在焉。尧夫居洛，不远千里就之才问道。吾父子倘亦闻道于此，虽万里可也。且闻邵氏苦志参学，晚而有得，乃归洛，始婚娶，亦既四十矣。使其不闻道，则终身不娶也。余年二十九而丧长子，且甚戚。夫不戚戚于道之谋，而惟情是念，视康节不益愧乎！

他将这段经历记录为"丐食于卫"——

> 某生于闽，长于海，丐食于卫，就学于燕。

李贽的青年时代几乎无可记录，三十三岁升南京国子监博士，到任数月，即丁父忧，守制东归。五年后，任北京国子监博士。这时，正逢河南大旱，管理河槽的官员因勒索财物不遂，竟挟恨把所有泉水引入河槽，不许百姓灌溉。他安置在河南的家眷遭遇灾难，他的两个儿子两个女儿相继病死。他在卫辉写了不少诗，从中可以一窥他的心境——

> 世事何纷纷，教予不欲闻。
> 出郊聊纵目，双塔在孤云。
> 雨过山头见，天晴日未曛。
> 骑驴觅短策，对酒好论文。

"觅短策""好论文"的李贽开始接触王明阳的著作，他从小就不满于朱熹的传注，因而更加同情于王明阳的易简功夫："乃知得道真人不死，实与真佛、真仙同，虽倔强，不得不信之矣。"李贽在礼部司务任上，因一次生活经历，受饥而望食之道启发，认识到对孔、老之学不存在选择谁的问题，于是"自此专治《老子》"，并经常读北宋苏辙所注《老子解》。专治《老子》和崇信《金刚经》及广泛听取各学者讲学，这便是后来李贽所说的"就学于燕"。

在北京礼部任职的五年中，李贽"不愿受人管束""居官怕束缚"的个性开始崭露，这令他与上司时有矛盾和抵触，

"司礼曹务,即与高尚书、殷尚书、王侍郎、万侍郎尽触也。高、殷皆入阁……高之扫除少年英俊名进士无数矣,独我以触连得全,高亦人杰哉!"

高尚书,即高仪,嘉靖四十五年(1566)任礼部尚书,至隆庆二年(1568)致仕,隆庆六年(1572)诏兼文渊阁大学士入阁。殷尚书,即殷士儋,隆庆二年任礼部尚书,隆庆四年(1570)入阁。王侍郎,即王希烈,隆庆二年任右侍郎,隆庆四年转礼部左侍郎。万侍郎,即万士和,隆庆二年任右侍郎,同年转左侍郎。尚书、侍郎,是礼部的最高长官,李贽与他们都有抵触,抵触后还能对他们给予很高的评价,说明了他的任性,也说明了他的坦荡。性格就是命运,李贽的经历再次证明了这个真理。

隆庆五年(1571),李贽转任南京刑部员外郎。正是在南京,他认识了耿定理,他们相见恨晚,遂成至交。也是因为耿定理,李贽又结识了耿定理的兄长耿定向,从此开始了被天罗地网追捕和构陷的生活。

也是在南京,李贽接触到泰州学派,并开始从事著作。这一年,李贽已经四十八岁,他也许还不知道,他真正的人生即将开启。

万历四年(1576),李贽就任南京刑部郎中。这一年,李贽五十岁,人生到达知天命之年,他想对自己做一个深刻的回顾,写下了《圣教小引》——

余自幼读《圣教》不知圣教,尊孔子不知孔夫子何自可尊，所谓矮子观场，随人说研，和声而已。是余五十以前真一犬也，因前犬吠形，亦随而吠之，若问以吠声之故，正好哑然自笑也已。五十以后，大衰欲死，因得友朋劝诲，翻阅贝经，幸于生死之原窥见斑点，乃复研穷《学》《庸》要旨，知其宗实，集为《道古》一录。于是遂从治《易》者读《易》三年，竭昼夜力，复有六十四卦《易因》锓刻行世。

呜呼！余今日知吾夫子矣，不吠声矣；向作矮子，至老遂为长人矣。虽余志气可取，然师友之功安可诬耶！既自谓知圣，故亦欲与释子辈共之，盖推向者友朋之心以及释子，使知其万古一道，无二无别，真有如我太祖高皇帝所刊示者，已详载于《三教品刻》中矣。

夫释子既不可不知，况杨生定见专心致志以学夫子者耶！幸相与勉之！果有定见，则参前倚衡，皆见夫子；忠信笃敬，行乎蛮貊决矣，而又何患于楚乎？

李贽将五十岁作为人生的一个重要转折点，"余五十以前真一犬也"，五十岁以前的生活就是一条狗啊！他的思想观念在这一年都发生了翻天覆地的变化，对传统、对历史进行了更深刻的剖析，他的深刻思考引发了晚明社会思想的巨大变革，这巨大变革一直延伸到今天，犹有回响。

万历五年（1577），李贽由南京刑部郎中出任云南姚安府知府。又是一个春天——或许是命中注定，李贽总是在春天启程，又在春天辞别。这次，李贽携妻将子取道湖广，一路南行，准备开启一段新的生活。他在楚地流连忘返，这里与他深相契合，此时，他已经寓安之意。

三年之后，他将以另一种心情，返回这里，这个让他又爱又恨的麻城。

（八）天台重名教，卓吾识真机

嘉靖六年（1527）十月二十六日凌晨，滨海古城泉州。一阵鞭炮将四邻八乡惊醒。

原来，这家昨晚添了一件大喜事——长房长孙呱呱坠地。这家的父亲是秀才兼塾师白斋先生林钟秀，这个孩子就是李贽。

李贽原名林载贽，考入秀才入泉州府学后，归宗李姓，为回避明穆宗朱载垕名讳，李载贽改为李贽。

谁也不会想到，这个孩子日后将因其桀骜不驯的性格、离经叛道的才华而饱受争议，被视为"明朝第一思想犯"。谁也不会想到，这个自甘"堕落"的孩子、这个被时代放逐的"异端"，其实怀抱着惊世骇俗的文化理想和道德判断，并终将成为名震华夏的一代宗师。

夜里一场霜冻陡降，满塘秋荷顷刻间残败枯索。又是异木棉最绚烂的花季了，千手岩、碧霄岩上的枫叶鲜艳如血，远远望去，像一片片晚霞。栾树的果实渐渐由青转黄，又由黄转红，那深绿的树叶簇拥着青黄红的累累硕果。

五个世纪光影转换，当年泉州府晋江县南门外的浯江祖居，变成了今天的泉州市鲤城区万寿路123号。高高的院墙阻隔了外面的热闹和喧嚣，五个世纪似乎从未老去，高墙外是车水马龙、红尘万丈，高墙内是绿荫环绕的素朴庭院，有谁还记得这道大门里曾经发生过的翻天覆地的一切？

庭院后面那条清清浅浅的小河，河水淙淙，河里的鱼儿欢快地畅游。时光倒转，仿佛一切都未曾远逝，往事尽在眼前。

泉州，背靠巍峨的武夷山，面向着辽阔的东海，滔滔晋江从小城的西北流向东南，绕过古城流入泉州湾，成就了这个得天独厚的天然良港。

自唐代始，泉州就是中国的对外通商口岸，海上丝绸之路从这里开启。唐太宗继位后，对州、县大加并省，并依据山河形势、地理区域分全国为十道，丰州（治所在今泉州）、泉州（治所在今福州）、建州（治所在今建瓯）同属岭南道。海市的便利、人丁的兴旺、商业的繁荣，使得泉州成为名副其实的国际化大都市，在这里，不同文化背景、不同宗教信仰、不同民俗习惯的人互敬互爱、和平共处。

唐僖宗光启年间，李氏人家逃离河南光州固始，跋涉至闽南避乱。尽管大海风波莫测，经商盈亏难定，李氏家族仍以不畏艰险的姿态履危蹈险，出生入死，此后祖祖辈辈定居泉州，靠海为生。终元之世而迄明初，李氏跃为泉州巨贾。自李贽上溯，第八代祖李间承借先人蓄积之资，尝以客航泛海外诸国。李贽第七代祖李驽，壮年时航吴泛赵，亦是商界巨子。

明洪武十七年（1384），李驽被征为官商航行西洋，途中遭遇忽鲁谟斯（伊朗）纷争，被困于异国他乡。明朝编写的《荣山李氏族谱》中写道，林驽"奉命发舟西洋，娶色目人，遂习其俗，终身不革，今子孙繁衍，犹不去其异教"。此后，李驽历尽千辛万苦携家眷归国。为免受歧视，李驽改姓"李"为"林"。

李贽六世祖林仙保通晓外语，被录为"通事"（翻译官），后不乐随侍官差，于广东经商。五世祖林恭惠，亦通晓外语，被荐为"通事"伴引日本诸国使者入贡京师。然而，如此非官非吏不得承接祖上家业，家道由此一蹶不振。至四世祖即曾祖父，家业衰败，举家沦落为平民，以致曾祖父母死后五十多年无钱入土落葬。李贽的祖父竹轩林公总结几代家史，明白"士农工商"是中国不可突破的阶层痼疾，"商"只能居于末位，而要儿子也就是李贽的父亲白斋林钟秀改习"学而优则仕"的正途。

这就是大明王朝一个南方家族的生存和繁衍。世世代代为生计的辛苦奔忙，将他们修炼成"航海世家"。蔚蓝色的大海给予了这个家族超拔雄健的力量、无与伦比的想象。李贽从祖祖辈辈那里了解到的中国国情，也许比他在学堂庙堂里受到的所有教育和教化，更真实，更深刻。

这一年，是明世宗嘉靖六年，丁亥之岁。

如果我们将眼光再放远点，可以看到那个时代更多上上下下罔顾的事实——

万历二十六年（1598）：宦官陈增监山东矿税，凿山民夫多死，又逮及代纳税款稍缓的吏民，民众大哗。

万历二十七年（1599）：临清民变，聚众四千，驱逐税监马堂，毙其爪牙三十四人；沙市和黄州团风镇民众轰走税监陈奉的徒党；武昌、汉阳一万人，反对湖广税监陈奉，发生武昌民变、汉阳民变。

万历二十八年（1600）：京畿兵民苦于连年旱灾、矿税，群起而盗；浙江流民结党，伺机举旗造反。

万历二十九年（1601）：武昌民众数万人围攻税监陈奉官舍，投其徒党六人于长江；苏州市民包围税监衙门，乱石打死税使孙隆大参随黄建节，焚毁帮凶汤华大居室。

万历三十年（1602）：腾越（今腾冲）人民暴动，他们不胜税监杨荣之肆虐，遂愤而烧厂房，杀官吏；两广以矿税害民，激起民变，言官请罢矿使，神宗不理。

因缺乏张居正这样的贤士应对督导、国本之争等问题而倦于朝政，神宗愈发荒于政事。李贽辞世的第二年——万历三十一年（1603），神宗诏谕洛阳老君山为"天下名山"。自此愈发不再上朝，累二十多年，国家运转几乎停摆。明神宗执政晚期，置万事于不理，导致朝政日益腐败，百官不修职业，内外多变，政以贿成。

朝廷党争趋于白热化，逐渐形成两大政治派别：一派是由京、宣、昆、齐、楚、浙等地方宦官、王公、勋戚、权臣组成的联合阵营，他们坚持维护秩序，努力延续正统，坚持国家大义，固守传统伦理；一派是以江南士大夫为主的东林党，他们讽议朝政、评论官吏，廉洁奉公，振兴吏治，开放言路，革除朝野积弊，反对权贵贪赃枉法。

政争党争无处不在，从小到大，从暗到明，从分散到聚集，从观念到日常，从政治主张到生活态度——于是，国本案、梃击案、红丸案、移宫案、京蔡案……一件小得不能再小的事情，都会演变成一件又一件天大的事情，整个国家被裹挟着，像滚雪球一样身不由己滚下坡去。

万历四十二年（1614），福州万余人，抗议恶税，终致福州民变。

万历四十七年（1619），明军在萨尔浒之战中被努尔哈赤击溃，从此明朝在辽东的控制陷于崩溃。

万历四十八年（1620）七月二十一日，神宗驾崩，终年58岁，庙号神宗，谥号范天合道哲肃敦简光文章武安仁止孝显皇帝，葬十三陵之定陵。

神宗逝后，长子朱常洛继位。仅仅二十四年后，历光宗、熹宗、思宗三帝，大明王朝灭亡。

大明王朝行至此时，已经两百七十七年了。或许，命运的拐点便是王朝的终点，街坊里巷无处不萦绕着末日气象——暮霭沉沉取代了朝气蓬勃；开国时的"天子守国门、君王死社稷"，变成了"昨日入城敦，归来泪满襟。遍身女衣客，尽是读书人"；从前鲜衣怒马、饱读诗书、治家安国的读书人，变成了脂粉罗裙、寻花问柳、行为乖张的花间男儿；党争与私仇夹杂于宫廷政治，处处是以邻为壑、党同伐异，动不动便连坐罪死者无数，不论是朝廷还是民间，邀名取誉，相互攻讦，高度撕裂，突破下限。

历史上，有"秦以任刀笔之吏而亡天下"之说。明朝刀笔之吏亦为天下大害。谢肇淛在《五杂组》中说:"从来仕宦法罔之密无如本朝者,上自宰辅,下至驿递、巡宰,莫不以虚文相酬应。而京官犹可,外吏则愈甚矣。大抵官不留意政事,一切付之胥曹。而胥曹之所奉行者,不过已往之旧牍、历年之成规,不敢分毫逾越。而上之人既以是责下,则下之人亦不得不以故事虚文应之。一有不应,则上之胥曹又乘其隙而绳以法也。"

神州板荡,宗社丘墟。国将不国,败象渐露。

这一年,距李贽割颈自刎,已经过去四十二年了。

魂魄已化为袅袅青烟的李贽不会知道,他逝后第十四年——万历四十四年(1616),就在明王朝内部纷斗不已、党争日趋激烈之时,关外的白山黑水之间,一支叫作女真的部落正在成长壮大。这一年,一个叫作努尔哈赤的部落首领在赫图阿拉称汗建元天命,国号大金。努尔哈赤卧薪尝胆,窥伺中原,二十余年后,势如破竹,一举入关。

再向前回溯至嘉靖六年。仲秋的一天,泉州一个普普通通的院子里,一声啼哭打破了清晨的宁静。

鞭炮噼里啪啦炸响,浓郁的硫黄味道飘浮在空中。祝福纳吉声中,谁也不会想到,这个孩子的一生将是个悲剧。他以极其刚烈的方式出生,又以更加暴烈的方式辞世,他在千古流芳的作品——《焚书》《藏书》《续焚书》《续藏书》中,将人们供奉了几千年的圣人拉下圣坛,将人们遵守了几千年的道德准则放在审判台上。在他死后,他的著作被列为禁书,全部被烧毁。《明史》没有为李贽立传,只是在他相爱相杀的死敌耿定向的传记中提及他。时至今天,耿定向早已在浩瀚的历史里化为尘烟,每每被提及,也只有在李贽的传记中。世界如此荒谬,令人啼笑皆非。假若李贽地下有知,他又该怎样评价这荒谬至极的世界?

李贽的一生,与大明王朝紧密相连。李贽明白这一切,更鄙夷这一切。他在《自赞》一文中,毫不谦虚也毫不掩饰地说——

> 其性褊急,其色矜高,其词鄙俗,其心狂痴,其行率易,其交寡而面见亲热。其与人也,好求其过,前不悦其所长;其恶人也,既绝其人,又终身欲害其人。志在温饱,而自谓伯夷、叔齐;质本齐人,而自谓饱道饫德。分明一介不与,而以有莘借口;分明豪毛不拔,而谓杨朱贼仁。动与物迕,口与心违。其人如此,乡人皆恶之矣。昔子贡问夫子曰:"乡人皆恶之何如?"子曰:"未可也。"若居士,其可乎哉!

毁李贽者几多?知李贽者几何?恨他的人恨得咬牙切齿,爱他的人爱得刻骨铭心。

因创办东林学院而被称为"东林先生"的顾宪成,或许知道一二。李贽逝后,对于这个"性褊急""色矜高""词鄙俗""心狂痴""行率易""交寡而面见亲热"的狂人,他坚持送上他的狼牙棒:"李卓吾大抵是人之非,非人之是,又以成败为是非而已。学术到此,真是涂炭,惟有仰屋窃叹而已！如何如何！"

袁中道则在《李温陵传》中对李贽极尽赞美："……骨坚金石，气薄云天；言有触而必吐，意无往而不伸。排拓胜己，跌宕王公，孔文举调魏武若稚子，嵇叔夜视钟会如奴隶。鸟巢可复，不改其凤味，鸾翮可铩，不驯其龙性，斯所由焚芝锄蕙，衔刀若卢者也。嗟乎！才太高，气太豪……"

更有肝胆相照如马经纶者。李贽落难麻城，马经纶冒着风雪，长途跋涉三千里，赶赴湖北黄柏山中救援。李贽入狱，马经纶除千方百计设法照料他，上书有司，为他辩诬，替他申辩："平生未尝自立一门户，自设一藩篱，自开一宗派，自创一科条，亦未尝抗颜登坛，收一人为门弟子。"

听闻李贽狱中自刎的消息，马经纶悲愤至极，顿足捶胸，连声呼号——

> 天乎！天乎！天乎！先生妖人哉？有官弃官，有家弃家，有发弃发，其后一著书老学究，其前一廉二千石也。

真正的诗人在做梦的时候也是清醒的。漫游在理想国的圣林里，他会沿着思念走回故乡。可是，李贽回不去他的故乡了。李贽死后，马经纶将他的遗骸葬于通县（今通州区）北门外迎福寺侧，在坟上建造了精美的浮屠。

"李贽的悲剧不仅属于个人，也属于他所生活的时代。"李贽辞世三百八十余年后，学者黄仁宇创作了别具一格的《万历十五年》，试图从中找到一个大明王朝从兴盛走向衰颓的原因，乃至整个中国古代社会成功和失败的根由。

黄仁宇在这本书中，单独辟出最后一章专论李贽。大明王朝行至晚期，天道陵夷，气脉衰微，他对于这个"传统的政治已经凝固，类似西欧宗教改革或者文艺复兴的新生命无法孕育"的环境百感交集："社会环境把个人理智上的自由压缩在极小的限度之内，人的廉洁和诚信，只能长为灌木，不能形成丛林。"

黄仁宇最终得出结论说，"中国两千年来，以道德代替法制，至明代而极，这就是一切问题的症结。"

李贽，生于公元1527年，卒于公元1602年。字宏普，号卓吾。

2021年1月